邪馬台戦記

Ⅲ

戦火の海

東郷隆 作　佐竹美保 絵

静山社

この物語に登場する主な国と海上の道

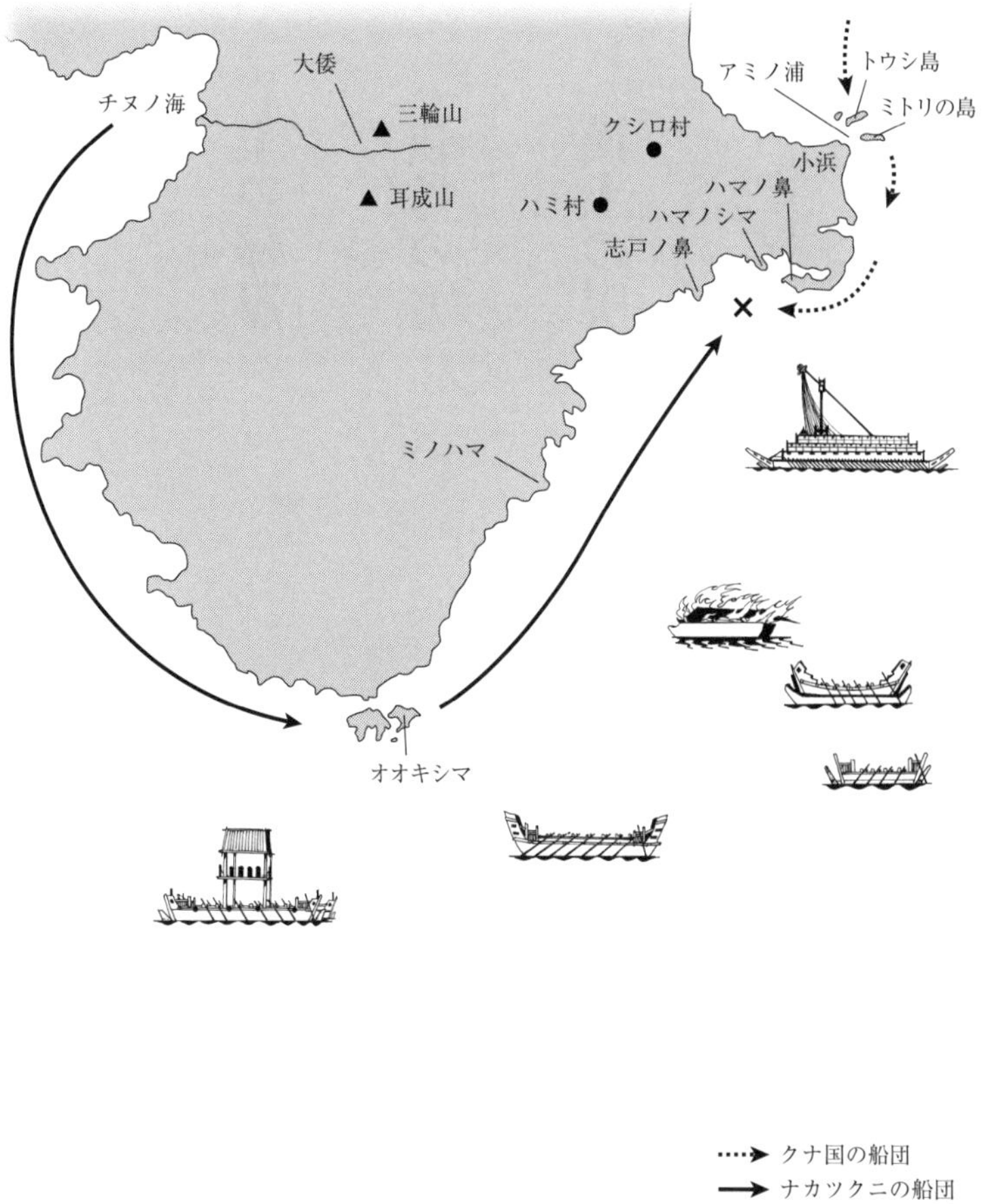

目次

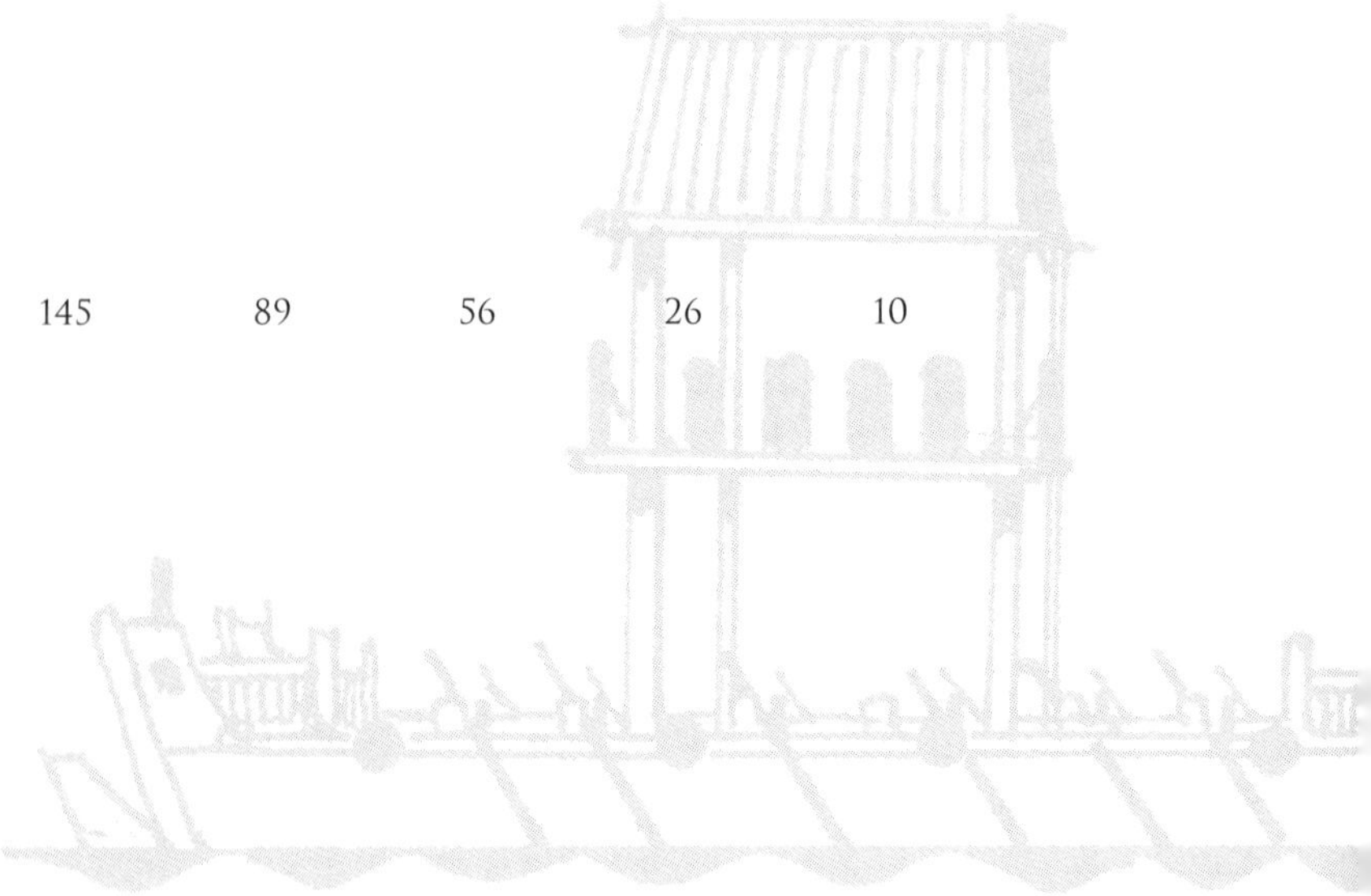

この物語に登場する主な人物

卑弥呼《ひみこ》――倭国《わこく》の三十余カ国を統《す》べる邪馬台国《ナカツクニ》の女王

オトウトカシ――卑弥呼の弟。邪馬台国を実質的に動かす男

ヒミココ――卑弥弓呼。新クナ国の男王。元は旧クナ国の宰相《さいしょう》ククチヒコ

ワカヒコ――ナカツクニの少年。卑弥呼の密偵《みってい》

ススヒコ――ワカヒコの父

ツナテ――ワカヒコの母でかつては巫女《みこ》として卑弥呼に仕えていた

サナメ――海族の娘《むすめ》。弓の名人

公達《こうたつ》――渡来人《とらいじん》。ナカツクニの政治顧問《こもん》。ワカヒコの師匠《ししょう》

彭《ちょう》――公達の元従者。ワカヒコの協力者

きうす――本名ルキウス・ルグドネンシス。渡来人

アカマユ――クキノサキの海族

ウミタカ――海族の武人。ヒミココの古くからの部下

アンマ――神木を守る老巫女

前編までのあらすじ

　三世紀初頭（西暦《せいれき》二〇〇年代初め）。

「倭人《わじん》」と呼ばれた日本列島西部の民《たみ》は、それまで数十年間続けていた争いを、ようやく終わらせようとしていた。

　それは、ナカツクニ（邪馬台国《やまだいこく》）の女王、卑弥呼《ひみこ》の指導によるものだった。

　が、しかし、海を隔《へだ》てたユーラシア大陸では、巨大《きょだい》な戦乱が起こりつつあった。ローマ帝国《ていこく》は西アジアに兵を進め、東部アジアでも後漢王朝が分裂《ぶんれつ》。内乱が始まっている。この不穏《ふおん》な動きに影響《えいきょう》されたものか、倭国の中でも奇怪《きかい》な事件が続発した。

　太平洋に面したニエ、イヤ、トウシ（現・三重県伊勢《いせ》地方）の三国の海上を行くナカツクニの貿易船が、それまで倭人の想像したこともない異様な方法で次々に打ち沈《しず》められていくのだ。

　事を重く見た卑弥呼とその弟王は、神託《しんたく》によってナカツクニの勇者スヌヒコの息子《むすこ》ワカ

前編までのあらすじ

ヒコを選び、事件《じけん》の調査《ちょうさ》を命じた。

しかし、ワカヒコと彼《かれ》の補佐《ほさ》役、漢人の彭《ちょう》は旅の途中《とちゅう》、巨大《きょだい》な怪船《かいせん》に襲《おそ》われて離《はな》ればなれとなる。

ワカヒコは、同じ船にいた水先案内人の少女サナメと互《たが》いに協力しあって、怪船の謎《なぞ》を解くべく、徒歩で東に向かった。

二人は山中で巨樹《きょじゅ》を祀《まつ》る村に招かれ、アマノササエギと呼ばれる神木を奪《うば》おうとする男たちと戦うが、これにより隣国《りんごく》トウシに正体不明の国家があり、しきりに木材を集めて異国の兵器を造りつつあることを知る。

この謎の国こそ、チクシ（九州）を追われた若き王ヒミココ（ククチヒコ）が建国した、新クナ。やがては漢土の『魏書東夷伝《ぎしょとういでん》』にも記されることになる狗奴《くな》国だった。

そのヒミココは、東への遠征《えんせい》を終えて、トウシに戻《もど》りつつあった。ナカツクニと、その女王卑弥呼打倒《だとう》の戦略を胸に秘めて……。

邪馬台戦記Ⅲ　戦火の海

王の帰還《きかん》

岬《みさき》の先端《せんたん》で法螺貝《ほらがい》の音《ね》が鳴り響《ひび》いた。塩焼きの作業場から戻《もど》ってきた男たちが、浜辺《はまべ》を走り始めた。

東の海は濃《こ》い紫《むらさき》色に染《そ》まっている。

その暗い沖合《おきあい》に一筋の火が灯《とも》った。しばらくしてその灯《ひ》は、神の島の手前で突如《とつじょ》数を増し、たちまち十数灯を数えるまでになった。

「船だ、沖いっぱいの船だ」

「敵の船団かもしれねえ。女子供は早く隠《かく》れろ」

浜で漁具の修繕《しゅうぜん》にいそしんでいた女たちは、子供を抱《かか》えて家に駆《か》け込《こ》んだ。

「太鼓場《たいこば》へ。誰《だれ》か太鼓を打て」

その声に応じて、何人かの男が、浜辺に作られた木組みの台に駆けあがった。

穴《うろ》の開いた流木に獣《けもの》の皮を張っただけの、素朴《そぼく》な太鼓《たいこ》だ。そこに二人の男が取りついて桴《ばち》を振《ふ》るった。

それまで波の音しか聞こえなかったアミノ浦《うら》一帯は、たちまち騒音《そうおん》の渦《うず》につつまれた。

正体不明の船団は、島の手前で一斉《いっせい》に横一列となり、船内からも太鼓を打ち始めた。

浜《はま》の者は、その音に気づいて、自分たちの打つ音を一カ所にしぼり、合図打ちに変えた。

合図打ちには、あらかじめ決まりがあった。

初め丁《ちょう》・丁《ちょう》と二度打てば、向こうは四度打つ。こちらが三度打つと、六度返してくる、といった具合に息を合わせ、相手が味方か、それを装《よそお》った敵かを即座《そくざ》に判断するのだ。

船団はトウシの島（現在の三重県答志島）とミトリの島（現・菅島《すがしま》）の間で船足を緩《ゆる》めた。そしてトウシ島の桟橋《さんばし》に続く水路へ接近し始めた。

「王だ」

一人の男が叫《さけ》ぶと、数人の者がそれに和《わ》して叫んだ。

「王のご帰還《きかん》だ」

「皆《みな》、浜に出てお出迎《でむか》えせよ」

誘《さそ》いの声に、足弱《あしよわ》と呼ばれる女や子供、老人たちまでも、家々から飛び出してくる。狭《せま》い湾《わん》のまわりは、たちまち人で埋《う》まった。

陽《ひ》は完全に落ちきっていたが、西の山々は暗い朱《しゅ》色に縁《ふち》どられていた。その山裾《やますそ》の道からも迎《むか》え火の列が下ってくる。

静々《しずしず》と水路に姿を現したのは、片方の舷側《げんそく》だけで櫓《ろ》の数が二十挺《ちょう》もある大きな船だった。その船体は胡粉《ごふん》（貝がらを焼いて粉にした白い塗料《とりょう》）で色づけされ、船首には小さく魔避《まよ》けの目紋様《めもんよう》も描《か》かれている。

船首近くから、桟橋《さんばし》に向かって、数本の縄《なわ》が投げ渡《わた》された。

歓声《かんせい》がまたあがったが、最初に船から降りてきたのは、彼らが待つ「王」ではなかった。髪《かみ》も髭《ひげ》も伸《の》び放題、衣服は垢《あか》にまみれた汚《きたな》らしい小男だ。

襤褸《ぼろ》くずのかたまりみたいなその男は、桟橋《さんばし》に足をつけると、敷板《しきいた》に顔を押《お》し当てて、おいおいと泣き出した。それから両手を打ち、足を踏《ふ》み鳴らした。

「持衰《じさい》だ」

「航海の無事が適《かな》って、命《いのち》が長らえたのだ」

岸辺に集まった人々は、彼《かれ》が踊《おど》りながら浜奥《はまおく》に去っていくのを静かに見送った。

直後、再び法螺貝《かい》が鳴り響《ひび》いた。

王の迎えに立った男たちの口から、

「おお」

という警蹕《けいひつ》の声が発せられた。

警蹕は、神が出現する時、先払《さきばら》いの者が声を出してあたりをいましめる行為《こうい》だ。「王」

と呼ばれる男は、神と同等の存在なのだろう。

しばし後、兵士たちに囲まれるようにしてその王が姿を現した。

白い麻《あさ》の長衣《ながぎぬ》に、熊《くま》の毛皮を羽織《はお》った大柄《おおがら》な男だ。

出迎《でむか》えの者たちが頭上に松明《たいまつ》をかかげたまま膝《ひざ》をついた。

「皆《みな》の者、頭をあげよ」

長衣の袖《そで》を払《はら》って大柄の男は言った。

「汝《なんじ》らの王は、今戻《もど》った。民草《たみくさ》の顔を再び見ることができて、吾《あ》（私）はうれしく思うぞ」

太くよく通る声で呼びかけると、人々は再び歓声《かんせい》をあげた。

これが新クナ国王卑弥弓呼《ヒミココ》ことククチヒコが発した、最初の言葉であった。

籐編《とうあ》みの胴着《どうぎ》をまとった王の側近が駆《か》け寄ってきた。

「ご無事でなにより。海は荒《あ》れませなんだか」

胸板の厚い、いかにも海族《うみぞく》といった風貌《ふうぼう》の男が尋《たず》ねた。

「サキの灘《なだ》では何事もなかった。波は少々高かったが。それよりも腹立たしかったのは、イラコの手前で曲者《くせもの》どもの船が、我らに刃向《はむ》かってきたことだ」

王は答えた。

「被害《ひがい》はいかに」

「何ということもない。我らには、きうすの考案したカラクリが備わっている。身のほど知らずの賊《ぞく》どもは、船を打ち割られて退散した」

クナ王は、今降りてきた大型船の舷側《げんそく》を返り見た。そこには縄《なわ》のからまった太い木組みが突《つ》き出ていた。

「このツワモノは役に立つぞ。もっと数を増やさねばならぬ」

ツワモノは、後の世では剛健《ごうけん》な人や兵士を指す言葉となったが、この時代では強力な兵器のことを言う。

「い、いきうす老には、王の留守中、今よりさらに遠方へ岩を飛ばすツワモノも作らせております」

「近々、その試《ため》しを見よう。おお、そうであった」

王は傍《かたわ》らに立つ兵士に目くばせした。

その兵士は渡《わた》り板を駆《か》けあがり、舷側に立っていた小柄《こがら》な人影《ひとかげ》の手をとって、うやうやしく先導した。女性であろうか、裾《すそ》の長い衣服をまとい、長い髪《かみ》をたらしている。

王の側近たちは、桟橋《さんばし》に降り立ったその人物の顔を見て、ぎょっとした。

白地に赤く隈取《くまど》りした異形《いぎょう》の仮面をつけている。

「これは我らの同盟国ホウライの姫巫女《ひめみこ》にあらせられる」

王は側近たちの戸惑《とまど》う表情を見て、ふくみ笑いしつつ言った。

「此度《こたび》、我らの作略《さりゃく》にはホウライ国のご協力が是非《ぜひ》とも必要ゆえ、そのご相談の席を設《もう》けるべく、吾《あ》が当地にご招待いたしたのである。者ども、姫巫女の御身《おんみ》にくれぐれも粗相《そそう》なきように」

それから王は、「姫巫女《ひめみこ》」に向かって何か語りかけた。それは出迎《でむか》えの者たちが聞いたこともない異国の言葉だった。彼《かれ》らはその白い仮面の主《ぬし》が小さくうなずくのを、不思議そうに眺《なが》めていたが、命令どおりに護衛の兵を集め、その異形《いぎょう》の姫を取り囲ませた。

「宿舎にご案内いたします」

どうせ言葉は通じまい、と思いつつ一人の兵士が声をかけると、彼女《かのじょ》のつけた面が、上下に小さく動いた。

兵士は、ほっとして部下に合図し、先に立って歩き出した。

桟橋《さんばし》から去っていく姫と護衛兵の列を眺《なが》めていたヒミココ王は、

「カマチヒコよ」

側近の一人に顔を向けた。その表情は、険《けわ》しいものに変わっていた。

「例の件はどうなっているか」

カマチヒコと呼ばれた男は、背をかがめてヒミココに近づき、小声でくどくどと何かを説明し始めた。

王は始め小さくうなずいていたが、カマチヒコの話が肝心《かんじん》な部分にさしかかると、

「何だと」

声を荒《あ》らげた。

「アナコべが失敗した、だと」

カマチヒコは、その怒《いか》り声に、大あわてで釈明《しゃくめい》し始めた。

「その、何と申しましても、アナコべは武《ぶ》に長《た》けた者ではありましたが粗忽《そこつ》の気《け》がある者でもありましたから、敵を見くびっていたのでしょう。やみくもにクシロ村を攻《せ》めて敗死し、大半の部下も討《う》たれたと申します」

「報告した者は誰《だれ》か」

「クシロ村から逃げ帰ってまいった者どもでございます」

ヒミココは、歯ぎしりして桟橋《さんばし》の板を踏《ふ》みにじった。

「お怒《いか》りをお鎮《しず》めくださりませ」

カマチヒコは、王の足元に頭をこすりつけた。

「逃げ戻《もど》った者どもから、クシロ村の内情を聞き取っておりますれば、すぐに次の手も打てましょう」

「その者らは何処《いずこ》に」

「敗戦の噂《うわさ》が広がらぬよう。また、王のご質問にも答えられるよう、裏山の洞窟《どうくつ》に閉じこめてございます」

カマチヒコは、背後の山を振《ふ》り返った。

「さような縁起《げん》の悪い者どもに、吾《あ》が対面すると思うてか」

ヒミココは、右の拳《こぶし》で左肘《ひじ》の先をたたいた。チクシ島（九州地方）の海族がよくやる、厄払《やくばら》いの動作だ。彼《かれ》は再度尋《たず》ねた。

「その逃げ戻《もど》ってきた者どもは何人か」

「五人で」

「その者ら、すべて殺せ」

低いが、はっきりとした声でヒミココは命じた。

「戦神《いくさがみ》へのニエ（生《い》け贄《にえ》）とせよ」

カマチヒコは、わずかに顔色を変えたが、

「心得ました」

頭を下げた。

それからしばらくヒミココは側近らに細々《こまごま》と指示を与えて後、帰還《きかん》祝いの宴《うたげ》に出席すべく、足早に桟橋《さんばし》を渡《わた》っていった。

倭国《わこく》の夏は雨期と、その雨期あけから三十日ほど続く日差しの強い時季に分けられる。後世の人々はこの雨期を「梅雨《つゆ》」と呼ぶが、そのころの倭人たちは「風待《かざまち》」とか「船形の雲が出るころ」などと称《しょう》していた。卑弥呼《ひみこ》が生きていた弥生《やよい》時代後期、人々の多くは、この季節に丸々と育つ梅の実の存在を知らなかったからである。

だが、じつは邪馬台国《ナカツクニ》の宮殿《きゅうでん》では、密《ひそ》かに梅は栽培《さいばい》されていた。

雨期の中休み。久しぶりの青空が広がり、午後には三輪山《みわやま》の北に、人の胎児《たいじ》の形をした雲――船形の雲――が浮《う》かんだ。

ナカツクニで卑弥呼に仕える新入りの巫女《みこ》たちは、彼女《かのじょ》らの頭《かしら》であるイキメの命令で、宮殿西側の果樹園に出た。

イキメは、さして太くもない梅の木を指差して、巫女たちに注意した。

「これは大変恐ろしい実をつけます。おいしそうな形をしているからといって、皆々《みなみな》勝手に捥《も》いで口にしないように」

「イキメ様、もし口にすると、どうなるのでしょうか」

と質問したのは、少し小生意気《こなまいき》な感じのする、切れ長の眼を持った若い巫女だ。

「これは神の御食《みけ》に供《きょう》するもので、そのままでは人の身体《からだ》には合いません。たちまち腹痛を起こし、痛みは天地に届くのです」

イキメは強い口調で言い、

「あなた方が、この宮に仕える少し前にも、食い意地のはった一人の巫女が、無断でこの実をかじり、七転八倒。神罰《しんばつ》を得て絶命したのです。その埋葬《まいそう》場所にはいまだ草木も生えず……、おお、はらったまきよったま（払《はら》いたまえ、清めたまえ）」

呪《しゅ》を唱えたから、若い巫女たちは震《ふる》えあがった。

それから彼女《かのじょ》らは、ざるを持つ者、実を捥《も》ぐ者の二人一組になって果樹園に散った。

そして、その柔《やわ》らかい掌《てのひら》で包みこむようにおそるおそる梅の実を捥いでいった。

日が中天にかかるころまでに、ざる数十杯《ぱい》分の実が集まった。それらは一部を天日干《てんぴぼ》しにするが、大部分は素焼《すや》きの大壺《おおつぼ》に詰《つ》め、塩を振《ふ》って保存する。イキメはこの時も注意を忘れない。

「疵梅《きずうめ》、潰《つぶ》れ梅も凶事《きょうじ》をもたらします。気をつけて扱《あつか》いなさい」

生の実を保存する時、破損したものからは、時に猛毒《もうどく》の青酸《せいさん》が発生し中毒を引き起こす。彼女はそれを、体験によってよく知っていたのである。が、しかし、その壺の中味を、宮殿《きゅうでん》では食料に用いることは、まずなかった。

長期間漬《つ》け込《こ》んだ梅の漬け汁《じる》を、ここでは染料の定着剤《ていちゃくざい》に用いていたのである。

ナカツクニの宮廷工房《きゅうていこうぼう》では、上質な絹布《けんぷ》が大量に生産されていた。倭錦《わきん》と呼ばれ、漢土の貴人たちが珍重《ちんちょう》する品であった。

さて、この時期、卑弥呼も忙《いそが》しい。

周辺の国々から求められて、田の植え始めや納《おさ》めの祈《いの》りを行う。

稲《いね》の苗《なえ》がある程度育つころになると、虫除《むしよ》けと日照り、風避《かぜよ》けの祈禱《きとう》が始まり、その合間に日々の細々《こまごま》とした行事もこなしていく。

時には未明から昼近くまで儀式《ぎしき》が続くこともある。

そんな日、彼女《かのじょ》は食事を取る気力も失《う》せて、祭礼が終了すると寝所《しんじょ》へ駆《か》け戻《もど》り、夕刻まで死んだように眠《ねむ》りこけるのが常であった。

彼女の弟、オトウトカシも、また忙《いそが》しい。

ナカツクニの実質的な指導者である彼《かれ》は、同盟する三十余カ国の争議《そうぎ》を調停し、貢《みつ》ぎ物《もの》や交易品の管理をする。その合間に、朝鮮《ちょうせん》半島帯方郡《たいほうぐん》から輸入されるテイ（鋌《てい》・金属の半完成品素材）を各地に配り分け、鏡や武器・農具に加工する工人《こうじん》らの監督《かんとく》もするのだ。

姉弟がようやくひと息ついたのは、宮殿《きゅうでん》の果樹園で、果実の収穫《しゅうかく》がすべて終わったその日の夕刻だった。

夕日がイコマの山々と、その手前にあるミミノヤマ（耳成山《みみなしやま》）を赤く染《そ》めていた。

オトウトカシは、ミワ山の南、ハツセの川が山沿いを大きく蛇行《だこう》するあたりを歩いていた。供《とも》は、いつも連れている腕自慢《うでじまん》の近臣クカシヒコただ一人。その身は麻《あさ》の貫頭衣《かんとうい》の上に、同色の麻の袈裟衣《けさい》をかけ、髪《かみ》はただ後頭部で無造作に束ねていた。

ミワの山の麓《ふもと》、山道が途《と》切《ぎ》れるあたりに、大倭《だいわ》がある。物々交換《こうかん》の市《いち》だ。日暮れ刻《どき》のためか、市人《いちびと》は多くが帰り仕度《じたく》をしていた。交換した品々を見せ合う人々や、売れ残った荷を縄《なわ》でからげている人々の群れを避《さ》けつつ、二人は無人の広場に向かった。ここは後の時代には海石榴市《つばいち》と呼ばれ、歌垣《うたがき》（歌を詠《よ》み交《か》わし、男女の出会いを作る場所）にもなったところだ。

「あれに」

クカシヒコが、広場の奥《おく》にある高床式《たかゆか》の建物を指差した。

クカシヒコは、建物の前に立った。草葺《くさぶ》きの屋根は片側が抜《ぬ》け落ち、柱もかたむいている。元は殻物倉庫《からぶつ》でもあったのだろうが、久しく使われていないようだ。

「アクチ、アクチよ」

クカシヒコが声を低めて呼びかけると、高床の下から、もぞもぞと人の出てくる気配があった。

「貴《とうと》き日御子《ひのみこ》様の御弟君《おんおとうとぎみ》、日出《ひいず》る国三十余カ国のツワモノを束ねるナカツクニの宰相《さいしょう》、タケハヤのスサノオさま。おお、おお」

男が拍手《かしわで》を打って地に頭をこすりつけた。

「王よ、この者がチクシより参ったアズミ族の密使アクチにございます」

クカシヒコは、アクチの前にかしこまった。

「遠路《えんろ》、苦労であった」

スサノオことオトウトカシは、王の威厳《いげん》を見せて男の前に腰《こし》を下ろした。

「先使《せんし》より、お前がナカツクニに参ることは聞いていた。極秘の伝えがあることも、な」

「あいい、恐れ入りましてござりまする」

このアクチは、これでも南の海族の中では一目《いちもく》も二目《にもく》もおかれる男であるという。それが、供も連れずただ一人。ナカツクニの、こんな山裾《やますそ》の荒《あば》ら屋《や》に控《ひか》えているのは、不可解であった。

しかしオトウトカシは、表向き不審《ふしん》そうな表情も見せず、鷹揚《おうよう》な態度でアクチに顔をあげるよう命じた。

「申せ、言葉を飾《かざ》ることなく」

アクチは、少し口をあけて、まるで川の魚が餌《えさ》でも求めるかのようにパクパクと動かしたが、意を決したかのように、

「ク、ククチヒコが」

と大声をあげた。

「しっ」

クカシヒコがあわててまわりを見まわした。

「その凶々《まがまが》しい名は凶事《きょうじ》を招く。彼《あ》れ、と申せ」

「あいい」

アクチは恐れ入って、また額《ひたい》を地面にすりつけた。言葉には凶言霊《まがことだま》ということがある。呪《のろ》われた者の名を不用意に言えば、その者が目前に現れると信じられていた。クカシヒコは、それを恐れたのである。

「その……彼《あ》れの使いが、我らアズミの村に参り、兵を募《つの》りましてございます」

アクチは、せわしない口調で言った。

「その件《けん》は、すでに数日前、チヌの海（大阪湾《おおさかわん》）から早船《はやぶね》が入り、我らも伝え聞いている」

ナカツクニの伝令制度は、ここ数年で急速に発達した。ウチノウミ（瀬戸内海《せとないかい》）以西で起こった出来事も、浦々《うらうら》に置かれた使いの船によって、十日もかからずオトウトカシのもとに届く仕組みになっている。

「さようでございましょうとも。されど、この伝えばかりは、このアクチが夜を日に継《つ》いで持ち来たった情報《しらせ》でござりますれば、まだご存じなきか、と」

「申せ」

「されば申します。我ら一族の内にあるホナミ村は、彼《あ》れの使い船が参った時、あまりに理不尽《りふじん》な申しようにヒナモリが怒《おこ》り、弓矢を持って追い返しました」

アクチの村ホナミは、現在の福岡県飯塚《いいづか》市にあったとされる。『魏志倭人伝《ぎしわじんでん》』に、

「（奴国《なこく》から）東へ百里で不弥国《ふみこく》につく。多摸《たも》という長官と卑奴母離《ひなもり》と言う副官が居《お》り、家は千余ある」

と書かれているのが、このホナミ村だろう。村（不弥国）の指導者タモは土地代々の首《しゅ》長《ちょう》が任じられるが、ヒナモリはナカツクニから直接派遣《はけん》され、税を取り立てていた。

「ところが、彼《かれ》らは一度船を返したものの、数日後の晩、我らの村が油断した隙《すき》をついて夜討《よう》ちを行い……、タモを殺し、働き手を多く捕《つか》まえて連れ去りましてございます」

「何と！」

オトウトカシは片膝《かたひざ》を立てた。アクチは続けて、

「海からの襲撃《しゅうげき》は何度も続き、周辺の小村《しょうそん》も被害《ひがい》大きく、そのために不弥国は……不弥国は、今や完全に国としての機能を失いましてござりまする。あいい」

「先使からさような話を聞いておらぬぞ」

「彼らの夜討《ようち》ちは、先の使いが発《た》って直後のことでございました。おらの船もウチノウミで何度か、彼《あ》れらの息がかかった者どもの執拗《しつよう》な追撃《ついげき》を受け、チヌノウミに逃《に》げ込《こ》んで、ようよう生きた心地したのでござります。あいい」

オトウトカシは、あまりの予想外の物語に、しばし絶句した。

(嘘《うそ》は申しておるまい。この男は、必死に情報を伝えてきたのだ)

オトウトカシは、クカシヒコに命じた。

「この者を人目につかぬところへ隠《かく》し、他の者に接することなかれ。吾《あ》は、これより宮《きゅう》殿《でん》へ戻《もど》る」

「お一人では危のうございます」

「一刻も早く、このことを姉君に伝えねば」

平伏《へいふく》する二人の男を置いて、オトウトカシは野の道を走り出した。

強弓《つよゆみ》の力

クシロ村全体が見わたせる向かいの山に登ると、ワカヒコはひと息ついた。

一軒《けん》の小屋と石で組んだ狼煙台《のろしだい》がある。頭上の空は青いが、日照雨《そばえ》があたりの緑を濡《ぬ》らし続けていた。

額《ひたい》に滴《したた》る雨水を両手でぬぐうと、ワカヒコは小屋の中に入った。

「静かなものだけンど」

と、小屋の番をする若い男が山言葉で言った。挨拶《あいさつ》のつもりらしい。若者の名は、アジと言う。狼煙台の火の番であり、また狼煙の柴《しば》を集める仕事もする。

「あと少したてば、この雨は激しくなるずら」

「どうしてわかるの?」

ワカヒコが問うと、アジは右足をひきずって小屋の入り口まで出た。南の空を指差して、

「こごり雲《ぐも》が浮《う》かんでるからの」

と言った。ワカヒコが遠目がちに見ると、たしかに、獣《けもの》のような形をした雲があり、その下の山々は白くかすんでいた。

「頭の上が晴れていても、あの猪《こごり》（イノシシ）みたいな形の雲が、こっちに来ると大雨になるだに」

「へえ、そうなんだ」

実は、ワカヒコはそれを知っている。しかし、得意そうに説明するアジの顔を立てて、さも初耳であるかのように装《よそお》った。

おぼろ雲（高層雲）の下に浮かぶ灰色の獣雲《けものぐも》を「こごり雲」とアジは言うが、ワカヒコの師の公達《こうたつ》は、それを漢風《から》に「黒猪《こくちょ》」と呼んでいた。

「漢土《かんど》昌邑《しょうゆう》の人伯寧《はくねい》は、風の強さ、雲の動きを読んで兵を動かす名人だった。ある時、この人が丞相《じょうしょう》（曹操《そうそう》）に雲の形を問われて、『古人曰《こじんいわ》く、黒雲牛《ぎゅう》の形、猪の形の如《ごと》きは俄《にわか》雨《あめ》なり。馬の如《ごと》く走り、船の形に似《に》たるは大風に雨がともなうなり』と答え、黒い猪の雲が雨兆《あめのきざし》であることを伝えたそうな」

（雨期はまだまだ続くなあ）

ワカヒコは、向かいの山の中央に立つ神の木を眺《なが》めた。

「アマノササエギ様も、今日は一段と大きく見えるね」

枝葉《えだは》が普段《ふだん》の二倍ほどに膨《ふく》らんで見える。その巨大《きょだい》さに、ワカヒコは改めて畏《おそ》れのようなものを感じた。

「あたりに水気が多い時は、いつもああだに」

アジは、さして不思議でもない、といったふうにくるりと背を向け、足をひいて炉《ろ》の前に戻《もど》り、

「水気を吸《す》って一時《いっとき》でかくなると言う者もいるが、俺《おれ》が思うに……」

自分の右脛《みぎすね》をゆっくりとさすった。

「水の気が木や草を、より色濃《いろこ》くするから、近くにあるみてえに大きく見えるだけだに。その証拠《しょうこ》に、ほれ、アマノササエギ様ばかりか、村も、向かいの山もいつもよりこっちに近づいているようだに」

「なるほどね」

アジは数年前、山中で大猪《おおいのしし》に出合い、戦って右足の筋を切った。以来、山仕事にも行けず、村の厄介者《やっかいもの》になっていたが、老巫女《ろうみこ》のアンマが哀《あわ》れに思い、この半ば打ち捨てられた狼煙台《のろしだい》の責任者に据《す》えたという。若いわりに世の中を醒《さ》めた目で観察することができるのも、ここで人と交わらず、身のまわりの自然ばかり見つめ続けているからだろう。

ワカヒコは、こういう思慮深《しりょぶか》い人物が、決して嫌《きら》いではなかった。

「もう戻《もど》らなくちゃ」

「なんだいね、一緒《いっしょ》に山の芋《いも》でもかじろうと思っただに」

「大事な食料を減《へ》らしちゃ悪い。食事は村に戻《もど》ってとるよ」

足を痛めているため、アジは一度山に登ると、小屋へ籠《こ》もりっきりだ。十日に一度、村の者が運んでくるわずかな食料で日々の食事をまかなっている。

「そろそろイワナの干したやつも食いたい。村の者に、そう頼《たの》んでくれねえだか」

「うん、わかった」

ワカヒコは杖《つえ》を手に、山を下っていった。


ワカヒコがクシロ村へ戻ったころを見計らったかのように、雨は本降りとなった。

ワカヒコは塒《ねぐら》（寝所《しんじょ》）にしている集会所兼用《けんよう》の家に入った。炉《ろ》に赤々と火が焚《た》かれ、男たちは一心に何か削《けず》っていた。

「勇者さまが戻られたぞ」

作業の手を止めた「ク」という男が炉の前の座を譲《ゆず》った。

「いかく（大変に）濡《ぬ》れちまっただな、勇者さま。さあ、こっち来て衣服を乾《かわ》かしたらいいだに」

クは、傍《かたわ》らの草束《くさたば》を取って、ススヒコの濡れた腕《かいな》を丁寧《ていねい》にぬぐい始めた。

「勇者さまに風邪《かぜ》でもひかせたら、わしらはまたアンマ様に、こっぴどく叱《しか》られるだ」

「俺《おれ》はそこまで弱体《やわ》じゃないよ」

ワカヒコは苦笑した。クは、ワカヒコが村に来たころ、何かと言うと難癖《なんくせ》をつける奴《やつ》だった。クの態度が目にあまるから、とサナメが短剣《たんけん》で威《おど》しつけたこともある。それが、クナ国兵との交戦で、ワカヒコが見事な軍略の才を見せた途端《とたん》、クは掌《てのひら》を返したようにワカヒコの信奉者《しんぼうしゃ》となった。

今では、何かと言ってはぺったりとくっついて、あれこれ世話を焼きたがるので、ワカヒコも煩《わずら》わしく感じる時もある。

「矢を剝《は》いでいるの？」

と、ワカヒコは炉の向かいに座《すわ》った別の男に尋《たず》ねた。その男は、山鳥の尾羽《おばね》を板の間にはさんでそろえる作業に熱中していた。

「若巫女《わかみこ》さまから、教えられたやり方だに。本式の矢作りがこんなに難しいもんだとは、初めて知っただに」

彼《かれ》は板からはみ出た羽の矢を、鋭《するど》い石で削《そ》ぎながら言った。その隣《となり》では鹿《しか》の角《つの》や骨を割って骨鏃《こつぞく》（骨製の鏃《やじり》）が作られていた。

ナカツクニでは、戦闘《せんとう》用の数矢《かずや》（一番多く用いられる簡単な矢）は多くの場合、石の鏃を用い、上級の者だけが青銅や鉄《くろがね》を使う。これを骨製にするのは、ただ単に、山中で入手しやすい材料だからだろう。

「今日は雨だから、矢作りもはかどるずら」

「若巫女《わかみこ》さまは、村の男一人当たり百本矢を作れとお命じになったで」

「いかく手間だが、用意しとくに越《こ》したことはねえだ。なにせ命がかかってるだで」

そこにいる男たちは、口々に言った。

「矢はこれでいいとして、これを射る弓の方は、どうなってるの」

ワカヒコは羽を継《つ》いだばかりの箭《せん》（矢竹）をひねくりまわした。

「若巫女さまが、昨日から裏門脇《クンジャワキ》の小屋に籠《こ》もっていなさる。弓作りは手間がかかるし、臭《く》せえしなあ。女たちの仕事だに」

男たちは、どっと笑った。

ワカヒコは、だまって立ち上がった。

「勇者さま、どこ行きなさる」

クがあわてて引き止めた。

「せっかく着《き》りもん（衣服）が乾《かわ》きはじめたというに」

「弓作りの方も、ちょっと気になって」

「ああ」

クは、にやりと笑った。

「本当は、若巫女さまが気になるだな」

「違《ちが》うよ」

と言ったが、図星をさされてワカヒコは口ごもった。それを悟《さと》られまいと、顔を伏《ふ》せて入り口に向かった。

「あっ、言うとくが、間違《まちが》ってもサグライに入っちゃなんねえぞ。忘れんでくれ。裏門脇《クンジャわき》の小屋へ行くだに」

クは雨の中に飛び出していくワカヒコの、背に向かって叫《さけ》んだ。

サグライは、未婚《みこん》の娘《むすめ》たちが集団で暮らす家のことだ。それに対し、未婚男性のクたちが寝起《ねお》きする家はサメライと称《しょう》する。

この地の民《たみ》は、かなり早い時期、倭国《わこく》に山住《さんじゅう》（山中に定着すること）したため、低地の倭人と交わることが少なかった。そのおかげで東南アジアから渡《わた》ってきた少数民族の風習や言語が、いくつか残っている。

ちなみに、現在タイ北部に住む山岳《さんがく》民リス族も、男女若者宿のことを「サッメライ・サッグライ」と呼びならわしている。

ワカヒコは裏の門近くまで一気に駆《か》けた。盛大に泥《どろ》をはねあげてめざす小屋にたどりつくと、戸口の隙間《すきま》から蒸気が噴《ふ》き出ているのに気づいた。

「ワカヒコね、お入りなさい」

近ごろ若巫女《わかみこ》さまと呼ばれるようになったサナメの声が聞こえた。まだ戸も開けぬうちに、気配で彼《かれ》と察《さっ》したらしい。

ワカヒコは、そっと板戸を開けた。むっとする熱気と、獣《けもの》のにおいが鼻をついた。

石を組んだ大炉《おおろ》に高々と炎《ほのお》があがっていたが、それは暖《だん》をとるのではなく、皮や骨を煮《に》つめるためだった。

若い女たちが、わいわいと騒《さわ》ぎながら大壺《おおつぼ》の中身を、棒《ぼう》でかきまわしていた。

部屋の中央にサナメがいる。胸と腰《こし》に荒布《あらぬの》を巻きつけただけの勇ましい格好だ。

「すごいにおいでしょう」

炉の熱で汗《あせ》みどろになったサナメは、少し誇《ほこ》らしげに言った。

ワカヒコは、彼女《かのじょ》の胸元に噴《ふ》き出している汗《あせ》つぶに目をとめ、急いで視線をそらした。

しかし、サナメはそんな彼《かれ》の心情など気にせぬ様子で、

「ここの猪皮《ししがわ》や鹿《しか》の骨は、ものがいいみたい。もう壺ふたつ分の膠《にかわ》がとれたのよ」

弥生《やよい》時代、膠は漆《うるし》と並ぶ強力な接着剤《せっちゃくざい》として知られている。

ワカヒコは小壺に取り出された茶色い膠を物めずらしそうにのぞき込《こ》んだ。彼が暮らしていたナカツクニでは、膠は型に流し込んで乾燥《かんそう》させた、細い棒状の物体として流通している。宮殿《きゅうでん》の工人《こうじん》たちはそれを煮溶《にと》かして、破損した祭器《さいき》の補修や、塗料《とりょう》の定着に用いている。

「これを私が、どうやって使うか、わかる?」

サナメは謎《なぞ》をかけてきた。ワカヒコはしばし首をひねる。部屋の中を眺《なが》めていると、隅《すみ》の方に、簳《かん》（ヤダケ）と桃支《かずら》（カズラダケ）が束ねられているのが目に入った。

簳は荒《あら》く削《けず》られ、ほかに弓の長さに切られた生木《なまぎ》も転がっている。

「強弓《つよゆみ》……を作る気だ」

「よくわかったわね」

サナメは手を打って感心した。

「強弓は、丸木《まるき》の弓より弾《はず》みがあって、矢を飛ばす距離《きょり》も打ち貫《つらぬ》く力も二倍、三倍に増すの」

「これも、お兄さんから教わった知識だね」

「そうよ」

サナメは傍《かたわ》らの生木の束を指差した。

「これは西の海族がウゴウと呼ぶ木だけど、この真ん中の部分を少し枯《か》らして、竹と合わせて……」

と説明し始めた。ウゴウとは山桑《やまぐわ》のことだ。スダオ（イチイ）やキササゲ（梓《あずさ》）と並んで、このころは丸木弓の材料として各地で用いられている。サナメはこれらを膠《にかわ》で竹と接着させ、より強い張力を得ようとしているのだった。

「とってもいい考えだけどね」

ワカヒコは、削《けず》りかけのウゴウを手にして、少し眉《まゆ》をひそめた。

「何が言いたいの」

「いや、この弓は強力すぎて、弦《つる》を引ける者がかぎられてくる。まあ、それは練習次第《しだい》で何とかなるかもしれないけど、問題は」

そこまで言うとワカヒコは、サナメの腕《うで》を取って部屋の隅《すみ》に引っ張っていって、耳元にささやいた。

「膠《にかわ》が完全に固まって弓の形が整うまで、君は、どれくらい時《とき》がかかると計算しているんだい」

「そうね。ざっと半月。いや、ひと月ぐらいかな」

「それじゃあ、時がかかりすぎるかも」

「遅《おそ》いというの」

「うん」

ワカヒコは、大炉《だいろ》の前で作業する女たちに聞こえぬよう、さらに声を低めた。

「今朝早く、寝《ね》ていた俺《おれ》のところに、アンマ様の使いが来てね。こう言ったんだ。『明日、村の者に内緒《ないしょ》で出かける。出来れば一緒《いっしょ》に来てもらいたい』って」

「どういうこと」

「アンマ様は、村の外で誰《だれ》かに会うつもりだろうね。俺の考えるところ……」

と、そこまでワカヒコが言った時、作業していた女の一人が、おずおずと近づいてきた。

「あのう……、お邪魔《じゃま》でしょうが、若巫女《わかみこ》さま、ちょっと新しい膠《にかわ》の出来具合を見ていただきたくて」

まだ若いその女は、男女の語らいに水を差す自分をひどく恥《は》じているようだった。

「本当に、本当に申しわけないのですが、膠の火入れが妙《みょう》なことになってしまって」

「いいのよ、今行きます」

サナメは、ワカヒコの肩《かた》を軽く小突《こづ》いた。

「明日のことは、また報告して。製作日数の問題は、何とかなると思う」

と言い捨てて、皆《みな》の元に走っていった。


ここで少し時をさかのぼり、新クナ王ヒミココがトウシの島に帰還《きかん》したあたりに話を戻《もど》したい。

それは、王の船団が現在の愛知県渥美《あつみ》半島近くを漕《こ》ぎ進んでいる頃合《ころあ》い。

オバマの入り江《え》を見渡《みわた》す高床《たかゆか》式の家では、灯《あかし》が入り、使用人たちが夕餉《ゆうげ》の仕度《したく》を始めていた。

例によって食事と酒の時間に、ローマ人ルキウス・ルグドネンシスの「思い出話」が語られる。彰《ちょう》は新しい木簡《もっかん》と筆を小脇《こわき》に抱《かか》えて、食事部屋に入った。

ルキウスは海を眺《なが》めつつ、酒器をかたむけていた。灯《あかし》に照らされたその横顔は毅然《きぜん》として近づきがたく、まるで後漢の王墓にある魔除《まよ》けの英雄像《えいゆうぞう》のようだ、と彭は思った。

折敷《おしき》（食事用の盆《ぼん》）の横に座《すわ》った彼《かれ》は、ふと、ルキウスの背後にあるガラクタの山を見あげた。見覚えのある包みが載《の》っている。

「ああ、それかね」

ルキウスは彭の視線をたどり、事もなげに言った。

「時おり、海に出たアツ族の者が浮《う》かびただよう物を運んでくる。わしが何でもかんでも変わったものを欲《ほ》しがっていると思い込《こ》んでおるらしい」

彭は、その包みが、まるで別れた我《わ》が子であるかのように、しっかと抱《だ》きしめた。

「どうしたな」

不思議そうに尋《たず》ねるルキウスに、

「これは、私が海に落ちた時、失った荷物です」

「中身が食料なら、腐《くさ》りはてておろうに」

「大丈夫《だいじょうぶ》、私の商売のもとです。しっかりと、ブタの脂《あぶら》で包んであります」

「さほどに錆《さび》をおそれるとは金属《かなもの》だな」

「針ですよ」

彭は荷をほどいた。竹皮の包みを開くと、白い猪脂《ちょひ》のかたまりがあった。その中に銀色の針がのぞいている。

「毛人国《もうじん》では、これ一本で絹《きぬ》半反《たん》。種籾《たねもみ》なら二握《にぎ》りの価値があります」

古代、半反の布地は、現代の寸法で幅《はば》三十五センチ、長さ約二・五メートルほどというから、かなり高価なものだ。

「倭人は、かような金属針を作れませんから」

ルキウスは脂《あぶら》の中から一本ほじくりだして目の前にかざした。

「細かく、たくみに出来ておる。これなら絹の布もきれいに縫《ぬ》えるじゃろう。ん？」

ルキウスはそこで、ちょっと考え込《こ》んだ。

「毛人も絹を作ることが出来るのか」

毛人とは毛深い人。現在の糸魚川静岡構造線《いといがわしずおかこうぞうせん》と呼ばれる断層線《だんそうせん》の周辺から東側に住む人々を、西日本に住む倭人たちは、漠然《ばくぜん》とそう呼んでいる。

「一部では作っているようです。陸路はるばるナカツクニにやってくる毛人たちは、粗末《そまつ》ながら草木で染《そ》めた絹布《けんぷ》を女王に献上《けんじょう》したこともある、と聞きます」

彭は指先についた猪脂《ちょひ》のにおいが気になるらしく、しきりにそれをぬぐいながら言った。

「米と交換《こうかん》できると言うが、では彼らも稲作《いなさく》を行っているのじゃな」

「少数の毛人でしょうが、たしかに作ってはいるようです」

「このあたりの住民は言う。毛人とは毛皮をまとって山野を走りまわり、獣《けもの》を獲《と》ったり木の実を拾ったりして生きる野蛮《やばん》な民《たみ》じゃ、とな。しかし、東に旅したごく一部の船人は、そこに我らも知りえぬ不思議な文明がある、と語るのじゃ」

ルキウスは、開け放された戸口に這《は》い寄っていった。

「今はくもって見えぬが、天が抜《ぬ》けるように晴れ渡《わた》る寒い朝、東海の彼方《かなた》に時折小さな突《とっ》起《き》が現れる。それが、倭国で最も高い山、蓬萊山《ほうらいさん》じゃという」

北東の海を指差すルキウスの指先はかすかに震《ふる》えていた。

「毛人の国に囲まれておりながら、その山の麓《ふもと》に住む人々は白い肌《はだ》を持ち、体毛は薄《うす》く、文字を知り、美しい歌をうたうという」

彭も、戸口から外を眺《なが》めた。青い海の向こうは白く煙《けぶ》り、ぼんやりと陸地が見える。そこに時として山が現れる、というのだろうか。

「漢土にも似たような話を伝える者がおります。蓬萊山頂には、鶴《つる》に乗った仙人《せんにん》が飛び、山麓《さんろく》には美しい女たちが機織《はたお》りして暮らしおると、道教《タオ》の信者は申すのです」

ルキウスは彭の言葉に、ぴくりと肩《かた》を動かした。

「それじゃ」

「それとは？」

「美しい女が絹を織る地、蓬萊国。若き日、わしはその伝説の地を目指してローマを離《はな》れたのだ」

「老人」は、いつも座《すわ》る炉《ろ》の前に腰《こし》を据《す》えた。

「今こそ語ろう。わしが倭国に渡《わた》った真《まこと》の理由《わけ》を。その夢の続きを」

ルキウスは目を閉じて、言葉をさがし始めた。彼《かれ》の脳裏《のうり》には、シンカラを去った後の、それ以前にも増して苦労の多かった船旅の思い出が蘇《よみがえ》ってきた。

「ローマ人の船乗りが言うヒッパロスの風（インド洋の季節風）は、四月から十月ごろに南西へ吹《ふ》き、冬の十一月から三月ごろには北東へと変わる。我らより二十年以上前にも、この海路を伝ってマルクス・アントヌス帝《てい》の使者が、そのあたりを進んだと聞き、我らは半ば安心して船に乗った。しかし、サランディプを出て二日後、暴風雨に見舞《みま》われた」

漢土の人からは骨論《こつろん》、後には崑崙《こんろん》と呼ばれた現在の東南アジア人が操《あやつ》るその船は、木の葉のように揺《ゆ》れ、一部が破損して浸水《しんすい》した。

海上を押《お》し流され、それから漂流《ひょうりゅう》すること六十日。島影《しまかげ》ひとつ見えず、船乗りたちも途方《とほう》にくれた。

「骨論の水夫は船上でマラバトロン（肉桂《にっけい》・クスノキの皮）や乳香《にゅうこう》を焚《た》いて天に祈《いの》り、それが通じぬと知ると、『この大秦《だいしん》国の者らを乗せているから海神が怒《おこ》って、こうした苦難にあわせるのだ。みんな放り出してしまえ』と言い出した。わしも仲間も奴《やつ》らに手足を取られ、まさに海中へ投げ込まれようとした時だ。同船していた揚州《ようしゅう》呉郡《ごぐん》の商人が必死に引き止めて、『あなた方がこの遠方よりの旅人を殺すなら、まず私から殺してくれ。漢土では、鍛冶師《かじし》は山より金属を掘《ほ》り出し、固い鉄を自在に形作り、時に神の声を聞くという。その神はひとつ目で、知恵があり、畏怖《いふ》すべき存在という。その神罰《しんばつ》を恐《おそ》れよ』と言った。その騒《さわ》ぎの最中、我々は船の横を泳ぐ巨大《きょだい》な海蛇《うみへび》を見た。長さは我らが乗る船の三倍近く。色は黒褐色《こっかっしょく》で下半分は黄色、背にはタテガミか海草のようなものを生やし、頭は耳のない馬のような形をしていた。水夫どもは『神が出現した』と恐れおののき、我々の身体から手を離《はな》して、怪物《かいぶつ》を拝《おが》み出した。しばらくして前方に島影《しまかげ》を発見し、我々はよう漂流《ひょうりゅう》の身から解放されたのだ」

その島は漢人が室利仏逝《しつりぶつせい》（後のシュリービジャヤ、現在のインドネシア・スマトラ島北部）と呼ぶ島だ。ここからは天竺人《てんじくひと》たちがカラバールと呼ぶ港（現・マレーシアのペナン付近）、羅越《らえつ》（現・シンガポールのジョホールバル）の港を経て、北に向かえば良いだけだ。ところが、ルキウスは、一度自分たちを海に放り込《こ》もうとした水夫たちの船が気に入らず、羅越近くのマラユ（現・シンガポールの対岸にあった古代都市）で下船した。

「そのころになると、ローマから一緒《いっしょ》だった我らの仲間は十一人に減っていた。そのうちの五人は季節風の吹くうちに漢土へ渡《わた》りたいと船に残り、わしをふくむ六人はマラユで越冬《えっとう》することにした。冬といっても、そこは常夏《とこなつ》で、まるで真夏のアレクサンドリアのように熱かった。我らは、我らを助けてくれた揚州呉郡の商人の伝手《つて》で、マラユを支配する天竺人の王のもと、鍛冶《かじ》仕事をすることになった。王は我々大秦人を珍重《ちんちょう》し、何でも作らせた。

船、建物、武器。特に投石機は、王のお気に入りだった。我々は、そこに居合《いあ》わせた異国の技師《わざし》たちと知恵を交換《こうかん》し、ローマ人も知らなかった不思議な道具の製法を次々に学んでいった。それがおもしろく、つい一年、二年とマラユに暮らすうち、仲間がまた半数に減った。その地は熱帯の病がはびこる悪疾《あくしつ》の地でもあったのだ。わずか三人となった我々は、マラユ王に許しを請《こ》うて、漢土に向かう船に乗った。それから、一年ほど港々の泊《と》まりを重ね、ついに象石《ぞうせき》（現在の海南島《ハイナンとう》の海口《かいこう》にあった象形の目印）を抜《ぬ》けて孫《そん》氏の領土に到《とう》着《ちゃく》したのだ」

彭はルキウスの言葉を、必死になって木簡《もっかん》に書きとめていった。と、その言葉が不意に途切《とぎ》れた。室内を沈黙《ちんもく》が支配した。

何事か、と彭は筆を止めて顔をあげた。

ルキウスは、壁《かべ》の一点を見つめたまま身じろぎもしない。その眼からは一筋の涙《なみだ》がこぼれ落ちていた。

常人にはおよびもつかぬ長旅と異常な体験を思い返し、彼《かれ》には万感《ばんかん》胸にせまるものがあったのだろう。

（あの日は……）

ルキウスは、古代ラテン語でつぶやいた。

（……あの日は揚州の名もなき津《つ》に着いた我ら三人、ローマ風の長衣《トーガ》に身を飾《かざ》り、呉郡《ごぐん》の

城に向かった。晩春の夕日が、石造りの城壁《じょうへき》を赤々と染《そ》めていた）

城門の前には、日没《にちぼつ》の閉門《へいもん》前に城都へ入ろうとする人々で長蛇《ちょうだ》の列が出来ていた。待つうちに、ルキウスたちの番が来た。衛兵の長《おさ》は、ローマ人の異様な風体《ふうてい》を怪《あや》しみ、

「何処《いずこ》の国人《くにびと》か。何用あって我らの城都に入らんとするや」

語学に堪能《たんのう》なルキウスが代表して答えた。

「我らは大秦国皇帝《こうてい》セプティミウス・セウェルスの臣下です。数千里の波濤《はとう》を越《こ》えて今日、ようやく漢土に着きました。願わくは、この地の王様にお取りつぎを願います。ささやかながら、献上《けんじょう》の品を持参しました」

ルキウスは、マラユに住む間、揚州の商人から教わった、江南《こうなん》地方の言葉を使った。皇帝の臣下どころか、そのセウェルス帝の兵士に追われ続けた解放奴隷《どれい》の身分だが、地球を半周するほど彼方《かなた》の話だ。誰《だれ》にもわかりはしない。

「大秦国の者」

と聞いて衛兵たちは驚《おどろ》き、ともかく門内へ入れて、ルキウスたちに宿舎をあてがった。

時に、この呉郡の支配者は『三国志』で名高い孫堅《そんけん》の子孫策《そんさく》。

好奇心の強い孫策は、ルキウスたちを見て、少し失望した。民族服をまとい、一応の儀《ぎ》礼《れい》を心得ているようだが、人数はわずかに三人、屈強《くっきょう》な従者も連れず、髪《かみ》と髭《ひげ》は白く、伸《の》び放題。足腰《あしこし》も曲がっている。

「これなるはルキウス・ルグドネンシスとその仲間。大秦より国を経ること三十八カ国。四つの大海を渡《わた》り、船を替《か》えること二十度。六年の年月をかけて、我らの同胞《どうほう》がセリカと呼ぶ当地に着くことを得ました。願わくは、しばしこの地にて安穏《あんのん》なる日々を過ごすことをお許し願いとう存じます」

孫策は、ルキウスが献上《けんじょう》する贈《おく》り物にも失望した。没薬《もつやく》・鼈甲《べっこう》・綿布・透明石《とうめいせき》・棗椰子《なつめやし》・香油《こうゆ》など、どれも江南の商人が扱《あつか》っているものばかりで、大秦国の特産品ではない。それらは、漂流《ひょうりゅう》の末にすべてを失った彼《かれ》らが、マラユのあたりで何とかあつらえた品々であった。

孫策は、側近の者に小声で伝えた。

「彼らの献上する品々は、少しもめずらしくない。ことによると、この者らの仲立ちをする者が間違《まちが》って我に伝えたか」

しかし、ルキウスがたどたどしく語る物語を聞いていくうちに孫策は自分の考えを改めた。気の遠くなるような距離《きょり》を、時に戦乱に巻き込《こ》まれ、時に奇怪《きかい》な国々に漂着《ひょうちゃく》して苦労を味わい、ついには齢《よわい》三十代にして老人のような容姿となってしまった彼らに、驚《おどろ》きと感動の念を抱《いだ》いた。

「汝《なんじ》らは、ただの冒険心で我《わ》が国に至ったのではあるまい。その熱い心のもとは一体何であるか」

孫策は尋《たず》ねた。ルキウスは、正直に答えた。

「実を申せば、私たちはこれよりさらに東方の地に望みを求めて旅をいたす者ども。言い伝えによれば、はるか東方に火山島あり。そこに一本の巨木《きょぼく》有りて、美女の形した果実をつけるとか。その実は熟して地に落ち、ワクワクと啼《な》き、あるいは真正（本物）の女となりて絹を織ると聞きます。私たちの仲間は、皆《みな》その地に至りて女を娶《めと》り、幸福に暮らしたいと願って旅に出ました。されども、この私は」

ルキウスは、首にかけたふたつの皮袋《かわぶくろ》を見せた。ひとつには主人ガレリウス・ウイクルトスのサインが入った奴隷《どれい》解放の証明書が、もうひとつには、土塊《つちくれ》がひとかたまり収められている。

「これは、私が愛したモエシ人女性の、墓の土です。彼女《かのじょ》の祖先は巨木に成る実より生まれたもの。私はこの土塊をその木の根本に撒《ま》きたく思い、万里《ばんり》の波濤《はとう》を越《こ》える決心を固めたものであります」

ルキウスは、異国の言語の複雑さに難渋《なんじゅう》しつつ、語っていった。

孫策の側近たちは、不可解な面持《おもも》ちで耳を傾《かたむ》けていたが、彼《かれ》が語り終えると、その内容の非常識さに、どっと笑い崩《くず》れた。

「はるか彼方《かなた》から、さような大法螺話《おおぼらばなし》を信じてやってくるとは、愚《おろ》かな異国人よ」

おかしさに笑い泣きする者、宮廷《きゅうてい》の床《ゆか》をたたいて転げまわる者もいた。

ただ一人、孫策だけは笑わなかった。

「黙《だま》れ、愚《おろ》か者は汝《なんじ》らである」

　側近の者らを叱《しか》りつけると、座を降りてルキウスたちの手を取った。

「大秦国人の信じるワクワクとは、東の海中にあるという倭《わ》国《く》のことだろう。そのまた東方に蓬萊山《ほうらいさん》という霊山《れいざん》があり、仙女《せんにょ》の生まれる巨木《きょぼく》が茂《しげ》るという。汝、ルキウスよ。かような姿に成り果てても、愛する女の墓《ぼ》土《ど》を撒《ま》かんと欲して遠路を行く。その熱意は常人になきものだ。よろしい、この呉郡に倦《あ》くまで住むがよい」

「ありがとうございます」

「ところで、汝らには、何か特技はあるか。あれば我らの陣営で使ってやろう」

　ルキウスは、自分たちが鍛冶《かじ》職人であり、大秦国の優《すぐ》れた金属加工を身につけている、と答えた。

「今は当地も戦いの最中にある。鍛冶師は何処《どこ》でも引く手あまただ。さっそくに仕事の手配をいたそう」

　孫策はその場で自軍の将軍を差し招いた……。

「伯符《はくふ》（孫策）殿《どの》の申し出は、まことにありがたかった」

　ルキウスは師のポンパニウスより伝えられた軍団武器修理人《レギオネーダス》の手技《しゅぎ》もあったから、たちまち江東《こうとう》軍（孫策の私兵）中に編入された。初めは見様見真似《みようみまね》の手さぐり状態だったが、火を使う現場は、どこもたいした違《ちが》いはない。

「安息《あんそく》（パルティア国の中国名）やマラユでの体験も、大いに役立ったのですね」

彭は感心しつつ、木簡に筆を走らせる。ルキウスはうなずく。

「槍先《やりさき》や剣《つるぎ》の鍛造《たんぞう》は、呉もローマも変わらない。問題は鋳造《ちゅうぞう》じゃった」

鋳造とは炭素《たんそ》分の多い金属を高熱で溶《と》かして型に流す技術だ。漢土では太古《たいこ》より、祭礼の道具に用いる銅器を生産し、鋳造術を鉄にも応用していた。

「こと鉄の鋳造技については、我らローマ人の技術は呉人より一段も二段も劣《おと》っていた。改めてこれを知らされ、我らは大いに自信を失ったものだ。しかし、あちこちの城を見てまわるうち、ローマの技術が勝《まさ》っているものを発見した」

「何です」

「お前さんも、見たじゃろう。投石機じゃよ」

ルキウスは、にやり、と笑った。

「ギリシア人は、あれをカタペルテスと呼び、ローマではトルメンタと言う。もっとも、実際にこれを扱《あつか》うローマ人兵士は、オナゲル（野生のロバ）と呼んだ。怒《おこ》ったロバが後ろ脚《あし》で石を蹴《け》りあげる姿に似ているというのじゃが、まったく言い得て妙《みょう》じゃな」

ルキウスは部屋の片隅《かたすみ》の、ごちゃごちゃと積みあげたガラクタの中から、木の細工物《さいくもの》を持ち出してきた。

「これはクナのヒミココ王に初めて謁見《えっけん》した際、披露《ひろう》したオナゲルの模型《ヒナガタ》じゃよ。よく出来ておろうが」

彭には初めその価値がわからなかった。が、ルキウスがその小さな投石機に木の実を置いて紐《ひも》を引くと、模型《もけい》の効果がすぐに理解できた。

木の実は部屋の、もう一方の隅《すみ》まで飛んで、そこにあった酒の壺《つぼ》に命中した。

「こういうことだ。このヒナガタの十倍大きなものは、十倍の大きさの石が十倍の距離《きょり》を飛ぶ。まあ、理論的にだが」

「ヒナガタだけ見ていると、まるで山人が使う兎狩《うさぎが》りの罠《わな》みたいです」

「紐の弾力《だんりょく》を用いて、バネの動くところは一緒《いっしょ》の原理じゃからの」

ルキウスは、木の実弾《はじ》きがおもしろくなったらしく、何度もその玩具《おもちゃ》を動かした。しかし、彭にはわずかな想像力がある。その実の十倍、二十倍もある石が人に命中すれば、どんなに悲惨《ひさん》なことになるか、すぐにわかった。

「ギリシア人は、こうしたカラクリで石や槍《やり》を飛ばす仕掛《しか》けを、六百年以上も前から使っておった。中の海（地中海）の島々に築かれた石造りの城塞《じょうさい》都市は、それまで何百日も包囲しなければ落ちなかったが、この兵器の出現で、炉《ろ》に積んだ薪《まき》のように、たった数日で石壁《いしかべ》が崩《くず》れ落ちた」

「しかし、漢土ではこういった兵器は、あまり見かけません」

彭は木簡を膝《ひざ》に置いた。

「同様なものは使われていたはずじゃ。絹《きぬ》の道を伝って、優《すぐ》れた技術は即座《そくざ》に伝わる。わしが泊《と》まりを重ねた南天竺《みなみてんじく》の港にも、大型の投石機はあった。思うに……」

漢土の中原《ちゅうげん》は温度が高く湿気も強いため、バネに用いる縄《なわ》の弾力《だんりょく》が、すぐに劣化《れっか》してしまうのだろう。

「孫策の城にも、同様な装置の残骸《ざんがい》はあったが、どれも兵士が二、三人で運搬《うんぱん》するものじゃった。かわりに多くそろえられていたのが短い槍《やり》を水平に射《う》ち出す、大弓《おおゆみ》みたいなものじゃ。これで馬や二輪戦車《チャリオット》を狙《ねら》うという。それは戦い方の違《ちが》い、その国の好みと申すもので、何が優《ゆう》で何が劣《れつ》か問うことではない」

ルキウスは、ようやく木の実飛ばしに飽《あ》きたのか、模型《もけい》を脇《わき》に片《かた》づけて、彭の手元をのぞき込《こ》んだ。

「ずいぶん熱心に筆記したものじゃ。用意の木簡も残りわずかではないか」

「ええ、これだけおもしろい話が続いては」

「孫策伯符《はくふ》王の、軍営での暮らしには、他にもおもしろいことがいろいろあったが、追々《おいおい》それは語るとして、わしが新クナのヒミココに招かれるに至った物語の方を先にいたすか」

ルキウスは、彭の心を見すかしたように言う。それこそ彭の待ちに待った時であった。

「ぜひに」

彭はうなずいた。

ルキウスは酒の入った椀《わん》を置いた。

「孫策の戦いは続き、わしらは江南地方に赴《おもむ》いた。そこに住む山岳《さんがく》の民《たみ》、山越《さんえつ》と戦う周《しゅう》秦将《たい》軍を、出来立ての投石機で支援《しえん》するためだった。行ってみて驚《おどろ》いた。野蛮《やばん》な未開地の民と思った山越も、造りは未熟《みじゅく》ながら投石機を使う」

周秦軍は苦戦した。ルキウスとその仲間は、射程距離《きょり》がより長い、大型のタイプを現地で製作した。山越の投石機は、三十ミナ（約十三・一キログラム）の石を、二百歩《ぶ》（約百五十メートル）飛ばすタイプだ。ルキウスは、周辺の木を伐《き》り、巨大《きょだい》な土台を作って、百八十ミナ（七十八・七キログラム）の巨石《きょせき》を三百歩《ぶ》（約二百三十メートル）投げる装置を組みあげた。

効果は絶大だった。山越人の石は周秦の軍に届かず、周秦軍の射《う》つ石は敵の砦《とりで》を簡単に破壊《はかい》した。味方の兵士たちは、巨大な石が山越人を押《お》しつぶしていくさまを、ただだまって見ているだけで良かった。

「我々は勝利に酔《よ》った。一日に三つの砦を落とすことさえあったからじゃ。しかし好事魔《こうじま》多《おお》し、という。我らの頼《たよ》りとする孫策王が死んだ、という知らせが入ったのじゃ」

孫策王（孫策）は、彼《かれ》が殺害した呉郡太守《たいしゅ》の部下に暗殺されたという。彼の「王位」は弟が引き継《つ》いだ。これが呉の領土を、最大の規模に拡大する、英雄孫権《えいゆうそんけん》である。

孫権は、山越との戦いを後まわしにした。兄の友人周瑜《しゅうゆ》の協力を得て、呉を狙《ねら》う曹操《そうそう》孟徳《もうとく》の野望に立ち向かった。

「呉の国が精強と見た諸国の使いは、呉郡の王宮に群がり集まってきた。その中に、見慣れぬ蛮民《ばんみん》の群れがあった。聞けば、倭国の者という。わしは、これぞ噂《うわさ》に聞く蓬莱の民《たみ》か、と心を踊《おど》らせた。すぐに伝手《つて》を頼《たよ》って面会した」

それが流浪《るろう》のクナ王ヒミココの使者だった。名をクマミミ（玖磨耳《くまみみ》）という。邪馬台国《ナカツクニ》の同盟者に国を追われたクナ王は、死んだ孫策とつながりを持つクマミミに命じて、呉の軍事援助《えんじょ》を得ようとしたのである。

しかし、孫権はそれどころではない。当面の敵は、後漢帝国《ていこく》を半ば乗っ取り、漢土の武力統一を企《たくら》む曹操だ。東の果ての、野蛮人《やばんじん》の国の争いに力を貸す余裕《よゆう》は、これっぽっちもなかった。

ルキウスは、孫権に拝謁《はいえつ》してこう提案した。

「倭の国へ我らをお遣《つか》わしください。我らはわずか三人ではありますが、孫家の兵三百人の働きをしてみせます。もともと我らは東海に渡《わた》るまでの約束で、兄上様のお世話になっていた者。ちょうど良い機会でございます」

新王の孫権は、ルキウスに言った。

「大秦人よ、今、倭国がいかような状態にあるか、お前はわかっておらぬだろう」

「少しは聞いております」

「いや、わかっておらぬはずだ。倭国は六十年ばかり乱れに乱れ、ようやく女王が立って三十余カ国が安定した。ところが、狗奴《くな》の男王が叛旗《はんき》をひるがえした。女王国の属国がこれを討《う》たんと兵を進め、狗奴の男王は、さらに東へ逃《のが》れ、小国を立てた。その小国の使いが我らのもとに来て兵を貸せと言うのだ。そのような乱れつつある野蛮《やばん》国に汝《なんじ》は行きたいという。蓬莱の山と美女の成る木、などという奇抜《きばつ》な夢を求めてな。愚《おろ》かなことだ。それよりも、我《わ》が軍のためにこれからも尽《つ》くしてくれ。これは王の頼《たの》みである」

孫権は、ルキウスを手放すことは軍の重大な損失につながる、と考えていた。

「とにかく、今はだめだ。曹操が攻《せ》めてくる」

こ奴《やつ》は兄の孫策殿《どの》より頭が固い、とルキウスは思った。そこで密《ひそ》かにクナの使者クマミミの宿舎に出向いた。

「私たちを今すぐ、この国より連れ出してくれ」

「唐突《とうとつ》ですな」

クマミミは驚《おどろ》いたが、ルキウスらの評判は彼《かれ》も耳にしている。このままこの国に居続けても望みは果たせず、クマミミとしても悩んでいる矢先だったから、すぐにルキウスの提案に乗った。

ちょうど北に向かって吹《ふ》く風の季節だ。クマミミは、孫権に別れの挨拶《あいさつ》をして呉都（呉郡）を出た。ルキウスたちは倭人の生口《せいこう》に化けて使節にまじった。うまい具合に、この日、孫権も新都である建業《けんぎょう》に出座したため、人々の注意はそちらに向けられていた。

一行は獅子岩《ししいわ》（現在の抗州湾《ハンチョウワン》）から船で黄海《こうかい》を渡《わた》り、山東半島の琅邪《ろうや》に出て……、

「ようやく、倭人の言う筑紫島《ちくしじま》に入ったというわけじゃ。倭国に着いてからの物語は、これでまたいっぱいあるのだが、それはまた……」

と、切りの良いところでルキウスは酒の椀《わん》に手をのばした。

彭は筆を竹筒《たけづつ》に収め、木簡をまとめた。戸口から外を見ると、影《かげ》が長くなっている。

海辺で太鼓《たいこ》が鳴り始めた。

「異変じゃな。何の合図か」

二人は耳を澄《す》ました。

刹那《せつな》、ウミタカが、息せき切って駆《か》け込《こ》んできた。

「王が、ヒミココ王が東の海より戻《もど》られた」

大声で言った。

さすがのルキウスも、椀を放り出して身を起こした。

「して、王の船は」

「岬《みさき》からの脚力《かくりき》（使者）の申《もう》すには、『釧《くしろ》つく、サキノの島に船影見《ふなかげみ》ゆ』と」

釧つく、とは飾《かざ》り言葉で、さほどの意味はない。サキノ島は、現在の答志島北西にある浮島《うきしま》のことだろう。

「それは、迎《むか》えに出ねばなるまい」

ルキウスは杖《つえ》にすがって立ち上がり、彭もあわてて立った。

（ヒミココ王……その昔、ククチヒコと呼ばれていたあの精悍《せいかん》な若者が）

彭は身ぶるいした。懐《なつ》かしくもあり、またその人変わりのさまを見るのが恐《おそ》ろしくもあった。

漢土の呪法《じゅほう》

島の桟橋《さんばし》へ船をつけたころは、王の帰還《きかん》祝いがすでに始まっているらしく、山上の広場からは、人々の笑いさざめく声が聞こえてきた。

三人は村の石段を上り始めたが、足の悪いルキウスは、彭《ちょう》やウミタカの後を追うこともならず、坂の途中《とちゅう》に座《すわ》り込《こ》んでしまった。

「どうしてここの海族は、山の上に祝いの座など設けるのか。まるで狡猾《こうかつ》なギリシア人のようではないか」

杖《つえ》にすがって彼《かれ》は悪態をついたが、彭たちには彼が何を言っているのか理解できない。

「ええい、お前たち二人は先に行って王に拝謁《はいえつ》するが良い。わしは休み休み行こうわい」

と言うルキウスを、ウミタカが叱《しか》りつけた。

「翁《おう》よ。我らはお手前の付き添《そ》いだ。主客《しゅきゃく》を置いていくわけに、いくまい」

無理やり手を取って立たせようとした。そばで見ていた彭はルキウスが少し気の毒になり、くるりと背を向けた。

「仕方ない。私が背負っていきましょう。さあ、おぶさりなさい」

「すまんのう」

ルキウスは、彭の申し出を受けた。さして広くもない彭の背に大柄《おおがら》な彼《かれ》が乗ると、それはまるで巨大《きょだい》な餌《え》を運ぶ小さな蟻《あり》のようにも見えた。

「大丈夫《だいじょうぶ》か」

ウミタカが心配そうに尋《たず》ねると、彭はうなり声をあげ、

「ううう、何のこれしき。ナカツクニの家では嫁《よめ》たちに毎日尻《しり》をたたかれて、これより重い薬草の束を運ばされていたものです」

よろよろと歩き出した。ウミタカも彭の尻を押《お》した。

割り石の階段が途切《とぎ》れるあたりに、ひときわ大きな高床《たかゆか》式の建物と広場が見える。そのさして広くもない空間に、村中の男女が集まっていた。さらにそこへ入りきれない人々は、建物の屋根や柱の下へ野猿《やえん》のように群れている。

広場の真ん中では、王の船団に乗ってきた汚《きたな》らしい男が、滑稽《こっけい》な身振《みぶ》り手振《てぶ》りで人々を笑わせていた。

「持衰《じさい》は、愚《おろ》か者《もの》の踊《おど》りが上手だなあ」

「よほどうれしいんだろう」

「それはそうだ。今度の航海でひと財産築いたあげく、きれいな嫁《よめ》まで得たのだからな」

踊《おど》りを眺《なが》めている村人たちからやっかみ半分、あれこれ言う声が聞こえてくる。

持衰《じさい》、は人の名ではなく、海の呪術師《じゅじゅつし》の役名だ。古代人は、神と人が力を合わせることで長距離《ちょうきょり》の航海が成しとげられる、と信じていた。その航海の無事を祈り、神と船人との交流を受け持つのが持衰の役割なのだ。

「倭人《わじん》が海を渡《わた》る時、常に一人の者をこの役につける」

と、当時の漢人はめずらしげに記している。

「……持衰役の者は、身をぬぐわず垢《あか》だらけの衣服をまとい、女性に近づくこともなく、ただひたすら船の安全を祈《いの》り続ける。無事に航海が終われば、船主は彼《かれ》に奴隷《どれい》や財宝を与えるが、航海中、病人が出たり嵐《あらし》に遭《あ》ったりすると、持衰のせいだと言って、皆《みな》で寄ってたかって殺してしまう」

持衰の馬鹿踊《ばかおど》りは、しばし続いた。が、

「カバラキよ、もうそのへんで良かろう」

突然《とつぜん》、鋭《するど》い声で制止された。笛や太鼓《たいこ》の音《ね》も、ぴたりと止まった。

奥《おく》の貴賓席《きひんせき》――しかし、そこは高床《たかゆか》の板敷《いたじき》に麻《あさ》の垂れ幕を下ろしただけの簡素なものだ――の中からヒミココ王とおぼしき声が聞こえてきた。

「汝《いまし》に約束した女と財物は、あちらに用意してある」

カバラキは礼の言葉を述《の》べようと垂れ幕ににじり寄った。しかし、

「寄るな」

凛《りん》とした声が再び発せられた。

「お前は今、ひどくにおう。吾《あ》に会いたくば沐浴《もくよく》し、その毛穴にまで染《し》み込《こ》んだ垢汚《あかよご》れを落としてから、参れ」

カバラキは、大あわてで広場を退出していった。

ちょうどその直後、彭たちが到着した。宴《うたげ》を楽しむ人々の座を掻《か》き分けて進み出たウミタカが、警護の兵士に何かささやいた。

待つまでもなく幕が静々《しずしず》と持ち上がり、奥《おく》の席に座《すわ》る大柄《おおがら》な人影《ひとかげ》が見えた。

「奴《な》の正統な後継者《こうけいしゃ》にして、ニエの海、イヤ、トウシ並びにキナ、三国の新たな統治者。新クナ国の王卑弥弓呼《ひみここ》さまぁ……」

ウミタカが王を讃《たた》える言葉を、まず唱えた。

「……不肖《ふしょう》ウミタカ、ご帰国のお祝いを申すべく参上つかまつりましたあ」

「忠臣ウミタカ、大儀《たいぎ》である」

ヒミココは大様《おおよう》に言葉を返した。

「汝《なれ》、歳《とし》に似合わず、その身のこなしの軽やかさ。見るだに心地よいぞ」

「いえいえ、この爺《じ》いめも、すっかり老《ふ》けました」

ウミタカの口調は急になれなれしいものとなった。

「近ごろ、小便の回数ばかり増えましてな。安眠《あんみん》もかないませぬ」

王の前でかように尾籠《びろう》な話を、はばかることなく口走る老人へ、近臣たちは露骨《ろこつ》に顔をしかめたが、ヒミココは高笑いした。

「かつて四海《しかい》（周辺の海域）に名を轟《とどろ》かせた海の戦士も、老いれば寝床《ねどこ》で下《しも》の心配をするか。平和であるな」

ヒミココは次にウミタカの隣《となり》へ座《すわ》ったルキウスに声をかけた。

「我《わ》が国の至宝きうす翁《おう》。汝《なれ》には後で積《つ》もる話もある」

ルキウスはだまって頭を下げた。本来なら彼《かれ》こそが、ここで長々と帰国祝いの辞《じ》を述《の》べる役なのだが、言葉が不自由なうえに面倒《めんどう》くさがりの彼は、ただ身振《みぶ》りをもって、これに代えた。

「それで……汝の隣に座《ざ》したる外国人《とつくにびと》は誰《た》ぞ」

最後にヒミココは、彭の正体を問うた。ウミタカが、ここぞとばかり、

「王よ、あまりにも時《とき》を経《へ》しゆえ、お忘れも当然なれど」

と、声をはげまして言った。

「十余《とうよ》の昔、いまだ王がチクシ島ククチの宰相《さいしょう》であらせられたころ、お会いなされた者

でございますぞ」

「何と」

「彭でございます。渡来人劉容公達《とらいじんりゅうようこうたつ》の一番弟子。ククチの宮で酒を賜《たまわ》ったこともございます」

彭は漢土の貴人にするように、三度地面へ額《ひたい》をこすりつけた。

「おお、汝《なんじ》は、暴君アメノフユギヌを討《う》った者の、仲間よな」

薄布《うすふ》の幕が、さらに掻《か》きあげられた。中から新クナ王ヒミココが大股《おおまた》で歩み出た。

「ククチの地での思い出は、今も克明《こくめい》に我《わ》が心に刻まれている。しかして、なぜお前だけここにいる。他の者は息災《そくさい》か」

ヒミココはたたみかけるように尋《たず》ねた。

「そのことにつきましても……語るべきことが、山のようにございます」

「汝も吾《あ》の脇《わき》に来て物語りせよ。おい、早く、この三人に席を用意せぬか」

ヒミココは近臣に命じた。

一方、アンマを背負ったワカヒコは、村に続く尾根《おね》沿いの道を、足早に進んでいく。

木々の間にところどころ草地があった。そこに生えている植物は、すべて高さがそろっていた。

「ここは、村の隠《かく》し畑《ばた》ですじゃ」

と老巫女《ろうみこ》は言った。一見、雑草のように思えたそれらは、よく見ると、稷《きび》や粟《あわ》、豆や野生に近い麦といった陸作の穀物《こくもつ》類だった。

「俗に粟田畑《あわふだ》と申しましてな。春先、虫が涌《わ》き出す前に、このあたりへ火をかけます。西の岳《たけ》の頂上に月がかかる日を選んで種をまくと、雨期には、これほどに育ちます。あれを御覧《ごらん》くだされ」

「畑」の隅《すみ》に二本の柱が立っている。近づくにつれそれは、人の形に削《けず》られていることがわかった。

「焼き畑を守る守護男女《ラクン・ジャミ・クンド》でございます。種をまき終えた村人は、収穫《しゅうかく》の時期までここに足を踏《ふ》み入れてはならぬ掟《おきて》になっております」

「畑に入ったらどうなるの?」

「焼畑の、神の神罰《しんばつ》がたちどころに下り、足を踏み入れた者ばかりか、その親、あるいは子まで足の腐《くさ》る呪《のろ》いを受けますする」

と、聞いてワカヒコは、思わず後ずさりした。

「いや、ご心配にはおよびません。禁厭《きんえん》(禁止のまじない)は、畑で働いた者にのみ、かかります。この巫女は畑仕事を一切しませぬし、ワカヒコ様は村外の御人《おひと》なれば、ご心配にはおよびませせぬ」

「おかしな神罰《しんばつ》だね」

忠実に畑作をする者が呪《のろ》われ、外部の者は自由に収穫《しゅうかく》前の作物を刈《か》ることができるというのは、禁厭《きんえん》としてつじつまが合わない。ワカヒコは少し考えて、

「読めた。ここはアンマが、村の人々に知られてはならないことをする場所だね」

アンマは彼《かれ》の肩中から身を乗り出した。

「あそこに草葺《くさぶ》きの仮小屋が見えましょう」

「うん」

「この時期、日を定めてあの小屋に、秘密の市《いち》が立ちます。まあ、市と申しましても……」

アンマ一人と、他村の者どもが、ごく少量の品々を物々交換《こうかん》する場所という。

「我らのクシロ村は山村ゆえ、常に塩が不足します。金属器も、自分たちで作ることができませぬ。そこでこういう秘密の交易所を設けておくのです」

塩の代償《だいしょう》としてアンマは、他の地域では手に入らぬ貴重な薬草類を渡《わた》す。医術の知識豊富な彼女《かのじょ》が選別したそれらは、周辺の村々では大いに重宝されているという。

「他村との交易を、なぜこのアンマが一人占《じ》めしておるのか、とワカヒコ様は不審《ふしん》に思われるでしょう」

「うん、交易の規模を広げていけば、村はもっとうるおうはずだけど」

アンマは横に首を振《ふ》った。

「たしかに村全体で交易を行えば、村の生活は豊かになりましょう。しかし、過度な物欲は人の素朴《そぼく》な心を失わせます。人の交流も盛んになれば、他国の悪《あ》しき風習を受け入れ、自分らが先祖代々伝えてきた良き風習を捨ててしまう、愚《おろ》かな新しもの好きも出てまいります」

アンマは、ワカヒコの肩《かた》へ置いた手に力を込《こ》めた。

「この婆《ばば》めは、他国をめぐっておったころ、交易の利を村人同士が争い、村が内側から崩《くず》れ去っていく悲しいありさまを、何度も目にいたしました」

ワカヒコはうなずいた。

「ミイグワ（村長・アンマ）が、奴国《なこく》で修業していた時だね」

「やつがれめはクシロの村人が、アマノササエギ様を崇《あが》め、貧しくとも人の和《わ》を大切に生きていって欲《ほ》しいのです。ゆえに、あえて……」

呪《のろ》いや禁厭《きんえん》を言いたてて禁足地《きんそくち》を定め、市《いち》を独占《どくせん》しているという。

（ほんとうに、それだけかな）

ワカヒコは心の底で疑ってみる。

（秘密の交易による塩の独占……）

人間の生活に欠かせない塩の入手権を一人占《じ》めしている間は、村長の地位も安泰《あんたい》なのだ。

アンマはワカヒコの背中から、ひょいと飛び降りると、杖《つえ》を高々と掲《かか》げて言った。

「小屋の内なる者、アンマが参ったぞ。誰《だれ》かおるなら戸を薄《うす》く開けよ」

人の気配がして、戸口が細めに開かれた。

穀物《こくもつ》を刈《か》り取った後の、埃《ほこり》っぽいにおいがした。中は真っ暗で火の気がない。しかし、眼が暗がりに慣れてくると、敷物《しきもの》に座《すわ》った五つの人影《ひとかげ》が見えた。

「いとも尊《とうと》き御神木《ごしんぼく》の守護者にしてミイグワのアンマ殿《どの》」

ひとつの影が言った。

「アンマ殿、連れの御方《おかた》は」

もうひとつの影が尋《たず》ねた。

「身を低くせよ」

アンマはおごそかな口調でワカヒコを紹介《しょうかい》した。

「この御方《おかた》こそ誰あろう。過日、クナの偽王《ぎおう》ヒミココの兵より我が村を救いたもうたナカツクニのワカヒコ様。御神木に選ばれし若き勇者なるぞ」

「おお、この御方が」

五つの影は小屋の隅《すみ》に飛び退《の》いて二度、拍手《かしわで》を打った。

「戦場《いくさば》におけるワカヒコ様のお知恵は、深淵《しんえん》（深いふち）に湧《わ》く清水《せみど》のごとしと聞きましただ」

「もそっと歳長《とした》けた豪傑《ごうけつ》かと思いきや、かように神々《こうごう》しい少年の御姿《みすがた》とは」

影《かげ》たちは喜びの声をあげた。そして、五つの影のうち代表者とおぼしき者が、重々しく口を開いた。

「実を申せば、我らこのたびアンマ殿《どの》に連絡《つなぎ》をとったのも、クシロ村を救った勇者の噂《うわさ》を聞きつけたからでございます。と……申しますのも」

「待て、焦《あせ》るべからず」

アンマが彼《かれ》の言葉を止めた。

「汝《なれ》らが言わんとすること、薄々《うすうす》読んでおった。さればこそ、この秘密の場にワカヒコ様をお連れ申したのじゃ。しかし」

老いた巫女《みこ》は、杖《つえ》の先で火の気のない炉端《ろばた》をたたいた。

「……汝らが欲《ほっ》するところを申す前に、己《おのれ》れらがいかなる者か、村がどのようなところなのかを、まずワカヒコ様に語ることこそ礼儀《れいぎ》であろう」

「これは迂闊《うかつ》なことでございました」

頭《かしら》らしい男は、あわてて居《い》ずまいを正し、宙《ちゅう》に指先で十字を描《か》いた。これから語ることに嘘《うそ》いつわりがなく、言葉に魔《ま》を憑《つ》けない、という山の民《たみ》独特の仕草である。

「これなるはアノと申します。シマ国の西外れにございますハミ村のハトバをいたしております。ハトバとは、まず村長のごとき者でございまして、我《わ》が背後に控《ひか》えおりますのが

「……」

アノと名乗る男は、アベイ、アバイテ、フ、アブ、と残り四人の男たちを紹介《しょうかい》した。

「我らの住むハミ村は、クシロ村と同じく聖樹を守り神といたしておりました。アメノネツケギ様と申しまして、アマノササエギ様とは姉妹神と代々言い伝えられておりました」

（……おりました？）

ワカヒコは、アノが過去形でしゃべっていることを聞き逃《のが》さなかった。はたして、

「一年《ひととせ》前の夏、新クナ王ヒミココの使者と名乗る者が我《わ》が村に来たりて、アメノネツケギ様を伐《き》り倒《たお》す旨《むね》、一方的に通告して参ったのです」

使者の名は、アナコベ。クシロ村に攻《せ》め入って死んだ、あの狂暴《きょうぼう》なクナ人と同一人物だ。

「我がハミでは村の大人《おとな》たちが集《つど》うて話し合った結果、さような理不尽《りふじん》な申し出は断固はねつけるべしと決まりました」

しかし、アナコベは村人の返事を聞くや怒《いか》り狂《くる》い、その晩、兵を率いて村に乱入してきた。

「ハミ村の衆も、戦ったのでしょう？」

ワカヒコの問いに、アノは大きくうなずいた。

「むろん、戦いましたとも。けれど、アナコベとその兵は勇猛《ゆうもう》でした。満足な武器も持たぬ村の男たちは、あっという間に蹴散《けち》らされてしまったのです」

アナコベはハミ村の中に入ると、聖樹に斧《おの》を打ち込《こ》み、呪《のろ》いの印を描《か》いた木札《きふだ》を切り口

に差し込《こ》んだ。

「これにて御神木《ごしんぼく》アメノネツケギ様のお命は断《た》たれたのです。嗚呼《ああ》、クナ王に災《わざわ》いあれ」

アナコベたちは意気ようようと引きあげ、入れ代わりにトウシの杣人《そまびと》が大勢やって来た。彼《かれ》らは聖樹を根から掘《ほ》り倒《たお》すと川に流し、海へ運び去った。

「ネツケギ様の御遺材《ごいざい》は、トウシ島の作事場《さくじば》で、無残にも大船の底板《そこいた》に加工された、と風の噂《うわさ》に聞きました」

「ヒミココ王に災《わざわ》いあれ。ネツケギ様の御遺材を冒《ぼう》とくするクナ水軍にも災いあれ」

村長アノの言葉に続けて、四人のハミ村の衆も口々に呪《のろ》いの叫《さけ》びをあげた。

「かような話も……」

と傍《かたわ》らからアンマが言いそえた。

「……昨今《さっこん》、イヤ・シオキ・トキの諸国内《うち》にある聖樹を崇《あが》める村々では、よく聞くことでございます」

アノは、ひと息ついて、話を続ける。

「そして、クナの悪王ヒミココは、先日、我《わ》が村に再び無理難題を吹《ふ》きかけて参ったのでございます」

ワカヒコは、身を乗り出して尋《たず》ねた。

「聖樹を奪《うば》っておいて、そのうえにまだ何か申しつけてきたの?」

アノは拳《こぶし》で床《ゆか》をたたいた。

「船の漕《こ》ぎ手《て》を提供せよ。それも村の成人男子のうち二人に一人を出せなどと。命令を聞かねば、再び兵を出して村を焼き払《はら》うと言うのです。しかし、大事な働き手をそんなに持っていかれては、ハミ村はつぶれてしまいます」

アノは怒《いか》りにまかせ、自分の膝頭《ひざがしら》もたたき始めた。

「ひどいな、それは」

「おそらく、ネツケギ様を素直《すなお》に差し出さなかった罪を、今になって罰《ばっ》そうという心づもりなのでしょう」

「我らはこのたびも戦うことに決めました」

アノのそばからアベイと名乗った小柄《こがら》な男が口をはさんだ。

「御聖樹ネツケギ様を失うた今、我らの村に残された道は、伐《き》り倒《たお》された御聖樹の御恨《おうら》みを晴らす、その一筋のみ」

が、相手は百戦錬磨《ひゃくせんれんま》のクナ兵だ。再び戦いに敗れたなら、成人男子ばかりか女や子供まで生口《せいこう》（奴隷《どれい》）にされてしまうだろう。

アバイテという大柄な男が、アベイの言葉に続けた。

「我らには戦《いくさ》に慣れた指導者が必要でした。村の者一同、さような知る辺《べ》を求めて密《ひそ》かに走りまわりましたが、折も折、我らのネツケギ様を伐《き》った主犯のアナコべめが、山向こうの村で討《う》ち取られた、と耳にしたのです。あの憎《にく》むべき男を倒《たお》した勇者こそ、我らの村を救いたもう御人《おひと》と我らは語り合い、伝手《つて》があったのを幸い、この塩交易場にたどりついたという次第《しだい》です」

フ、アブの両名も、ワカヒコの手を取らんばかりにして口々に求めた。

「どうぞ、我らを助けてくんろ」

「戦いのご指導をお頼《たの》み申しあげますで」

アンマはワカヒコに問うた。

「どうなされますかな」

老巫女《ろうみこ》の考えとしては、出来ることならワカヒコをクシロ村にとどめておきたい。だが、ここで交易相手のハミ村に恩《おん》をほどこしておくのも悪くない、といったところだろう。

「その答え、今ここですぐに出さなければならないのかな」

ワカヒコは注意深く言った。戦いの指導など彼《かれ》一人では無理な相談だった。サナメと二人一組。彼女《かのじょ》の行動力にワカヒコの知恵が足されて初めて、あのアナコベとの戦いにも勝利できた……。

（すべては、サナメと話し合ってからだ）

と、ワカヒコは考えている。しかし、アベイは焦《じ》れた様子で、わめいた。

「我らは急いでおりますだ。いつヒミココの軍が村に攻め寄《せ》せてくるかと」

「待て」

村長のアノが、彼《かれ》の焦《あせ》りを抑《おさ》えた。

「勇者様には何やらお心《こころ》づもりがおありのご様子。されば我らはこれより別の村での交易に向かいます。三日後にまたここへ参りますゆえご返事《へんじ》はその折に」

アノが言い終えると、アンマはだまって立ち上がった。ワカヒコも彼女《かのじょ》の後について外に出た。

帰りも、再びあの禁足地を通る。アンマは道々稷《きび》や粟《あわ》の出来具合をたしかめながら、ゆっくりと歩いていった。

「あとひと月ほどで、この地の禁厭《きんえん》も解けます。刈《か》り入れの人手が入り、村に作物がもたらされます。今年の稷は実りが上々のようでございます」

「ふうん」

ワカヒコは、気のない返事をした。

(まるで坂道を石が転がっていくような、取りとめもないこの運命は、一体何処神《いずこがみ》の操《あやつ》りによるものなのだろう。オトウトカシ様は、いやその姉君卑弥呼《ひみこ》様は、この事を予測《よそく》なされていたのだろうか)

ワカヒコの心は千々《ちぢ》に乱れた。そんな彼の思いを見抜《みぬ》いているのか、アンマは視線を畑に向けながらささやいた。

「ナカツクニの女王様は、ワカヒコ様に試練をお与えになっているご様子に思えます」

「そうなのかな」

「女王様のお知恵は広大無辺《こうだいむへん》。もしやワカヒコ様が、お使者のお役目を忘れ、そのお心に背《そむ》いた行動をいたしますれば、即座《そくざ》に鬼道《きどう》をお用いになって、罰《ばつ》を下されましょう。それをいまだ成されぬのは」

あんまり長く身をかがめて、稷《きび》の物成《ものな》りを見続けたからだろうか。アンマは杖《つえ》の先で自分の腰《こし》を軽くたたいた。

「今のところ、ワカヒコ様のなされることを認めていらっしゃるからではありますまいか」

「……」

「ワカヒコ様。かくなるお悩みの折に用いられる呪法《じゅほう》の品など、女王様からいただいておりませぬか」

ナカツクニでもらった大事な品といえば、密使の印である白い石斧《せきふ》ひとつ。

（あれは敵味方の識別《しきべつ》に用いる品だから……。あ、そういえば）

ワカヒコには思い当たる品が、もうひとつあった。それは卑弥呼から与えられたものではなかったが、彼《かれ》にとっては女王と同じくらい尊敬している人より贈《おく》られたものだ。

「婆《ばば》さま、我《わ》が背におぶさりください」

ワカヒコは、背中を向けてその場にしゃがみ込《こ》む。アンマは大きくかぶりを振《ふ》り、

「行きはおろか、帰り道まで勇者様の背をお借りするなど、めっそうもない」

「いえ、急いで村に戻《もど》りたいのです」

無理にアンマを背負うと、ワカヒコは勢いをつけて、畑に続く山道を駆《か》けた。

飛ぶようにして村の門をくぐったワカヒコは、アンマを巫女《みこ》の家に置くと、膠《にかわ》作りの小屋に出向いた。が、サナメはいなかった。

「若巫女さまだったら」

村人の一人が教えてくれた。

「……ひと仕事終えられて、女たちと下《しも》のるくに行かれただよ」

「るく？」

「ああ、そああに入るためだに」

初めは何を言っているのか、さっぱりわからなかったが、何度も聞き直してようやくワカヒコは理解できた。

現在も東南アジア、特に中国とタイの国境地帯に住む人々は谷や川をルー・クーと呼び、また、ソアアは、その川辺に築かれた石組みの小屋を指す。

「わかった、下の谷だね」

ワカヒコは走りだす。

「男は行っちゃなんねえだ。あそこは若い女しか入れねえだで。あ、行っちまった。まあ、勇者様もお若《わ》けえから仕方ねえこったなあ」

村人は妙《みょう》な笑い方をして、肩《かた》をすくめた。

渓流《けいりゅう》沿いの道を下っていくと、川の石を積みあげた丸い小山のようなものが出来ていた。焚《た》き火の煙《けむり》があがり、若い女たちがそのまわりで何か作業をしている。

「あっ、勇者さま」

焚き火の火をかきまわしていた一人の少女が、目ざとくワカヒコを見つけて両手を広げた。

「近づいてはなんねえだ。張ってある縄《なわ》をまたいではだめだ」

ワカヒコは結界《けっかい》を示す縄の後ろに退《の》いた。

「ここは一体何なの」

「そ、そああは岩室《いわむろ》ですだ。女が身を浄《きよ》めるところですだ」

少女の隣《となり》で焚き火に小石を放り込んでいた年かさの娘《むすめ》が、説明した。

「石を赤くなるまで焼いて、そ、そああの中に運んで水をかけると、中は熱い湯気でいっぱいになりますだ」

充分に熱気が籠《こ》もったところで中に入り、肌《はだ》を蒸《む》す。全身の毛穴が開くと、近くの川につかって汗《あせ》を洗い流す。最も原始的な蒸し風呂《ぶろ》（サウナ）と言っていいだろう。

「若巫女《わかみこ》さまに伝えてくれ」

ワカヒコは石を焼く娘《むすめ》に伝言を求めた。

「村長の家で待っている。預けておいたものを出してくれ、と」

「伝えておきますだにィ」

ワカヒコは来た道を再び上っていった。振《ふ》り返って、見るともなしに水場へ首を曲げると、ちょうど岩室《いわむろ》から這《は》い出てきた裸《はだか》のサナメが、勢い良く川に飛び込《こ》むところだった。赤くほてった彼女《かのじょ》の身体《からだ》が、水飛沫《みずしぶき》に包まれた。川辺にいた女たちが悲鳴をあげ、それはすぐに笑いへと変わっていった。

ワカヒコはいけないものを見た気分になり、あわてて道を駆《か》けのぼった。

アンマの家の前で待っていると、サナメが濡《ぬ》れた髪《かみ》を麻布《あさぬの》でふきながら、上ってきた。

「ねえ、ワカヒコ、あんた……」

小声でささやくと、彼女はワカヒコに顔を近づけた。鼻の頭に汗《あせ》を浮《う》かせている。岩室の熱気がまだ肌《はだ》をほてらせているようだった。

「さっき、あたしの裸をのぞき見したでしょう」

サナメは、ちょっと脅《おど》すような口調で言った。

「違《ちが》うよ。それに結界の縄《なわ》が張ってあって」

近づけるわけがない、と答えてワカヒコは、目を伏《ふ》せた。しかし、自分でも両頬《りょうほほ》に血が上るのがわかった。

「あんたは、本当に嘘《うそ》をつくのが下手ね。すぐ顔に出ちゃう」

サナメは布を外すと、まだ濡《ぬ》れている髪《かみ》をぶるり、と振《ふ》った。

「まあ、他の人の裸《はだか》を見ていたなら怒《おこ》るけど、あたしのだったら、いくら見ても許してあげる。大好きなワカヒコだもの」

「だから、見てないってば」

ワカヒコはサナメにからかわれていると知って、少し腹が立った。

「それで」

サナメは、ちょっと言いすぎた、と感じたのか、急いで話題を変えた。

「あたしに預けたものを返して欲《ほ》しいんだって？」

「そうさ、この村に入る時、俺《おれ》が持ってきた身のまわりの品だよ。『なくすといけないから、あたしが一カ所にかためておく』って言って、サナメが持ってったでしょう」

「ええ、アカマユからせしめた弓矢とか火おこしの道具とか、あんたがナカツクニから持ってきた腰袋《こしぶくろ》とか。全部ひとつところにまとめてある」

「その腰袋がすぐに必要なんだ」

「ついてきて」

サナメは早足で村長の家に入った。アンマは干し草の寝床《ねどこ》で寝息《ねいき》をたてている。粟田畑《あわふだ》の行き来で、少し疲《つか》れたのだろう。

サナメは壁際《かべぎわ》に並べてある壺《つぼ》の裏《うら》を探《さぐ》り、紐《ひも》で巻いた荷物を取り出した。

「腰袋《こしぶくろ》って、これね」

「あってよかった。ありがとう」

「あたしは、物をなくさないのが取り得なの」

恩着せがましく言うサナメに目もくれず、ワカヒコは急いで袋の中をかきまわした。発火用の艾《もぐさ》とか、傷口に張る薬草の枯《か》れ葉にまじって、鹿革《しかがわ》の小さな袋が出てきた。

「一体、何。この汚《きたな》い小袋」

「大事な雁皮《がんぴ》が入ってる。我《わ》が師匠《ししょう》の公達先生が、いざという時に開け、と言ってくださったものさ」

ワカヒコは漢土の作法どおり、頭上にその袋を捧《ささ》げて三度頭を下げた。それから袋の口を開くと、案の定、四角く折られた雁皮紙が出てきた。

「蟻《あり》がのたくっているみたいなものが描《か》かれてるわ」

「漢土で用いられる古い文字だよ。とっても小さいけど、ひとつひとつに意味が込《こ》められているんだ」

老いて視力の衰《おとろ》えた公達が、このように細かい文字を書けるわけがない。おそらく弟子の彭が代筆したのだろう。ところどころに誤字や脱字《だつじ》があったが、何とか理解できた。

「ねえ、ねえ、これは何を表しているの」

サナメが持ち前の好奇心《こうきしん》を剝《む》き出しにして尋《たず》ねた。

「自ら悩む時、遠方の知恵者から、助言や忠告を受けることができる方法が書いてあるんだ」

「ナカツクニの『使者様』は、そんなことができるの？」

サナメは目を輝《かがや》かせた。

「見せて。その術とやら、見てみたい」

「今はだめだよ。人が寝静《ねしず》まった深夜に、一人でやるものなんだ」

「一人でなんて、ずるい。これまでずっと、あんたと二人一組で動いてきたのに。あたしに秘密を持つなんて」

サナメは大声を出した。

「しっ、お婆《ばあ》さんが起きてきちゃうじゃないか」

ワカヒコは人差し指を口元に当て、それから寝床《ねどこ》を観察した。アンマは相変わらずおだやかな寝息《ねいき》をたてていた。

「わかったよ」

ワカヒコは根負けしたようにうつむいた。

「今夜、皆《みな》が寝静まったころ、裏門《クンジャ》の見張り溜《だ》まりで会おう」

それから二人は男家《おとこや》と女家《おんなや》の若者宿にそれぞれ戻《もど》って、少し早い夕食と仮眠《かみん》をとった。

日が落ちるころ、またしても小雨《こさめ》が降り始めた。

ワカヒコは同居する若者たちに気づかれぬよう、そっと宿を忍《しの》び出た。裏門《クンジャ》の近くに行くと、一軒《けん》の小屋の前にサナメが伏《ふ》せていた。

「さっき見張り番の年寄りが一人来たけど、すぐ帰ってしまったわ。この雨では『敵』も来ないだろうとか言って」

「だらけているなあ。もうクナ人たちが攻《せ》めてこないと、タカをくってるんだろうな」

ワカヒコは少し腹が立ったが、人目が絶えたのは好都合だ。彼《かれ》は若者宿から持ってきた竹筒《たけづつ》の種火《たねび》を、火の気の絶えた炉《ろ》に移した。

「これに、縁《ふち》までいっぱいに水を満たして」

一枚の木皿をサナメに渡《わた》した。

「アンマの家から勝手に持ってきたのね」

皿は水洩《みずも》れせぬよう、裏表《うらおもて》に薄《うす》く漆《うるし》がかけてあった。サナメは軒先《のきさき》からしたたる雨水を受けて、ワカヒコの前に置いた。

「俺《おれ》が呪文《じゅもん》を唱える間、ひと言もしゃべってはだめだ」

「うん」

「大声をあげると、術が破れてしまうんだ。人もやって来る」

ワカヒコはサナメに注意し終えると、革袋《かわぶくろ》の雁皮紙《がんぴし》を広げ、小さく灯《とも》った炉の火にかざした。

二度、深呼吸すると、まず師の公達が教えてくれた穢《けが》れを払《はら》う呪《しゅ》を唱えた。

「太上《たいじょう》は生《せい》をのばし、台光《だいこう》・英霊《えいれい》は陰陽《おんみょう》の鬼《き》を裂《さ》き、生命と陽の気を保つ……」

古代中国斉《せい》の平仲《へいちゅう》が用いたという『天上台光礼』である。

次に細く長く二度呼吸し、固く目を閉じ、再び開くと、雁皮紙《がんぴし》の文字をゆっくり読んだ。

天上生水　地六成之
六一既合　五行乃基
吾今動行　穢逐塵非
乾元亨利貞

天一《てんいち》は水を生じ
地六《ちろく》はこれを成す
六一《ろくいち》はすでに合《ごう》し
五行《ごぎょう》は基礎《きそ》が定まる
吾《わたし》が今動けば、穢《けが》れは
払《はら》われ、塵《ちり》はない

いちばん最後の五文字は、五経のひとつ『易教《えききょう》』にある「乾《けん》は元《おお》いに亨《とお》る。貞《ただ》しきに利《よ》ろし」、すなわち、祈《いの》りの成功を約束する決まり文句だ。

サナメはまったく漢土の言葉を理解していなかったが、常にないワカヒコのおごそかな物腰《ものごし》に、身を固くした。これから何か予想外の出来事が起こる予感に、握《にぎ》りしめた手が震《ふる》え始めた。

ワカヒコの前に置かれた皿の水が、小さく波打ち始めた。小屋の中の温度も少し上がっているようだ。

（これは、何……）

サナメは声をあげかけたが、口に手を当てて己《おのれ》を押《お》し殺した。

彼女《かのじょ》が驚《おどろ》くうち、皿の水にはさらなる変化が起きた。波打つ水の表面が輝《かがや》き、何かが映り始めたのだ。

サナメが目を凝《こ》らしていると、ぼんやり浮《う》かんだ画像が、はっきりしてきた。

それは人の形をしていた。


同じ日、同じ時刻。

ナカツクニ、卑弥呼《ひみこ》の宮殿《きゅうでん》でも異変が起きている。

この夜、女王と弟王は、遅《おそ》い夕餉《ゆうげ》をとった後、わずかにくつろいでいた。次の日の昼には、東国からの使者を謁見《えっけん》する儀式《ぎしき》がある。二人は桃《もも》の葉の煎《せん》じ湯を飲みながら、軽い打

ち合わせを重ねていたが、

「妙《みょう》ですね」

オトウトカシが急に部屋の中を見まわした。

「誰《だれ》かが我らをのぞいているような、呼びかけているような、不思議な気配を感じます」

「さすが、我《わ》が弟」

卑弥呼は煎《せん》じ湯の入った椀《わん》を置いた。

「誰《だれ》かが、ミズカガチの術を用いて、我らに思念《しねん》を送っているようです」

見なさい、と彼女《かのじょ》は言った。椀の中の湯がふつふつと泡立《あわだ》ち始めていた。

「奇怪《きかい》な」

オトウトカシは自分が持つ椀をのぞき込《こ》んだ。しかし、こちらには何の異変もない。

「姉上、椀から離《はな》れてください。これは黄泉《よみ》（あの世）の鬼《き》が現れる予兆《よちょう》かもしれません」

彼《かれ》は席を立つと、祭壇《さいだん》に飾《かざ》られた直刀《ちょくとう》に手を伸《の》ばした。

「お待ちなさい、弟よ。椀の中には悪意が感じられません」

卑弥呼はオトウトカシを落ち着かせるとエイ、エイ、と指先で宙に十字を切った。椀の煎じ湯が蒸気の柱と化して部屋の中に立ち昇《のぼ》った。

「倭国の、ミズカガチの術にあらず。漢土の呪法《じゅほう》です。誰が何用あって、このような」

卑弥呼は桃《もも》のさわやかな香《かお》りを顔に浴びながら、蒸気の柱を凝視《ぎょうし》した。

「ワカヒコ……ですね」

もやもやとした霧《きり》の中から、少年の顔が浮《う》かびあがった。少年は少し驚《おどろ》いたような表情となったが、

「三柱《みはしら》の御一人《おひとり》にして邪馬台国《ナカツクニ》の主《あるじ》、日御子《ひのみこ》様。お久しぶりでございます」

丁寧《ていねい》な言葉で挨拶《あいさつ》した。が、その動作は緩慢《かんまん》で、まるで祭りに用いられる操《あやつ》り人形のようにのろのろとしていた。

「ワカヒコ、奥《おく》の手を用いましたね。これは公達師が伝えた技でしょう」

「申しわけもありません。しかし、ただ今は、我《あれ》はどうして良いものか悩んでございます。女王様、どうか我をお導《みちび》きください」

ワカヒコは、クキの海からニエの海、内陸部のクシロ村に入るまでの物語を、とつとつと語った。

「いまだシマ国、トウシ国には到達《とうたつ》できず、うかみ（偵察《ていさつ》）の目的も果たしておりません。しかもそのうえ、別の村での戦いにも参加することになりそうです。我にとってはますます重くなっていく使命に、胸も張り裂《さ》けそうでございます」

「ワカヒコよ。若き勇者よ」

卑弥呼は、おごそかに答えた。

「汝《なれ》は、思うとおりのことを成せ。勇気を出して事にあたれ。汝の行う道が、このナカツ

クニの愁《うれ》いを払《はら》う道につながる。妾《わらわ》の政治《まつりごと》にも利《り》をもたらす。いずれ、我《わ》が弟の王が汝《なれ》を助けるため、東方へ出征《しゅっせい》することになろう。それまで、気丈《きじょう》にして待て」

卑弥呼の凛《りん》とした言葉にワカヒコの幻《まぼろし》は、うれしそうにうなずいた。

「ところで」

卑弥呼は、急にくだけた口調で尋《たず》ねた。

「お前のすぐ横に座《すわ》っている娘《むすめ》は誰《だれ》か」

「あ、見えてしまいましたか。これは」

ワカヒコは少し驚《おどろ》き、少し恥《は》ずかしそうに紹介《しょうかい》した。

「オオキシマ（現・和歌山県紀伊大島《きいおおしま》）の浦《うら》に暮らしおります海族のアイノリ（水先案内人）、サナメと申します。ただ今は、我《あれ》と二人でシマ国に潜入《せんにゅう》する機会をうかがっております」

シマ国が新クナ国に侵食《しんしょく》されつつあること。サナメの兄がその過程で倒《たお》れ、彼女《かのじょ》が兄の仇《かたき》を討《う》とうとしていることなどを、これも手短に語った。

「サナメとやら」

卑弥呼は、ワカヒコの隣《となり》に見える娘の幻《まぼろし》に話しかけた。

「ワカヒコをよく補佐《ほさ》いたしますように。汝の望みがかなうよう、妾も良く祈禱《きとう》いたしますほどに」

そう言い終えると卑弥呼は、素早《すばや》く椀《わん》に指を入れてかきまわした。

室内に立ち昇《のぼ》っていた蒸気のようなものが消えた。ワカヒコとサナメの姿も見えなくなった。

「ふう」

卑弥呼はひと息つくと、呆然《ぼうぜん》としているオトウトカシに言った。

「公達師が、ワカヒコにあんな技まで伝えているとは思いませんでした。少し驚《おどろ》きました」

オトウトカシは、わずかに首をかしげた。

「何にしても、ワカヒコが息災《そくさい》でいることは、結構なことであります」

「そうね……。しかし」

卑弥呼は、先ほどまでワカヒコたちの幻《まぼろし》が映《うつ》っていた煎《せん》じ湯を、くいと飲み干《ほ》した。

「あの混じりけのない、純真な男の子に、奇妙《きみょう》な娘《むすめ》がついたようです。何だか心配です」

「はあ」

「一目《ひとめ》見ただけで、よくはわかりませんが、野にある男子《おのこ》のような、少しがさつな性格《しつ》に思えました。なぜか腹が立ちます」

オトウトカシは、呆《あき》れたように目をしばたいた。

肉親の情が深い女性《じょせい》の中には、息子《むすこ》や男兄弟が見知らぬ異性《いせい》と親密になると軽い嫉妬心《しっとしん》を抱《いだ》き、その異性の欠点を論《あげつら》う者がいる。

（全能の巫女神《みこがみ》でありながら、そういうところは常人と変わらぬか）

オトウトカシは、姉の心がおかしくてならなかったが、その思念が彼女《かのじょ》に悟《さと》られぬよう、すぐに別の考えを脳裏《のうり》に思い浮《う》かべた。

「時に姉上」

「何です」

卑弥呼は、空になった煎《せん》じ湯の皿を、脇《わき》に押《お》しやった。

「不弥国《ふみこく》の一件です」

「それなれば弟よ。お前がすでに手をうっているはず」

「はい、チヌの海に詳《くわ》しいスミノエのチュミ（住吉族《すみよし》）に声をかけました。ウチノウミ（瀬戸内海）の出口で、ふとどきなるその船団を待ち伏《ぶ》せせよ、と命じております」

不弥国を襲《おそ》ったクナの船団は、穴門《あなと》（現在の関門海峡《かんもんかいきょう》）を抜《ぬ》けて、ウチノウミに入るはずだ。古代の航路はここでおおむね二つのルートに別れる。ひとつは本州側の沿岸をたどって淡路島《あわじしま》の北岸に出、紀伊水道《きいすいどう》を南下するコース。もうひとつは四国の北辺をなめるように進んで淡路島南のオオゲノウズノト（大毛の渦の戸・鳴門《なると》海峡）を抜け、紀伊水道に出るコースである。

いずれにしても、淡路島の両端《りょうたん》に味方を伏《ふ》せておけば、敵船を捕捉《ほそく》できるだろう。

「チヌの海から淡路東岸にかけては、チュミ族にとって庭のようなものですし、何よりクナの船団は、不弥国近辺で略奪《りゃくだつ》した物資や生口《せいこう》を満載《まんさい》しているため、船足は鈍重《どんじゅう》になっているはずです」

易々《やすやす》と討《う》ち取れるでしょう、とオトウトカシは説明した。

「うまくいくと良いですね」

卑弥呼は、素っ気なくそう言うと、とろんとした眼差《まなざ》しになり、小さく欠伸《あくび》をした。

「疲《つか》れたから寝所《しんじょ》に入る。今日はここまで」という印であろう。

オトウトカシは拍手《かしわで》を打ち、頭を下げた。姉が奥《おく》へ入るのを見届けて腰《こし》をあげ、ふと何か違和感《いわかん》を覚えた。

卑弥呼の、今の言動にも、どこか普段《ふだん》とはそぐわないものを感じ取ったのである。

(はて、これは)

しかし彼《かれ》の思いはそこで止まった。奥《おく》を管理する巫女頭《みこがしら》のイキメが、退室の先導をするために入ってきたのである。

オトウトカシは、イキメにともなわれて神殿《しんでん》の階《きざはし》を下りていった。

ハミ村の戦い

「愉快《ゆかい》だ、今宵《こよい》は実に愉快だぞ」

ヒミココは脚《あし》つきの木杯《もくはい》をかかげて、上機嫌《じょうきげん》だった。

薄《うす》い幕の内には、次々に酒の壺《つぼ》が運ばれてくる。肴《さかな》は鯛《たい》、イカ、猪《い》の子《こ》肉の塩漬《づ》け、鹿《しか》の肉醬《にくしょう》（発酵《はっこう》させた調味料）を混ぜた鳥肉。珍《めずら》しいところではモミと呼ばれる赤蛙《あかがえる》の煮《に》物《もの》も出た。これはシマ国の森林地帯に住む陸生のカエルで、最高の「上味《よきあじ》」のものとされていた。余談だが、現代の関西地方でも、時折老人がまずい料理を指して「もみない」などと言うことがある。モミがない食事は味けない、という古代の記憶《きおく》が表現として残っためずらしい例で、それほどに、赤蛙の煮つけがうまいものの代表選手だったのである。

ヒミココは贅沢《ぜいたく》で口の奢《おご》った男らしく、そのごちそうであるモミを口いっぱいに頰張《ほおば》り、発酵《はっこう》した白酒《しらざけ》で喉《のど》に流し込《こ》んだ。

「飲めや、古き友」

ヒミココは、緊張《きんちょう》したまま座にある彭《ちょう》に酒肴《しゅこう》を勧《すす》め、そして言った。

「ウミタカよ。老いた我《わ》が忠臣よ。この漢人の杯《さかずき》に、もっと酒を注いでやれ。この旨酒《うまざけ》を」

命じられたウミタカは、武骨《ぶこつ》な手つきで酒壺《さけつぼ》の注ぎ口を彭の手元に向けた。

決して酒の嫌《きら》いな方ではない彭だったが、次の一杯《ぱい》をなかなか口につけようとはしなかった。

酒がまずいせいではない。ヒミココのすぐ隣《となり》に、不気味な木の面をつけた女が、まるで背後霊《はいごれい》であるかのように、ぴたりと座《すわ》っていたからだ。

(こ奴《やつ》は何者だろう。いや、人か鬼人《きじん》か)

他のことでは大胆《だいたん》な——いや少し鈍《にぶ》いと言うべきか——彭も、相手が鬼神精霊《きじんせいれい》の類《たぐい》となると話が違《ちが》う。

(気になって、おちおち楽しむこともできないぞ)

なみなみと注がれた杯の持って行き場に窮《きゅう》して、傍《かたわ》らに視線を向ければ、ルキウスが我関せずといった風に、黙々《もくもく》と肴《さかな》をつついていた。

「彭よ、こちの者が気にかかるか」

ヒミココが彭の縮こまっているわけを察して笑った。

「さほどに姫巫女《ひめみこ》が恐《おそ》ろしいのか。ははは、この装面《そうめん》が怖《こわ》いか」

「は、はあ……」

白地に眼や口の形を赤く描《えが》いた隈取《くまど》り面だ。倭人《わじん》風ではなく、どことなく漢土の演劇に用いる鬼面《きめん》に似ていた。か細く女性的な身体《からだ》の上にそれが乗っている分、余計に不気味さが増してくる。

と、その時、彭の耳もとに、

（さように恐《おそ》れずとも良い）

突然《とつぜん》、どこからか女性の声が響《ひび》いてきた。

「えっ」

彭は声の主をさがそうと、まわりに視線を移そうとした。しかし、

（いけません。皆《みな》に気づかれます。特にヒミココ王に。ここはそ知らぬふりをしてください）

彭はあわてて手にした酒杯《しゅはい》に口をつけて、ぐっと飲み込《こ》み、己《おのれ》の振《ふ》る舞《ま》いの不審《ふしん》さを誤《ご》魔化《まか》した。

「おお、良いぞ、彭。その調子だ。ウミタカ、この者に、さらなる一杯《ぱい》を」

ウミタカは、彭の飲みっぷりの良さに手を打って喜んだ。

（それで良いのです）

また声が聞こえた。彭はようやく不思議な声の発信者が、目の前にじっと座《すわ》っている隈取り面の女性であることに気づいた。

彼《かれ》は酒杯《しゅはい》を唇《くちびる》に当てたまま、ヒミココやウミタカ、隣《となり》で黙々《もくもく》と肴《さかな》をつまみ続けるルキウスを上目遣《づか》いに見た。

(この女の声は、私にだけ聞こえるのか)

彭は蛇《へび》に魅入《みい》られた蛙《かえる》のような気分となり、全身の産毛《うぶげ》を逆立たせた。わっ、と叫《さけ》び散らしたくなる自分をかろうじて押《お》さえつけ、手前の皿に盛られたモミを口に頬張《ほおば》った。

「ときに、きうす翁《おう》よ」

ヒミココは、沈黙《ちんもく》し続けるルキウスに、呼びかけた。

「吾《あ》の留守中、例のツワモノの試作《ためし》が早や成ったと聞いておるが」

「まだ完全とは申せませぬが、漢尺《かんじゃく》(古代中国の尺度)で三百歩《ぶ》(約四百メートル)はとどくと存じます」

ようやく発言の場を与えられたルキウスは、重い口を開いた。

「翁の申しておった『無敵の五百歩《ぶ》(約七百メートル)』まで、あと少しだな」

ヒミココは、大きくうなずいた。

「さあ、これから忙《いそが》しくなるぞ。新型大船《おおぶね》の試《ため》し漕《こ》ぎ。発石《はっせき》(投石機)の試し撃《う》ちだ。船漕ぎたちの訓練も始めねばならぬ」

酒杯をあおるヒミココに、ルキウスは何かまだ言いたげであったが、諦《あきら》めたように少し肩《かた》をすくめ、再び黙《だま》り込《こ》んだ。

宴《うたげ》はそれから半刻《はんとき》（約一時間）ほども続き、唐突《とうとつ》に止《や》んだ。長旅の疲《つか》れと酒の酔《よ》いでヒミココが、うつらうつらし始めたのを潮《しお》に、側近の長《おさ》カマチヒコが、宴席《えんせき》の片《かた》づけを命じたのである。

「王よ、ささ、寝所《しんじょ》へ。風邪《かぜ》を召《め》されぬように」

カマチヒコは、宴終わりの慣《なら》わしとして、歌をうたった。

たかひかる日《ひ》の御子《みこ》の子、やすみしし
わが海の王《きみ》　ぬばたまの夜にしあれば
しきたえの　手枕《たまくら》とりて熟睡《うまい》するかも

歌にさほどの意味はない。光り輝《かがや》くヒミココ様。海の果てまで支配する王も、深夜になれば手枕《てまくら》して大いに眠《ねむ》られるぞ、といった程度の歌詞だ。しかし、彭は、

（ほう、ナカツクニの卑弥呼《ひみこ》女王と同じく、この王も日の御子を称《しょう》するのか）

と思った。倭国に日の御子を名乗る者が二人いる……。

（これで戦《いくさ》にならぬわけがない。ヒミココ王は、ナカツクニを敵とするか）

そのために新兵器開発か、と彭は遅《おそ》まきながら悟《さと》った。

行きと同じく、帰りも苦行の道だった。彭は酔ったルキウスを、ウミタカと二人して担《かつ》

ぎおろす。

途中《とちゅう》、石段の脇《わき》でひと息ついていると、ルキウスが、呂律《ろれつ》のまわらぬ口調で彭に言った。

「彭君や。お前さんが、どんなに勘《かん》の鈍《にぶ》い男と言うても、もうわかったじゃろう」

ルキウスは、酔《よ》っていても事の判断ができるらしい。ウミタカにわからぬよう、呉《ご》の言葉で語りかけた。

「ヒミココ王は、このトウシ島近辺に兵を養って、ナカツクニとやらを攻《せ》め取るつもりなのじゃ。倭国大乱が再び起こる。その嚆矢《こうし》（ものごとの始まり）となるのが」

ルキウスは、ああ、と急に大声をあげた。

「わしの新兵器じゃ。おお、わしは何と罪深いことを始めてしもうたのじゃろう。……わしが、舫《ほう》や弩《いしゆみ》などというものを教えなければ、ヒミココ王はいらぬ欲望を抱《いだ》かなかった。海から海をただ彷徨《さまよ》う海人の長《おさ》にすぎなかった。周囲の海民も、神木を伐《き》られ漕《こ》ぎ手に徴発《ちょうはつ》されることもなく平和に暮らしておったものを」

急にわめき始めた「老人」に仰天《ぎょうてん》したウミタカは、彭をゆさぶった。

「きうす翁《おう》は、一体どうしたというのだ。わけのわからぬ言葉で何をおめいている。彭よ、お前なら、爺《じい》さんが何を言っているのかわかるだろう。教えてくれ」

「なんでもないんだ」

彭は、ルキウスが落ち着くように、彼《かれ》の広い肩《かた》を撫《な》でさすった。

「宴《うたげ》の旨酒《うまざけ》で、この人は感激しているんだよ」

「そうは見えない。何かを嘆《なげ》いているようなふうにしか見えないけどなあ」

年長者のウミタカは、さすがに鋭《するど》かった。言葉はわからずとも、ルキウスの発する悲しみの雰囲気だけは、感じ取っていた。

「泣き上戸《じょうご》なのだよ。あんただって、大酒を食らって、私の前で泣きわめいたことがあるじゃないか」

彭は、ルキウスの大きな身体《からだ》を担《かつ》ぎあげようとして、少しよろめいた。

「すまぬな、彭君」

ルキウスは、少し気分が楽になったようだった。彭の背に負われながら、再びぶつぶつとつぶやき出した。

「わしは少々、才におぼれていたようだ。ローマを離《はな》れて以来、各地で培《つちか》ってきた技が、この国でも称賛《しょうさん》される。ほんのちょっとした発明が、王を喜ばせる。それがうれしくて、恐《おそ》るべきものを、次々にひねり出した。わしは、この倭国にとっては、まったく迷惑《めいわく》な人間であったのじゃよ。それが、今宵《こよい》、あの宴席《えんせき》でわかった。あの……仮面の乙女《おとめ》。あの女性が」

そこまで言って根《こん》が尽《つ》きはてたのか、ルキウスは、深い眠《ねむ》りに入った。彭の肩《かた》へ、急にずしりとその身体の重みがのしかかってきた。

「ウミタカ、手伝ってくれ」

それから二人は、大柄《おおがら》なルキウスの胴体《どうたい》を両脇《りょうわき》から抱《だ》きかかえ、坂を下っていった。

濡《ぬ》れた木々の若葉が朝日に輝《かがや》き始めるころ、ワカヒコたちは、最初の峠《とうげ》を越《こ》えた。

けもの道を歩いていると急に視界が開けて、北の山脈に連なる深い森の広がりが見えた。

「あれが『月の山《ハ・バツ・ツイ》』です」

アノがその山と森の境目らしいところを指差した。

「わしらの村は、あの少し下った左の方にあります」

ワカヒコは村の大きさを知ろうと小手《こて》をかざした。しかし、ハミ村は濃《こ》い緑の中に覆《おお》い隠《かく》されているらしく、家々の屋根を発見することはできなかった。

「以前は、森の中にひときわ高く聖樹アメノネツケギ様が立っていらっしゃったおかげで、遠くからも村の場所がわかったものですが、今ではそれも……」

とアノは、さらに森の左を指した。

「川が見えましょう」

「うん、蛇行《だこう》しているね」

ワカヒコは緑の中に、うねうねと曲がりくねって流れる川を、ようやく見つけ出した。

「我らの先祖は遠い昔、海からあの川をさかのぼり、ハミの地を見つけて定住したのです。

アメノネツケギ様は、そのころから巨樹《きょじゅ》であったと言い伝えられております」

ワカヒコとアノが語り合っているところへ、ようやくサナメたちが追いついてきた。彼《か》女《の》もハミ村の衆も、旅の荷物をいっぱい背負っているため、動きが鈍《にぶ》かった。

「今度は俺《おれ》が持つよ、サナメ」

ワカヒコが言うと、サナメは頬《ほお》の汗《あせ》をぬぐいながら豪快《ごうかい》に笑った。

「膠壺《にかわつぼ》だけは、他人《ひと》まかせにできない。それに出発前から役割分担は、決めてあったでしょう。ワカヒコは知恵を。あたしは力を使うってね」

彼女の背中には竹で編んだ背負いかごがひとつ。中には布にくるまれた素焼《すや》きの壺が収まっている。

「身のまわりの荷物は」

「クが持つって言って聞かないのよ。仕方ないから、全部まかせたわ」

ワカヒコたちの荷が、あまりにも多いことを見かねたアンマが、クを手伝い人として選んだのである。ワカヒコを尊敬する彼《かれ》は、この「特別な任務」に大喜びで従っていた。

そのクが、ハミ村の衆と、ゆっくり上ってきた。サナメやワカヒコの旅荷物、クシロ村からハミ村に贈《おく》る土産《みやげ》の品などを背負っているものだから、さすがに力自慢《ちからじまん》の彼も荷物の山に埋《う》もれ、ぜいぜいと息を切らしている。

「少しそこの岩に腰《こし》かけたら」

ワカヒコが声をかけると、クは大きくかぶりをふって、笑い返した。

「大丈夫《だいじょうぶ》ですだよ。腰杖《こしづえ》があるだに」

太い撞木《しゅもく》（T字形に組んだ木）形の杖をかざして見せた。山道で重い荷を背負ったまま腰を下ろしてしまうと、再び立ち上がる際に苦労する。そこで短い休憩《きゅうけい》をとる時は、腰にT字の腰杖を当て、立ったまま休む。山岳《さんがく》民族の、知恵のひとつだ。

クの後から上ってきたハミ村のアベイやアブたちも、同じように腰杖を当てて、立ったまま汗《あせ》をぬぐいだした。

「川まで半日の距離《きょり》といったところだね」

ワカヒコが言うと、アノはうなずき、腰袋《こしぶくろ》をさぐって火付け木と麻《あさ》くずを取り出した。

「狼煙《のろし》をあげておきましょう」

手近な小枝や松ぼっくりをひろい集めて火をつけた。濡《ぬ》れそぼった小枝は、たちまち白い煙《けむり》をあげた。

しばらくすると、森の一方からも白い煙があがり、川に向かって点々と煙の列が立ち始めた。

「これで我々が行く、と村の衆に伝わります」

「狼煙を立てる係の者が、いっぱい隠《かく》れているんだね」

意外にハミ村の衆は用心深い、とワカヒコは思った。

日が落ちる直前、一行はハミ村の入り口にある結界までたどりついた。クシロ村のような茨《いばら》の垣《かき》があり、「門」が建っている。しかしその大きさはどうであろう。

「おらたちクシロ村の神門の、倍はあるだに」

クが驚《おどろ》きの声をあげた。

門は広葉樹《こうようじゅ》の枯《か》れ枝を、四方八方から組み合わせていた。人が潜《くぐ》る口のすぐ上にも足場と階段が見える。門と言いながらもそれは、全体が三層から四層の見張り台も兼《か》ねているらしい。

「村人の姿が見えないわ」

サナメが門の向こうをのぞき込《こ》んだ。が、ワカヒコは首を振《ふ》り、

「いや、いる。みんな隠《かく》れているんだ」

小声で答えた。

「みんな家の中で息をこらして、こちらを見ている」

サナメも注意深く耳を澄《す》ました。

「私たちに用心してるんだわ」

見兼ねたアブとアベイが門の中に駆《か》け込み、

「おおい、帰ってきたぞ。勇者さまをお連れしただ。出て来《こ》う」

「ノロシが見えなかっただか。みんな、何してるだ」

村を駆《か》けまわって叫《さけ》ぶが、家々から人の出てくる気配はない。ガタリ、と戸口を動かす家もあったが、ワカヒコたちの姿を認めると、すぐに戸を閉ざした。

「なんて奴《やつ》らだ。これが、助《すけ》っ人《と》を招く態度か」

クが言うと、サナメも、

「まったくね」

形の良い唇《くちびる》を曲げて不快さを見せた。アノがあわてて、ぺこぺこと頭を下げた。

「と、とりあえず、長老《ファトバ》のところに行きましょう」

村の北外れに建つ大きな竪穴《たてあな》式の住居にワカヒコたちを案内した。

アノの言う「長老」が、暗い土間に座《すわ》っていた。初めワカヒコは、その人物を子供と見《み》間違《まちが》えたが、暗がりに目がなれてくると、小柄《こがら》な老人であることがわかった。

「わしが、ハミのファ・ト・バですじゃ。ようこそ来なすった」

長老は自己紹介《しょうかい》した。かつてハミ村にはハトバ（村長《むらおさ》）の上に、老いた巫女《みこ》が何人かいて、彼女《かのじょ》たちが長老の意見を聞きながら村の政治を動かしていた。しかし、クナの侵《しん》入者《にゅうしゃ》によって巨樹《きょじゅ》アメノネツケギ様が伐《き》られた時、それに抵抗《ていこう》した巫女たちはすべて殺され、今はかろうじて敵の手を逃《のが》れた長老と村長アノが、村を動かしているという。

「村人の多くは、一年前《ひととせ》の恐《おそ》ろしい戦《いくさ》を、いまだに忘れておりませぬのじゃ。だから、他所《よそ》から来た人を見ると、木鼠《きねずみ》（リス）のように引っ込《こ》んで、いっかな出てこようとはしませぬ」

「でも、それじゃあ、俺《おれ》たちも助けることができない」

ワカヒコが肩《かた》をすくめた。村長としての面目《めんぼく》をつぶされたアノも、腹を立てた。

「我《わ》が村の者ども、留守にしている間に、そこまで臆病者《おくびょうもの》となりはてたか。こうなれば、一軒《けん》ずつまわって、隠《かく》れている奴《やつ》を引きずり出してやる」

「待って」

サナメが手をあげた。

「長老、さっき見た時、門の上に鐸《たく》(打楽器)みたいなものが下がっていたけど、あれは」

「以前、祭りに用いられていた銅鐸《どうたく》ですじゃ」

長老は答えた。かつてそれは巨樹《きょじゅ》に吊《つ》るされ、春の種まきと秋の収穫期《しゅうかくき》に打ち鳴らされていたが、祭器が銅鏡《どうきょう》に変わり、巨樹も伐《き》り倒《たお》されてしまった今は、「敵」の来襲《らいしゅう》を告げる警鐘《けいしょう》として用いられている。

「しかし、村の者は恐《おそ》れ多いとて、一度もたたいたことがありません」

「そう、一度も……」

サナメは、つっと立ちあがると、戸口を走り出た。

しばらくすると、銅器を打つガランガランという音が聞こえてきた。すると、その音に被《かぶ》さるように、男女の叫《さけ》びまわる声が響《ひび》いた。

　ワカヒコとクも長老の家を走り出た。

　門の前では大勢の人々が駆《か》けめぐっていた。家々から続々と飛び出してくる男や女は、おろおろと村内を行き来し、中には家財道具を抱《かか》えて泣き叫《さけ》ぶ者もいる。

「クナ人はどこだ。どこに攻《せ》めてきた」

「逃《に》げよう、森へ」

「いや、船で川の上流へ。子供たちを先に逃がすだ」

「ああ、助けてくだされ、クシロの勇者さまあ」

　さわがしさが最高潮《さいこうちょう》に達したと見たワカヒコは、門の上に向かって呼びかけた。

「サナメ、そのくらいでもういいよ」

　門の見張り台で銅鐸《どうたく》を鳴らしていたサナメは、笑いながら手を止めた。そして、足元で呆然《ぼうぜん》と立ち尽くす村人たちに向かって言った。

「情けないぞ、ハミ村の男衆。そんなことで、クナ人から家族を守れると思っているのか。ようし、明日から、あたしたちが、村を守る方法をじっくりと教えてやる。今日は帰って良し」

　言い終えると、するすると門の階段を下りた。長老がそこへ杖《つえ》をつきながら現れた。

「ね、臆病者《おくびょうもの》は、聞き慣れない音に弱いのよ」

　サナメが長老に向かって胸を張ると、老人は大きくうなずいた。

「よう出来もうした。若巫女《わかみこ》さま」

次の朝早くから、本当にサナメは村の者を集めて、戦いの準備を始めた。

まず、号令によって前後左右に走りまわる訓練。もちろん、弓、矛《ほこ》、投石などそれぞれが得意とする武器の取り扱《あつか》いも、これにふくまれる。女や子供たちとて村を守る大事な戦力として、竹槍《たけやり》や弱弓《よわゆみ》を与えられたが、これは侵略者《しんりゃくしゃ》アナコベを打ち破ったクシロ村での経験をもとにしたものだった。

サナメが立ち働いている間、ワカヒコはアノの先導で村の周囲を見てまわった。

「まず、川辺に案内します」

村から歩いて三百歩《ぶ》ほどのところに川があった。その川が蛇行《だこう》するあたりに船着き場が作られている。そこにも見張り所らしきものもあったが、半ば壊《こわ》れたままに放置されていた。

「ここに見張りを置いておかないと、村の守りが難しくなるね」

「みんな見張り役を嫌《いや》がるのです。危ないからと言って」

「見張りに立つ者には、食料を多く支給して待遇《たいぐう》を良くするというのはどうだろう」

ワカヒコが思い出したのは、クシロを見渡《みわた》せる場所で、空ばかり眺《なが》めている足の不自由なアジのことだった。

「食料で釣《つ》って見張り役を集めるのですか」

「なに、敵が来ても、ここで戦うわけじゃない。危うくなる前に船着き場へ火を放って、村に駆《か》け戻《もど》ればいいんだ。ここで必要なのは、臆病《おくびょう》で食い意地が張って、足が速い奴《やつ》さ」

「それなら何人か心当たりがあります」

アノは答えた。それから二人は、きらきらと輝《かがや》く流れのゆるやかな川べりを離《はな》れ、峠《とうげ》道《みち》や、少し小高い場所にある焼き畑の休耕地をたしかめながらハミに戻った。

意外にも村の中は、ちょっとしたお祭りの場に変わっていた。束にした幹《かん》を、かけ声あげて運ぶ男たち。その枝葉を落としていく女たち。縄《なわ》を編む老婆《ろうば》。若者にまじって骨鏃《こつぞく》を削《けず》る老人。皆《みな》、サナメに命じられた仕事を楽しそうにこなしている。

「これはどうしたこと」

アノは、あれだけびくびくしていた人々が、掌《てのひら》を返すように嬉々《きき》として働く様子に驚《おどろ》き、言った。

「若巫女《わかみこ》さまは、みんなにどんな魔法《まほう》をかけたんでしょう」

「本当に不思議だね」

ワカヒコはそう答えたが、別の思いを抱《いだ》いている。

（人をひとつの目標に向かって動かしていく才能が、サナメにはあるんだ）

ワカヒコが初めて目にした時のサナメは、常に物事にいらだっていて、まるで全身に棘《とげ》を立てた獣《けもの》のようだった。

(クシロ村での経験がうまく生かされて、立派に成長しているんだろうな)

と、その時、サナメが彼《かれ》に気づき、呼びかけてきた。

「ワカヒコ、偵察《うかみ》はどうだった」

「だいたいの地形は頭に入ったよ。あとは、土をこねて地形図を作るばかりさ」

「粘土《ねんど》なら、ここにあるわよ」

ワカヒコはサナメが持ってきた粘土を使ってアノと二人、夕暮れ近くまでかかってハミ村とその周辺の立体図を作った。

「細部を少し違《ちが》えた地形図をあと三つ作っておこう」

「どうしてそんな変なことをするんです」

アノが尋《たず》ねたが、ワカヒコは小さく笑うばかりだった。

しばらく日陰《ひかげ》で乾燥《かんそう》させた平たい立体地図は、その後、野焼きにまわして焼き固めた。

このころになると、サナメたちの軍事訓練と武器作りも、完成の域に近づいている。

その日、ワカヒコがサナメの寝泊《ねと》まりしている小屋に顔を出すと、あの膠《にかわ》のひどいにおいが室内に充満《じゅうまん》していた。

「持ってきた膠が役に立った」

部屋の中には、身の丈《たけ》を超《こ》える長弓《ちょうきゅう》が、何張りも立てかけられている。

「この村の人たちは、木工彫刻《ちょうこく》が得意らしいの。クシロ村の衆より、こんなに作りの良い弓がいっぱい出来たわ」

ワカヒコは、部屋の隅《すみ》にある大きな薦包《こもづつ》みに目を止めた。茅《かや》で荒《あら》く編んだむしろの端《はし》から、これも荒々しく木を組み合わせた台のようなものがのぞいている。

「これは何なの」

「膠《にかわ》と幹《かん》がずいぶん余ったから、こんなもの作ってみたんだけど」

サナメは少し恥《は》ずかしそうに、そして少し自慢《じまん》げに薦をめくった。

巨大《きょだい》な弓を横置きにした、不思議な格好の木台が現れた。

「みんなで長弓を作っている時に思いついたのよ」

サナメは、まだ膠でベトベトする弓の合わせ目を、指先で愛《いと》おしそうになぞった。

「ここに来るまでの間、クが山道で腰杖《こしつえ》を使っていたでしょう。ああいう木組みの台があれば、大きな弓を置くことができると思ったのよ」

大弓は遠距離《えんきょり》から敵を倒《たお》す最も有効な武器だが女や老人、子供に強い弦《つる》は引けない。彼らはクシロ村の夜戦のように、矢の音で相手を威《おど》すことしかできないのだ。

「でも、一人で弦を引けなかったら、三人四人がかりで弦を引けばいい。敵が三十歩《ぶ》近づかないと放てぬ矢を、こちらは五十歩以上離《はな》れたところから放つこともできるでしょ」

「弓を横に置く工夫は、サナメが自分で考えたの？」

「弓を縦に据《す》えると、いろいろ不都合があるのよ。楯《たて》の間から隠《かく》れ射《う》ちする時、弓も射手も丸見えになるし、弓返《ゆがえ》り（発射後、弓の握《にぎ》りが回転すること）とか、弦《つる》を数人がかりで引っぱる時の人の配置とか」

「うーん」

ワカヒコはうなった。

漢土にも、こうした横置きの台付大弓《おおゆみ》が存在することを、ワカヒコは知っていた。師の公達が軍学の講義で教えてくれたのだが、実物の迫力《はくりょく》というのはまた別ものだった。

「ワカヒコ、この横置き弓、気に入らないの？」

サナメが、不安そうに尋《たず》ねた。ワカヒコは大きく頭《かぶり》を振《ふ》った。

「そうじゃない。すごい発明にびっくりしてるんだ。これはナカツクニにもない兵器《つわもの》だよ」

サナメの顔が明るくなった。しかし、ワカヒコは、弓の弦から視線を外さずに言い添《そ》えた。

「でも、ここに問題がある。四人がかりで弦は引けても、矢を弾《はじ》く時、四人が息を合わせて、一時《いちどき》に手を離《はな》さないと、弦の威力《いりょく》が落ちる。大勢の人間を使えば、それだけ失敗も増えるだろう」

「その問題は、何度か訓練することで解消されると思う」

サナメは答えた。が、ワカヒコは首を振った。

「我々には時間がないんだ」

「……」

「でも何か必ず、別の解決策があると思う」

俺《おれ》も考えてみるよ、とワカヒコは言い、膠《にかわ》くさいその小屋を出た。

アジアにおける弩《いしゆみ》の発明者は、シベリアの森林地帯に住む狩猟《しゆりよう》の民《たみ》という。

それも、初めは石や矢を自在に放つ道具ではなく、木の弾力《だんりよく》を利用して動物を捕《と》える罠《わな》のようなものだったらしい。この原始的な仕《し》掛《か》け弓は、ユーラシア大陸の西に伝わり、ギリシア人の手で戦争用に進化した。

一方、東アジアに残った弩の先祖は、紀元前八世紀前半から前五世紀にかけて独自に進化した。

古代中国の伝承では、春秋時代《しゆんじゆう》、楚《そ》の国の琴氏《きんし》という弓の名人が仕掛け弓の引き金を発明し、一人で持ち運べるよう改良を加えた、とある。卑弥呼が女王として君臨《くんりん》した時代より六百年も昔のことだ。サナメが横置き式の大弓を自力で開発したとしても、さほど驚《おど》くには当たらないのである。

（問題はやはり弓の弦《つる》を一気に放す工夫だな）

ワカヒコは腕組《うでぐ》みして、村の中を歩いた。広場の騒《さわ》ぎは収まっている。人々が家に戻《もど》って、食事の仕度《したく》を始める頃合《ころあ》いだった。

やがて彼《かれ》は、村の神門《ラクン》前に出た。門柱の下に銅鐸《どうたく》が落ちている。サナメが村人を集めるために乱打した、あの銅鐸だ。長い間、放っておいたものを荒《あら》っぽくたたいたから、掛《か》け緒《お》が切れてしまったのだろう。

ワカヒコは、足元に転がる緑青《ろくしょう》の浮《う》いた銅のかたまりを見つめた。柔《やわ》らかい彼の頭脳が、少しずつ回転し始めた。その視線は、銅鐸の上部に開いた紐《ちゅう》（紐《ひも》掛《が》け）に向けられていた。切れた紐の一端《いったん》は堅《かた》い木を削《けず》り、鉤《かぎ》型にしたものにつながっている。

ワカヒコは、切れた紐をたぐり寄せると、木の鉤を取りあげた。彼の口元に、ぱっと笑《え》みが浮かんだ。

その晩、ワカヒコは炉《ろ》の前に座《すわ》って木を削《けず》り続けた。父のススヒコは木彫《きぼ》りの名人だったが、彼もその血をひいて、刃物《はもの》を持たせると黙々《もくもく》とその仕事に心を傾《かたむ》ける癖《くせ》があった。

ワカヒコが作っていたのは、あの銅鐸を吊《つ》るしていた紐の先端付属物に似た木鉤《きかぎ》だった。東の空が赤々と染《そ》まるころまでに、いろいろな形の鉤を十個近く削り終えた彼は、火の消えた炉の脇《わき》で、ごろりと横になった。

昼ごろになると、広場の方が再び騒がしくなった。サナメが、出来たばかりの弓を使って村人に訓練を施《ほどこ》しているのだろう。

ワカヒコは紐と木鉤を手に、広場へ向かった。

人だかりの中から、押《お》し出せ、止めろ、弦《つる》を引け、という甲高《かんだか》い声が聞こえてくる。

サナメが据《す》えつけた「発明品」を、子供たちに披露《ひろう》しているのだ。

見物の衆を押し分けて前に出たワカヒコは、その大弓を、じっくり観察した。

こうして陽《ひ》の光のもとに置かれると、小屋の中で見た時よりも、一段と大きく荒々《あらあら》しい作りに思えた。

「おはよう、ワカヒコ。どう、この弦の張り具合」

サナメは、かぶら胴《どう》（弓の両端《りょうたん》に近い部分）を軽くたたいた。

「（弓の）重ねを籐《とう》で補強したんだね」

「ええ、膠《にかわ》が完全に固まっていないから、幹《かん》と木が離《はな》れないように固く巻いたわ」

昨日はなかった部品があちこちについている。どうやらサナメも、今日の御披露目《おひろめ》にあわせて徹夜《てつや》の作業をやっていたようだ。

「さあ、教えたとおり、操作してみせるんだ」

彼女《かのじょ》は男口調で命じた。少年二人、少女二人が木台に取りついて弦を引き始めた。弦は固く縒《よ》り合わせた麻《あさ》の縄《なわ》だ。黄櫨《はぜ》の実から取った油を染《し》み込《こ》ませて滑《すべ》りを良くしたという。

「槍《やり》をつがえよ」

木台の上に溝《みぞ》が切られていた。そこに先を削《けず》った棒《ぼう》が置かれた。

「これが矢の代わりの槍《やり》よ」

サナメは木片《もくへん》を指差した。

「風切りの羽もないんだな。それに短い」

ワカヒコはその「槍《やり》」に目を凝《こ》らした。

「羽をつける必要がないのよ。土台に置き溝《みぞ》をつけた分、矢の長さも短くてすむの」

矢は誰《だれ》もが知るとおり、放つためには弓を持って伸《の》ばした腕《うで》と、胴《どう》を足した長さが必要だ。しかし、この台付きの弓は、溝で固定するため矢の長短は関係ない。しかも弾《はじ》く力が強いから通常の矢より太いものが射《う》ち出せる。

「これは大弓というか、棒を射ち出すカラクリだね」

「あそこまで七十歩《ぶ》ほどかしら」

サナメは、前方の土盛りを指差した。

「あれが的《まと》か」

サナメは言い切った。ワカヒコは、沈黙《ちんもく》した。

「当ててみせるわ」

「放て」

サナメは叫《さけ》んだ。四人の少年少女は、ぱっと弦《つる》を放した。

が、四人の手の動きは同一ではない。弦はわずかに小さく振《ぶ》れて、棒《ぼう》は勢いを失い、ふらふらと飛んだ。

そしてそれは、目標より二十歩《ぶ》ほど手前に落ちた。

「もう一度」

四人は弦《つる》を思いっきり引いて、放した。弦音が鈍《にぶ》く鳴り、同じ結果が出た。

「教えたとおりに息を合わせて。もう一度」

いきりたつサナメをワカヒコは、静かになだめた。

「これでは何度やっても結果は同じだ」

「練習しだいでうまくいくはずよ」

「こういうことになるのを予想して、俺《おれ》も道具を用意してきた」

ワカヒコは、徹夜《てつや》で削《けず》った木鉤《きかぎ》を取り出した。

「始めに、木台の後ろへ杭《くい》を打つ。そこに鉤つきの紐《ひも》を結ぶんだ。よし、弦を目いっぱい引いて」

若い四人は足を踏《ふ》んばって、大弓の弦をきりきりと引いた。

「次に、この鉤に弦をかける」

杭に結んだ紐がピンと張った。

「この木の鉤が四人の手と同じだ。最後に……」

ワカヒコは腰《こし》の短剣《たんけん》を抜《ぬ》いて、紐をふつり、と切った。鉤が外れ、弦音が高く鳴った。

反《そ》り返った弓が強い力で復元した。

すばらしい勢いで、「槍《やり》」は前方に飛び出していく。

「あっ」

真っ直ぐに宙を走ったそれは、土埃《つちぼこり》をあげて、目標に命中した。

一瞬《いっしゅん》の沈黙《ちんもく》。土埃が収まると、「槍」が半分以上も土中にめり込《こ》んでいるのが見えた。

歓声《かんせい》があがった。

「この紐《ひも》付きの木鉤《きかぎ》をいくつも用意しておけば、好機に合わせて自在に弦《つる》が引ける。つまり、この鉤一個が、この子たち四人の指先と同じ働きをするんだ」

サナメに説明しながらワカヒコは、心の中で半ば絶望していた。師の公達から聞いた話では、四百年以上も昔の漢土最初の大王（始皇帝《しこうてい》）は、一人の射手が強力な弦を引くための、青銅で出来たカラクリ付き大弓を何千という兵士たちに与えていたという。

（こんな木の枝を削《けず》り出した鉤なんか、子供だましだ。そんな銅製の掛け鉤を作る技がこの俺《おれ》に、いや、この国にあれば）

倭国《わこく》という、金属器さえ満足に作り得ない蛮族《ばんぞく》の国に生まれた不幸をワカヒコは、強く感じていた。彼《かれ》の悲しそうな表情を見ていたサナメは、夜を徹《てっ》して考えたカラクリが予想以上の働きを示し、ワカヒコが安堵《あんど》して放心状態にあると見た。その功に自分は全身で感謝の気持ちを表さねばならない、と感じた。

「ナカツクニの、知恵ある勇者はかくあるぞ（このようなものだ）。以後の戦いは力を知恵が制するのだ。この木鉤《きかぎ》付きの大弓があれば、我らは勝つ。クナの弓兵や矛兵《ほこ》など何ほどのことがあろう」

サナメは大弓の台に登ると、ワカヒコの身体を引っぱりあげた。

「この知恵者に、さらなる敬意をはらえ」

つかんでいた彼《かれ》の両手を、自分の胸に導いて押《お》し当てた。ワカヒコは、あわてて彼女《かのじょ》の手を振《ふ》りほどこうとしたが無理だった。

「見よ。この者こそ我《わ》が夫《おっと》となる者。我ら夫婦《めおと》となりて、この村を守り抜《ぬ》かん。ここに陰《いん》(女)と陽《よう》(男)の力がそろうのだ」

ワカヒコは、サナメの胸の鼓動《こどう》を掌《てのひら》に感じながら、動揺《どうよう》した。

(正式に求婚《きゅうこん》されているのか。こんな時に、なんという大胆《だいたん》な)

気恥《きは》ずかしさのあまり、腰《こし》が抜《ぬ》けそうになった。

すると、サナメの言葉に興奮したのか、居並ぶ女や子供は、地に次々と膝《ひざ》をつけた。そして皆《みな》は、おうおうと叫《さけ》びながら目の前の地面を拳《こぶし》でたたきだした。

「我らに陰陽の力が味方するぞ」

「奴《やつ》らは来る。そして敗れる」

「クナを討《う》とう」

「討ちてし止《や》まん」

その不気味な叫《さけ》び声に驚《おどろ》いて出て来た村の男衆も、やがて討《う》ちてし止《や》まん、と唱和し始めた。広場は先刻以上の喧噪《けんそう》につつまれた。

トウシ島には古くから三カ所の大集落があった（驚《おどろ》くべきことに、この数は現代も変わりがない）。集落と集落をつなぐ道は海辺に沿っている。そのひとつ、岸の上の切り立った細道を、クナ王ヒミココは歩いた。

配下のカマチヒコが護衛の兵士たちと、付かず離《はな》れず、その後を進んでいく。

ヒミココは岬《みさき》の外れまで来ると、対岸を望んだ。オバマの先に巨大《きょだい》な草葺《くさぶ》きの秘密造船所が見えた。

「カマチヒコよ、新しい『舫《ほう》』の出来具合はどうだ」

「ようやく底船《そこぶね》の削《けず》り出しを終えたところです。明日より船底板の寸法取りと、舷側《げんそく》の板取りを始めます」

「何だと」

ヒミココは片眉《かたまゆ》をあげた。その端《はし》が小刻みにふるえているのは、怒《いか》りを彼《かれ》なりにこらえている証拠《あかし》であった。

「新たな巨木《きょぼく》は手に入らぬ。在庫の木材で何とかもう一隻《せき》作ると汝《なれ》は言ったが、その木造《こづく》り（造船工事）も遅《おく》れているのか。船団の編成には、最低でも『舫《ほう》』二隻が必要だ」

「はい、心得ております」

「いや、汝《なれ》は心得ておらぬ」

ヒミココは静かに言ったが、怒《いか》りの感情はさらに高まっているようだった。

「良いか、聞け。すでに我らが運用している『舫《ほう》』は、倭国において最大の櫓数《ろかず》を誇《ほこ》っている。だが、こやつは一隻《せき》ではたいした効果も期待できぬ。霧《きり》の海や凪《な》いだ内海《うつみ》で敵を圧《あっ》倒《とう》できても、ひとたび荒《あら》い外海《そとうみ》に出ると波にもまれる単なる板の台だ。たとえば敵が軽快《けいかい》な焼き討《う》ち船を仕掛《しか》けてくれば、逃《に》げることもならず、一瞬《いっしゅん》で燃やされる。さればこそ、『舫』は二隻以上で運用せねばならぬのだ」

舫が甲板《かんぱん》面積を広く取っているのは、主に大型の石投げ機を搭載《とうさい》するためにほかならない。

「きうすの新型弩《ど》は、敵の矢が届かぬ三百歩《ぶ》（漢土の距離計算で約四百メートル強）で相手の船を打ち破るというぞ。この強力なつわもので二隻の舫は互いを庇《かば》いあうため、敵船は接近できず、いたずらに沈《しず》められていくのだ。そのような思惑《おもわく》で吾《あ》は造船計画を……」

カマチヒコは長身を深々と折り曲げた。

「すべてのつまずきは、クシロ村の巨木《きょぼく》を得られなんだところから始まりました。そして、ハミ村その他の山の村々がクシロ村に同調し、木造《こづく》りの生口供出《せいこう》を拒《こば》んだこと。これらはまったく、愚臣《ぐしん》（自分）の不徳《ふとく》といたすところでございます」

カマチヒコは膝《ひざ》に手を置き、首をさしのべた。

「愚臣《ぐしん》は責《せき》（責任）を感じております。お斬《き》りください。王の偉大《いだい》なる御企《おんたくら》みのニエ（供え物）となるため、この首を喜んで差し出しましょう」

ヒミココは、護衛の一人が奉《ほう》げ持つ漢土渡《わた》りの鉄剣《てっけん》に手を伸《の》ばした。すらり、と抜《ぬ》き放ち、切っ先をカマチヒコの右肩《かた》に置いた。

「斬る……と言いたいが」

ヒミココは、ふっと表情を和《やわ》らげた。

「ひとつ汝《なれ》に責務《せきむ》を与える」

鈍《にぶ》く輝《かがや》く剣をカマチヒコの目の前にかざした。

「イヤ・シマ・トウシ・キナの四国に我《わ》が威《い》を示し、造船の基《もとい》となる生口《せいこう》と木材を今以上に得るよう命ずる。それが首の代償《だいしょう》だ」

「王の命ずるままに」

カマチヒコは答えた。ヒミココは剣を鞘《さや》に戻《もど》し、それをカマチヒコに手渡した。

「その剣を我と思え」

カマチヒコは、うやうやしくそれを頭上におしいただいた。

ヒミココは、再び崖《がけ》の細道を歩み始めた。

彼《かれ》が王専用の船着き場に降りて迎《むか》えの船に乗り込《こ》むと、出発を告げる法螺貝《かい》の音《ね》が鳴った。

ヒミココの船は、舳先《へさき》を南東に向けた。そこには最初に造られた舫の隠《かく》し場所と、ルキウスが設計した大型弩《ど》の試射場がある。

ヒミココの船と桟橋《さんばし》の間で何度か合図が交《か》わされ、凪《な》いで油のようにどろりと静まった湾《わん》の中にゆっくりと舫が進み出た。

えいおー、えいおー、という漕《こ》ぎ手のかけ声と、腹の底に響《ひび》く太鼓《たいこ》の音が浜《はま》一帯に響き渡《わた》り、幼児の声にも似た海鳥の鳴き声がわきあがった。

お召《め》し船《ぶね》の先端《せんたん》に立つヒミココは、舫の巨体《きょたい》と、彼《かれ》の頭上にある青空を交互《こうご》に見あげた。

「雨期も、そろそろ終わる」

「はい、つわものの御披露目《おひろめ》には、手ごろな日でございます」

カマチヒコは、答えた。ヒミココは巨船の甲板《かんぱん》を指差して手をたたいた。

「見よ。あそこにウミタカと漢人の彭がいる。きうす翁《おう》の付き添《そ》いで参ったのだな。だが、肝心《かんじん》のきうすは何処《いずこ》ぞ」

「船内のいずれかに隠れているのです」

「あいかわらずヘソの曲がった老人だ。晴れの舞台《ぶたい》と申すに」

「本日の名誉《めいよ》は王のものです。老人は老人なりに遠慮《えんりょ》しているのでございましょう」

とカマチヒコは言ったが、彼もルキウスが出てこないことにわずかな不審《ふしん》の念を抱《いだ》いていた。

そのルキウスは、巨船《きょせん》の楼閣《ろうかく》下に造られた小部屋に籠《こ》もっていた。

そこが甲板《かんぱん》上に設置した石投げ機の、指揮《しき》所に最適だったからである。彼《かれ》の前には一筋の紐《ひも》が下がっている。紐の先は階段を通り、楼閣にある太鼓《たいこ》打ち場の鈴《すず》につながっていた。

これを引くと、鈴の音に合わせて太鼓打ちがひと打ち、ふた打ちとたたく。声で命じなくとも石投げ機の、装塡《そうてん》と発射の命令が伝わるのだ。足腰《あしこし》の弱まったルキウスには、楼《ろう》上《じょう》に立って指揮《しき》をとるより、この狭《せま》い部屋に座《すわ》っている方が何倍も安全で楽だった。

「きうす翁《おう》。船が澪《みお》（水路）に入りますぞ」

ウミタカが入ってきた。この晴れの式典に合わせて、彼は久しぶりに戦いの化粧《けしょう》を顔に施《ほどこ》し、籐《とう》編《あ》みの鎧《よろい》までまとっている。

「海上をごらんなされ。王やその近臣たちの船を」

「生口《せいこう》は配置についたかね」

「太鼓ひと打ちで、縄《なわ》に飛びつきます」

ルキウスは部屋の小窓を開けた。甲板に立つ男たちと、その背後に動く島々の影《かげ》を見た。舫《ほう》は射撃《しゃげき》位置につくため、舳先《へさき》の向きを東に大きく変えている。

ルキウスは窓辺から視線を外さずに、手元の紐を一度引いた。打ち合わせどおり太鼓が一度どんと鳴り、石投げ機の腕《アーム》が下がった。操作員の横で指揮をとるのは彭だ。彼もこの日はルキウスに命じられて現場の監督《かんとく》役である。

石が腕《アーム》の革製スリングに置かれた。

「各自、縄《なわ》にとりつけえ」

彭は海族の言葉で命じた。生口《せいこう》たちが、腕の反対側に下がった縄へ飛びついた。

彭がルキウスの方を向いて大きく手を振《ふ》った。用意良し、の印だ。

ルキウスは大きく二度、紐《ひも》を引いた。楼上《ろうじょう》の太鼓《たいこ》が二度鳴った。

「放てえ」

生口たちが一斉《いっせい》に縄を引き下ろした。石投げ機の長い方の腕が大きくしなった。

旋回軸《せんかいじく》を支点にして、腕の端《はし》が垂直に立った。

同時に綱《つな》のスリングも跳《は》ね上がり、石に運動量が与えられた。

ぶん、という風切り音が響《ひび》いて、石が宙を飛びだした。

黒いかたまりは見る見るうちに小さくなり、海上に消えた。

直後、青々とした海面に、白い水柱が立つ。

楼閣《ろうかく》の太鼓が間隔《かんかく》を置いて三度鳴った。

舫《ほう》から、そしてそれを取り巻く小船から歓声《かんせい》があがった。

「三百歩《ぶ》弱といったところか」

太鼓の音を数えたルキウスが、静かに言った。

「もう一度放とう」

ウミタカに顎《あご》をしゃくった。今度は彼《かれ》が紐《ひも》を引いた。太鼓《たいこ》が「用意」の音をひとつ打つ。

「さあ、引け。力のかぎり。弩射《いしゆみう》ちの根性《こんじょう》を見せて見ろお」

再び革のスリングに石が置かれ、腕《アーム》の端《はし》に男たちが取りつく。

牽引索《けんいんさく》と呼ばれる縄《なわ》を握《にぎ》った生口《せいこう》の群《む》れは、声を合わせて腰《こし》を落とした。

またしても太い木の腕は跳《は》ね、石が弧《こ》を描《えが》いた。

今度は前より少し手前に水柱があがった。

「二百二十歩《ぶ》（約三百メートル）といったところか。やはり、な」

ルキウスは、手元にある木板に、消し炭の先で数字を書き込《こ》んだ。

「人の力で牽《ひ》くカタペルテスは、操作員の気力しだいで射程距離《きょり》が毎回異なるものだ。最初の成功で気がゆるみ、二度目の力加減が乱れたのじゃろう。それでも二百歩《ぶ》以上行ったのだから、まず成功の内と言って良い」

ルキウスはウミタカにそう語り、膝《ひざ》をあげた。ぐらりと彼の身がよじれ、ウミタカがあわてて彼の上体をささえた。

「どうも近ごろ、身体《からだ》の衰《おとろ》えが激しい」

ルキウスは恥《は》ずかしそうにつぶやき、

「どれ、王に新しいカタペルテスのご説明でもいたそうか」

ウミタカの介添《かいぞ》えで小部屋を出た。舫《ほう》の漕《こ》ぎ手たちの列を抜《ぬ》け、陽光にきらめく甲板《かんぱん》の端《はし》まで行くと、ヒミココ王が彼《かれ》を迎《むか》えた。

「きうすよ、やりおったな」

「王とのお約束、なんとかはせたようです」

「褒美《ほうび》をやろう」

好みの品を与える、とヒミココはルキウスの手を固く握《にぎ》った。

ルキウスは首をふった。

「今はただ、酒でも食らってひと眠《ねむ》りいたしたい」

「では、欲《ほ》しいものが思いついた時は、遠慮《えんりょ》なく申し出よ」

ヒミココはルキウスの手をしばらく離《はな》さなかった。新型石投げ機の出来具合が、よほど気に入ったのだろう。


降り降らずの陰気《いんき》な天気が少し続いた後、二日続けての豪雨《ごうう》となった。

ハミ村の周辺でも崖道《がけみち》で異常出水《しゅっすい》があり、あちこちで土砂《どしゃ》くずれも起きたが、族長のアノ以下村の主だった者どもは、これを吉兆《きっちょう》として喜んだ。雨期の出水は、夏の渇水期《かっすいき》の備えとして大切なものだったからである。

ワカヒコは、川まで下りて水かさを確かめると、サナメのいる武器倉を訪ねた。

彼女《かのじょ》の作った大弓と個人用の長弓《ちょうきゅう》は、完全に木部の接着が終わり、矢の数も予定数を満たしていた。

「村人の戦闘《せんとう》訓練は」

ワカヒコは尋《たず》ねた。サナメは一番出来の良い長弓《ちょうきゅう》に弦《つる》を張っていたが、その弓の弭先《はずさき》で外を指した。

「武器作りが一段落したので、男衆のほとんどが西側の堀《ほり》を広げる作業に出ているわ」

村を守る大切な堀切《ほりきり》も、雨でくずれたのだという。

「おかしな人たち。土砂《どしゃ》くずれを喜んでるんだもの。泥《どろ》だらけになって、ね」

サナメは弦の張り具合に満足したらしく、びんびんと爪弾《つまはじ》きした。

大陸の弓は握《にぎ》りが真ん中にくるが、倭人の弓は握りが下に片寄《かたよ》り、上部が長い。これは南方型長弓の特徴《とくちょう》とされ、現代の日本弓道で用いられる和弓《わきゅう》もまったく同じ作りだ。

「夏至《げし》になる。川の増水も止まらない。そろそろ敵が姿を見せるころだ」

ワカヒコは言った。太陽が天の赤道から一番北に離《はな》れ、北半球で最も昼の時間が長くなるのが夏至だ。ナカツクニでは大切な区分けの日とされる。この日から太陽は少しずつ衰《おとろ》え、冬至《とうじ》になって再び力を得ると信じた古代人は、夏至の前後を物忌日《ものいみび》（身をつつしむ日）として家に引きこもる。

「では、ワカヒコも卑弥呼さまとはしばらく、あの『ミズカガチ』で語り合うことができなくなるのね」

「それればかりか、この増水だ。クナの軍船は川瀬《かわせ》を越《こ》えて、上流まで上ってくるだろう」

「いよいよ、戦《いくさ》ね」

サナメは、川の船着き場にある見張り所の人数を増やすよう手配した。

最初に見張り役を志願したのは、ワカヒコたちにくっついてクシロ村から来た「ク」だ。

「俺《おれ》は目がええだに。それに、クナ人より腕力《わんりょく》もあるだに」

「見張り役に腕力は必要ないんだ。敵を見たら、すぐに走って、俺たちに報告すればそれでいいんだ」

ワカヒコは、この力自慢で軽はずみな男をたしなめた。

夏至《げし》の祭りから二日ほど経った朝。村の東方にある川沿いの狼煙台《のろしだい》から、白煙《はくえん》があがった。

「やはり来た。敵は船で来る」

ワカヒコは村の東側に走った。そこは伐《き》り倒《たお》されたアメノネツケギ様の、大きな木の根が地にからまり、少し小高くなった場所だ。川の蛇行点《だこうてん》が、はっきりと確認できた。

「ひい、ふう、みい……」

彼《かれ》は敵船の数をかぞえた。あの化物みたいな巨大船《きょだいぶね》は見えないが、三十艇《ちょう》以上の櫓《ろ》を持つ刳船《くりぶね》が十二隻《せき》。

「戦士だけで三百人を超《こ》える大軍勢だ」

ワカヒコは膝頭《ひざがしら》が震《ふる》えた。武者ぶるいではない。本当の恐怖《きょうふ》が彼《かれ》の全身をつつんでいた。

「村の戦士よ、集まれ」

サナメが神門《ラクン》の銅鐸《どうたく》を乱打した。

「かねての申し合わせどおり、戦いに参加せぬ者、幼児や老人は奥《おく》の洞穴《ほらあな》に身を隠《かく》せ。戦士は、男も女も、得意の武器を持って指示を待て」

サナメの指示で、土台付きの大弓が運び出された。小石や岩が門の前に積みあげられた。

川の方から突然《とつぜん》、指笛のようなぴいぴいというかわいらしい音が聞こえてきた。

「あれは」

サナメは耳をすました。

「トゲ貝の音《ね》。相手はアツ族だわ」

アツ族は現在の北九州市一帯に住んでいた、これも海族の一種だ。彼《かれ》らの先祖はフィリピンのセブ島あたりから渡《わた》ってきたといい、戦いの進退にはサンゴ礁《しょう》にすむトゲ貝（ソデボラ科のスイジ貝）を吹《ふ》く。

「クナ王が傭《やと》った精鋭《せいえい》よ。敵は本気だわ」

サナメは神門の屋根で小手《こて》をかざす見張りの者に尋《たず》ねた。

「上陸地点はどこ」

「船着き場のあたりですだ」

と答えたのは、門の横木に足をぶらつかせていたアベイだ。

「あっ、敵が桟橋《さんばし》の見張り所に火ィかけやがっただ。みんな逃《に》げてくる。いや、踏《ふ》みとどまって戦ってる奴《やつ》がいる。クシロ村のクだ。あ、煙《けむり》で見えなくなった。敵の別隊が、桟橋の裏から上陸した。これは数が多いだ」

アベイは、目が良いのか、敵の動きを事細かに報告する。

「この分では、敵はあっという間に、村の堀際《ほりぎわ》まで上ってくる」

ワカヒコは、門の上から下りてきたサナメに言った。

「楯《たて》を柵《さく》の後ろに並べよう。矛《ほこ》を横に寝《ね》かせて、こちらに戦意がないように見せかけねばならない」

「長弓《ちょうきゅう》の者は、その背後に伏《ふ》せるのね」

これは何度も打ち合わせておいた動きである。そのうち、川岸にいた見張り所の男たちが戻《もど》ってきた。

「敵の動きは、素早《すばや》いだ。目の前に敵の刳船《くりぶね》が来たと思ったら、もう桟橋に火がまわっていただに」

見張り役の男たちが、両手を振《ふ》りまわし、口々にわめきたてた。その男たちの中に、あの粗忽者《そこつもの》の姿がない。

「クは、クはどこへ行ったの」

ワカヒコは尋《たず》ねた。すると、一人が答えて、

「へえ、途中《とちゅう》まで一緒《いっしょ》に逃《に》げましたが、このまま敵にやられっぱなしじゃ情けねえ。俺《おれ》もクシロ村の勇者だ、とかぬかして、引っ返していきましただ」

「ちっ、あの愚《おろ》か者」

サナメが舌打ちする。ワカヒコはクの行方《ゆくえ》が気になったが、すぐに気分を戻《もど》して、村の防衛に考えをめぐらせた。

「これで敵の攻《せ》め口は読めた。川に船を停《と》めて、村への道を真っ直ぐに進んでくる。途中の道で隊列をふた手に分け、一方を村の搦手《からめて》（裏手）に向けるだろう」

「なぜそう言いきれるだか」

アベイが尋ね、長《おさ》のアノが彼《かれ》の肩《かた》を小突《こづ》いた。

「阿呆《あほう》め、もう忘れただか。勇者様の裏の手を」

「そうだった。あれは、俺がうめえところに置いとったもんだに」

アベイは、ぺろりと舌を出した。そうこうするうち、川と村をつなぐ道筋にも黒煙《こくえん》があがりだした。穫《と》り入れ前の、早穫《はやど》り麦の畑も、斜面《しゃめん》に育つ稗返《ひえがえ》り（小型の野稗《のびえ》）の畑にも火がかけられた。

船団を指揮していたのはクナ国の重臣カマチヒコだった。

「この戦《いくさ》に失敗いたしますれば、愚臣《ぐしん》は自裁《じさい》（自殺）いたします」

はっきり言い切っている。

どちらかというと軍人のタイプではなく、穏《おだ》やかな官僚《かんりょう》の部類に入るカマチヒコの、意外な口調にヒミココは驚《おどろ》いた。

「それで、最終目標はクシロ村の巨木奪取《きょぼくだっしゅ》か」

「はい、その前に、クシロ側に寝返《ねがえ》ったハミ村をつぶします」

「ははは、先にハミを軍神の生《い》け贄《にえ》に捧《ささ》げるか」

ヒミココは大きく笑った。

「周辺に放った偵察《うかみ》の報告では、ハミ村はクシロ村の後押《あとお》しで、反逆の意志を持ったようです」

カマチヒコは、王の目をじっと見あげた。

「どうやらクシロ村の背後には、邪馬台国《ナカツクニ》の影《かげ》もちらついておりますようで」

ヒミココは笑い顔を急に強《こわ》ばらせた。

「汝《なれ》、心得ておるのか」

「はい、ハミやクシロを攻《せ》めますれば、女王の軍勢が出てまいりましょう。これを機に、王家とナカツクニとの争いは、熱い戦《いくさ》に変わります。愚臣は、その先駆《さきが》けとして軍船を指揮いたす覚悟《かくご》」

王は座《すわ》っていた円座《えんざ》（藁《わら》を丸く編んだ尻敷《しりし》き）から立って、カマチヒコの肩《かた》に手をかけた。

「その心がけや良し」

「ひとつ、無心《むしん》（物ねだり）の儀《ぎ》が」

カマチヒコは、遠慮《えんりょ》がちに言い添《そ》えた。

「申してみよ」

「きうす翁《おう》の、かたぺるてすと申す石投げ機をお下げ願わしゅう存じます。あれさえあれば、勝利うたがいなし」

「あれは渡《わた》せぬ」

ヒミココは、にべもなく言った。

「あれは卑弥呼との決戦に備えた秘密兵器だ。山岳民《さんがくみん》相手の小ぜりあいに、軽々と出すわけにはいかぬ。兵の数を増やすゆえ、それで満足せよ」

ヒミココは、そこで話を打ち切った……。

（残念なことだ。かたぺるてすさえあれば、ハミ村など、兵を働かさずとも、手もなく落とせたものを）

王との対話を思い返すカマチヒコのもとに、伝令が戻《もど》ってきた。

「戦況《せんきょう》はどうか」

「何ほどのこともございません。抵抗《ていこう》はわずか。村の南にある畑はすべて火をかけました」

「さようなこと、煙《けむり》を見ればわかる」

カマチヒコは鼻先で笑った。伝令は赤面し、抱《かか》えていたものを、おずおずと差し出した。

「それは何だ」

「敵の見張り所に隠《かく》されておりました。奴《やつ》らにとってよほど大事な品か、と」

「容器ではない。作業台にしてはでこぼこだな」

素焼《すや》きの土器だ。カマチヒコは指でその表面をなぞり、あたりの風景を見まわした。

「わかったぞ。これは……村の立体絵図だ。ここに川がある。左右の丘も盛られている」

カマチヒコは丹念《たんねん》に「立体図」を眺《なが》めた。

「道が二方に延《の》びている。正面門前の深い溝《みぞ》は、防御《ぼうぎょ》用の堀《ほり》だ。ふむ、裏手にまわり込《こ》む道があるようだ。これは、村人が村を捨てる時に用いる逃《に》げ道らしい。これは良いものを」

手に入れた、とカマチヒコは喜びのあまり、船の上でたたらを踏《ふ》んだ。

「二方向から村を攻《せ》める。正面には若い兵を、裏道には手練《てだ》れの兵を宛《あ》てよ」

と命じた。


村の外れに放たれた火は、小さな山火事となった。

「火の粉がこちらに飛んでくる」

「屋根に水をかけろ。高床《たかゆか》（倉庫）に泥《どろ》を塗《ぬ》れ」

村人のうち、手のあいた者が壺《つぼ》の水を運んだ。

と、中の人が森の方を指差した。

「矛《ほこ》の列が見えますだ。敵だ」

村の前面、煙《けむり》につつまれた森の中で、きらきらと輝《かがや》く穂先《ほさき》が見え隠《かく》れしている。

「最初の一矢《いっし》はあたしが放つ」

サナメが長弓《ちょうきゅう》に矢をつがえた。嚆矢《こうし》、つまり戦闘《せんとう》開始の矢は、敵より先に放った方が勝つ、と信じられている。しかし、ワカヒコは彼女《かのじょ》の矢先を手で押《お》さえた。

「敵の軍使《いくさつかい》が出てきた」

森の中から、一人の精悍《せいかん》な男が現れた。左手に何かを下げ、右手に握《にぎ》った矛を頭上でくるくるとまわしていた。それは使者の印だった。

「どうせ降伏《こうふく》を勧《すす》める軍使よ」

「話だけは聞こう」

ワカヒコは堀際《ほりぎわ》の土手に立った。その姿を認めたのか、軍使は叫《さけ》んだ。

「お前が、このハミ村の代表か」

「まあ、そうだ」

「若いな、若すぎる」

「見た目で推《お》し量《はか》るな」

軍使の男は、頬《ほお》に塗《ぬ》った赤い塗料《とりょう》を、矛《ほこ》の柄《え》で少しこすった。

「吾《あ》は降伏《こうふく》を勧《すす》めにきたのではない。皆殺《みなごろ》しにするゆえ、覚悟《かくご》せよと言いにきた」

「わざわざ、ご丁寧《ていねい》なことだね」

ワカヒコは、言い返した。

「アツ族は知恵も勇気もある人々と聞いたが、ヒミココのような悪王の言うがままに従うとは、評判倒《ひょうばんだお》れだ。がっかりしたよ」

軍使の男は、べっと地に唾《つば》を吐《は》くと、矛の石突《いしづき》をどんと地についた。

「では、もっとがっかりするものを見せてやろう」

左手に持ったものを掲《かか》げてみせた。

「見覚えがあるだろう。これはお前の部下に違《ちが》いない」

堀《ほり》の前に、放り出した。ごろりと転がったそれは、クの首だった。

柵《さく》の隙間《すきま》から見ていた村人たちが、小さな悲鳴をあげた。

「こ奴《やつ》は勇者だ。我々が戦えというと、逃《に》げる途中《とちゅう》で戻《もど》ってきた。我々は丁寧にこ奴を殺した。お前たちも少し後には、同じような姿になる。男も女も子供も、村で飼われている犬も首にしてやる」

軍使は真っ赤な口を開けて笑った。すでに勝者の気分なのだろう。

ひゅっという弦音《つるおと》が響《ひび》いて、矢が飛んだ。矢は大きく開けた軍使の口に入り、骨鏃《こつぞく》が喉《のど》首《くび》の後ろに白々と突《つ》き抜《ぬ》けた。

「クの仇《かたき》だ」

ワカヒコの背後に、いつ上ってきたのかサナメがいた。

仰向《あおむ》けに倒《たお》れた軍使の身体《からだ》へ彼女《かのじょ》は、さらにもう一筋の矢を射込《いこ》んだ。

トゲ貝の高い音が、森の中にこだまする。赤と白の渦《うず》巻《ま》き紋様《もよう》を描《か》いた大楯《おおだて》の列が、現れた。

敏捷《びんしょう》なサナメは、敵の隊列を見ると、門から外に飛び下り、落ちているクの首を拾いあげた。それから倒れている軍使の身体に近づき、刺《さ》さっている矢を抜くと、柵《さく》の中に駆《か》け戻《もど》った。

彼女の背を目がけていく筋かの矢が飛んだが、いずれも当たらなかった。

「危ないことをしちゃあだめだ」

ワカヒコが叱《しか》ると、彼女はクの首をアベイに手渡《てわた》し、自分の持ってきた矢をへし折った。

「嚆矢《こうし》は敵に使われると大変なのよ。この矢は、射《う》った者に必ず当たるとされているの」

俗《ぞく》に「返し矢」と言う。倭国ではよく知られた故実《こじつ》だ。

「そんなことより戦《いくさ》よ。敵の前衛《ぜんえい》が、堀《ほり》の前まで押《お》し出してくる」

サナメは、村の楯《たて》持ちを広場に整列させた。これは、戦闘員《せんとういん》ではないから女や老人もまじっている。

「まず詞戦《ことばいくさ》があるけど、油断しないで」

長弓《ちょうきゅう》や矛《ほこ》持ちが柵《さく》の裏に隠《かく》れた。

堀際《ほりぎわ》に楯《たて》を進めた敵は止まった。大声《だいおん》の者が楯の内から何かしゃべりだした。ただし、これはアツ族の古い呪《まじな》いの言葉らしく、意味がまったくわからない。

それが終わると、柵の内側から村を代表してアノが対応した。これもハミ村に伝わる古い呪い言葉で、味方のワカヒコやサナメにもさっぱり理解できなかった。

「最初に石が来るぞ」

誰《だれ》かが言った。敵が構《かま》えた楯の後ろから、ばらばらと大きな石が飛んだ。が、柵の内側にも楯の備えがある。石は、いたずらに弾《はじ》き返されるばかりだった。

「今度はこっちの番よ、投石――」

開始の声で、楯の間から石投げ組が出た。石を包んだ布の端《はし》と端を握《にぎ》った彼《かれ》らは、腰《こし》のあたりで振《ふ》りまわし、布の一方を手離《てばな》した。

ハミ村方の石は、油断したクナ兵の前列に落ち、数人を倒《たお》した。クナ兵の長《おさ》は叫《さけ》ぶ。

「ひるむな。楯を頭上に」

クナ兵の列は、楯の上に楯を重ねると、倒れた仲間が開けた空間をすぐに埋《う》めた。

腕《うで》を長く伸《の》ばして投げる石よりも、遠心力を利用したスリング式の投げ方は強力だ。これは「ぶんまわし」などと言い、戦国時代まで長く用いられたが、中部地方の海沿いで使われたのは、この時が初めてだった。

ただ、このやり方は、よほどの名人でなければ的に当てることができない。楯《たて》をかざした密集陣形《じんけい》には効果が薄《うす》かった。

「敵が堀《ほり》の中に入ってくる」

村の者が悲痛な声をあげた。

「あわてるな。堀の中は泥沼《どろぬま》だ」

サナメは味方をはげました。

「敵は滑《すべ》って登れない。長い柄《え》の者、前へ」

柵《さく》の間から堀底《ほりそこ》に向けて、柄の長い簳槍《たけやり》が伸《の》びた。クナ兵は泥の中で自由がきかず、次々に刺《さ》し貫《つら》ぬかれていった。

村人の槍先《やりさき》をかわしたクナ兵は突《つ》き返そうと矛《ほこ》をふりまわすが、船戦《ふないくさ》用の短い矛では、まるで相手にならない。

「引け、引け」

堀のあちこちで声があがった。泥だらけのクナ兵は、堀割《ほりわり》の縁《ふち》を這《は》いずって逃《に》げ始めた。

「勝った」

背を向けて走る敵を見て、村人たちは歓声《かんせい》をあげた。

しかし、サナメもワカヒコも、口をへの字に結んで、森に逃《に》げ込《こ》むクナ兵を観察し続けた。

「簡単に引いた」

「そうね。評判とは少し違《ちが》って、クナ兵は弱すぎるわ」

二人は目と目を合わせた。同じことを考えていた。そして同じ言葉が、二人の口から出た。

「搦手《からめて》！」

敵は正面の戦いに注意をそらし、裏手から伏兵《ふくへい》が村に乱入する作戦だろう。

「奴《やつ》ら、偽《にせ》の立体図を読んだんだ」

「三人に一人を残して、搦手へ」

サナメは命じた。今まで一矢も放っていない少年少女の弓兵たちが、裏門《クンジャ》（搦手）の方に走った。これも打ち合わせどおりの行動だ。

裏門の前に掘《ほ》られた堀切《ほりきり》は浅い。それは、斜面《しゃめん》の雑木がからみ合って、天然の障害物《しょうがいぶつ》を形作っているからだった。

しかし、クナの精鋭《せいえい》たちにとってそれは何ほどのこともなかった。

ワカヒコが裏門の門柱下に走り寄ると、そこにいた村人たちが、恐怖《きょうふ》で凍《こお》りついたように固まっていた。彼《かれ》らの視線の先には、斧《よき》や藪切《やぶき》りの刃物《はもの》をふるって進んでくる敵の本隊があった。

「長弓《ちょうきゅう》の者、教えたように弓を高く構えろ」

サナメ自慢《じまん》の膠《にかわ》張《ば》り合成弓《ごうせいきゅう》が、角度をとって宙を狙《ねら》った。

「放て」

村の射手たちは弦《つる》を離《はな》した。矢は空中高く上がり、クナ兵の頭上に降り注いだ。

張力の強い長弓《ちょうきゅう》から発せられる矢は、貫通力《かんつうりょく》が高い。悪いことに伏兵《ふくへい》として動いている彼《かれ》らは、身軽になるため楯《たて》をわずかしか所持していなかった。

矢の雨は数度にわたって敵の頭や肩先《かたさき》を襲《おそ》った。たまらず彼らは逃《に》げまどい、指揮者の下がれという命令を聞く前に、後退していった。

その背にも、無情な矢先が突《つ》き刺《さ》さる。斜面《しゃめん》に絡《から》み合った雑木の間にはクナ兵の矛《ほこ》や死《し》骸《がい》が折り重なり、そして静寂《せいじゃく》が訪れた。

「勝ったわ、ここでも」

サナメは拳《こぶし》を宙に突き出した。

「クナの強兵を弓矢だけで追い払った」

「気をゆるめてはだめだ」

ワカヒコが彼女《かのじょ》の腕首《うでくび》をつかんだ。

「気を抜《ぬ》けば、また逆襲《ぎゃくしゅう》される」

一度始めた戦《いくさ》は、相手が再び立ち直れぬと見極《みきわ》めるまで止めてはいけない。

「それが俺《おれ》の師匠《ししょう》、公達老師の教えだ」

サナメは自分の手首を握《にぎ》る少年の、いつにない冷たい口調に、どきりとした。だが、彼の言うことは正しかった。彼女《かのじょ》は宣言した。

「逃《に》げた敵を追う。追ってすべて討《う》ち尽《つ》くす」

「そうだよ、川にいる敵の船は無傷だ」

「次は、あれの出番ね」

サナメは、指笛を吹《ふ》いて、男たちを呼び集めた。


この時、クナのカマチヒコは、船の舳先《へさき》に立ち続けていた。慣れぬ海族の籐編《とうあ》み鎧《よろい》が、上半身をしめつける。その痛さを感じぬほどに、彼《かれ》は戦いの行方《ゆくえ》を案じていた。

そのうち一人、二人とよろめきながら兵士たちが戻《もど》ってきた。血まみれになった彼らは、まだ燃え続けている桟橋《さんばし》近くにくると、放心したように腰《こし》を下ろした。

「報告しろ」

カマチヒコは船上から叫《さけ》んだ。

「村の表門《ラクン》は破ったのか。裏門《クンジャ》の攻《せ》め手は、どうした」

肩先《かたさき》に矢を受けた兵士が、ようやく彼の質問に答えた。

「もういけねえ。奴《やつ》ら、強いなんてもんじゃねえ。負傷していねえ連中は森の中に潜《ひそ》んでいるが、すぐに戻ってくるだろう。裏門に向かった本隊は、全滅《ぜんめつ》したみてえだ」

アツ族の兵士は、指揮者のカマチヒコに、敬語も使わなかった。

「ば、ばかなことを言うな」

カマチヒコは、杖代《つえ》わりについている剣《けん》の鞘《さや》で底板をたたいた。

「ハミ村は何度も攻略《こうりゃく》している。村の者は、臆病者《おくびょうもの》ぞろいだ。魔物《まもの》でも憑《つ》かぬかぎり、我らが負けるはずがない」

「その、魔物ってやつが、どうやら村にいるらしいのさ」

アツ族の兵士は、気の抜《ぬ》けた声で答えた。

「そ奴《やつ》は、矢の雨を降らせる魔術を使いやがる。俺《おれ》たちの短弓《たんきゅう》は船戦《ふないくさ》用だから、てんで相手にならねえ。相手の矢は届くが、味方の矢は向こうに届かねえのさ」

「信じられぬ」

「信じられなきゃ、これからハミ村の前まで行って、見てくれば良いのさ。並《なみ》より太い矢が、その籐《とう》の鎧《よろい》を射抜《いぬ》いてくれるだろうぜ」

「だ、だまれ」

カマチヒコは鞘を払《はら》うと、剣先《けんさき》でその男の胸を差し貫《つらぬ》いた。

「無礼な流言《りゅうげん》をわめき散らす奴は、こうしてくれる」

袖口《そでぐち》で刃《は》の血をぬぐい、剣《けん》を鞘《さや》に戻《もど》した。それから我にかえった。恐《おそ》ろしさに手が震《ふる》えた。船の漕《こ》ぎ手どもは、そんな彼《かれ》を黙《だま》って見つめている。

「船の、い、いともづなを解け」

カマチヒコは、傍《かたわ》らの者に命じた。当然その者は驚《おどろ》いた。

「逃《に》げるのですか」

「何だと」

「まだ戻《もど》ってくる味方がいます。それらを見捨てろというのですか」

「逃げはせぬ」

カマチヒコは怒鳴《どな》った。

「一度下流に出て、態勢を整えるのだ」

それは下手な言い訳だった。兵の半数が戻ってこない大被害《ひがい》の中、態勢を整えるも何もあったものではない。

船の漕《こ》ぎ手たちは、仕方なく艫綱《ともづな》を解いた。出航の決まりになっている太鼓《たいこ》も貝の音《ね》もない、情けない船出だった。

カマチヒコが桟橋《さんばし》を脱出した直後、ワカヒコの率いる長弓《ちょうきゅう》隊が到着《とうちゃく》した。弓の射手たちはてんでに放ち、刳船《くりぶね》の舷側《げんそく》へ矢を射《う》ち当てた。

「漕げ、奴《やつ》らの矢ごろ（射程）より遠くに離《はな》れろ」

カマチヒコは、頬《ほお》の前を飛ぶ矢に驚《おどろ》きつつ命じた。

船足が速まり、船体は川の蛇行《だこう》点を越《こ》えた。燃え続ける桟橋は、はるか後方だ。

「助かったぞ」

漕《こ》ぎ手の間に声があがった。カマチヒコも額《ひたい》の汗《あせ》をぬぐった。

が、その安堵《あんど》は間違《まちが》っていた。間道を通ってきたサナメ率いる一隊が、川幅《かわはば》の一番狭《せば》まったところに身を伏《ふ》せている。

「大弓《おおゆみ》、弦《つる》を引け」

据《す》えつけを終えたばかりの土台に片足《かたあし》をかけ、四人の少年少女が弦を引いた。目いっぱいまで引きしぼり鉤《かぎ》をかけると、削《けず》った棒《ぼう》を番《つが》えた。

「まだまだ」

サナメは両手の指先を合わせて、その隙間《すきま》から目標物のサイズを計った。

カマチヒコの乗る大型船の姿が、彼女《かのじょ》の指と指の間に広がった。

「放て」

少年の一人が、ぴんと張った鉤紐《かぎひも》を刃物《はもの》の先で切った。土台がかすかに跳《は》ねあがり、棒が射ち出された。

棒は一直線に走って、船の中央やや艫寄《ともよ》りに命中した。木板《もくばん》を打つような高い音がした。

棒先は舷側《げんそく》を打ち抜《ぬ》き、一人の漕ぎ手の胴体《どうたい》を刺《さ》し抜いた。

「狙《ねら》いが高い。船体と波打ちの間（喫水線《きっすいせん》）を狙え」

サナメの配下は、大弓の土台を動かし、狙いを低く調整した。

その時、カマチヒコも、岸辺から自分を狙っている奇妙《きみょう》な物体に気づいた。

（さすが作ったツワモノに似ている）

カマチヒコは舷側《げんそく》の、波避《なみよ》け板の裏に身を隠《かく》した。同時に、太い棒《ぼう》が船体を貫《つらぬ》いた。木槌《きづち》で地面をたたくような音がした。船体が振《ふ》れた。尖《とが》った棒が喫水線《きっすいせん》の下に命中し、底板の間から水が噴《ふ》き出した。

乗っている者は総立《そうだ》ちとなった。しかし、カマチヒコは立てなかった。船体を射《う》ち抜《ぬ》いた棒の先が彼《かれ》の腰《こし》に深々と突《つ》き刺《さ》さっていた。

クナ兵たちは川に飛び込《こ》んだ。クナの指揮官カマチヒコは、船とともにゆっくりと沈《しず》んでいった。

ハミ村では、御神木《ごしんぼく》アマノササエギ様の仇《かたき》を討《う》った祝いの祭りが催《もよお》された。

ワカヒコとサナメには、勝利の美酒に酔《よ》っている暇《ひま》はない。

アノは村の中でも足の速い者を選んで各地に走らせた。

クナ国に恨《うら》みを持つ村々に、武装蜂起《ぶそうほうき》を呼びかけるためだ。

ワカヒコは、敵の死体から剝《は》ぎ取った腕輪《うでわ》や短剣《たんけん》を、その使者たちに持たせた。

「クナ兵を全滅《ぜんめつ》させたなどと言っても、村々はすぐに信じないだろう。必ず証拠《しょうこ》を見せて語るんだ」

彼は使者たちに注意を与えた。

「何事も控《ひか》え目に。話を大きくせず、敵の被害《ひがい》だけを正確に説明してくれ。仲間になる者に、嘘《うそ》は禁物だ」

そして最も信頼《しんらい》できそうな男衆を二人呼んで、別の使命を与えた。

去りゆく老兵

東のイヤ国・シマ国では雨期が明けつつあるというのに、ナカツクニでは連日、生温《なまぬる》い雨が降り続いていた。

ハツセ川の増水で、大倭《だいわ》（定期市）が催《もよお》される場所も、高台に移されている。不便になったかと言えば、さにあらず。川の水位が上昇し、常より大きな船が内陸部に入ってくる。他の季節に比べて多量の物資が、ナカツクニの市場に並ぶようになった。

チヌの海（現在の大阪湾《おおさかわん》）から使者が来た、とオトウトカシのもとに知らせが入ったのは、未明からの雨が収まり、北西の雲間に切れ目が現れ始めたころだ。

「アメノハヤフネが到着《とうちゃく》いたしました」

と、オトウトカシの近臣クカシヒコが報告した。アメノハヤフネとは、二十人の男たちが立って漕《こ》ぐチュミ（住吉族《すみよし》）独特の諸手船《もろたぶね》（細身の快足船《かいそくせん》）だ。

「使者は、モロコイでございます」

モロコイはチュミ族の長《おさ》である。大族の首領自らが使者に立つのは、よほどのことだ。

「謁見《えっけん》の間《ま》へ」

と命じてから、すぐにオトウトカシは言葉をひるがえした。

「いや、西の庭に導《みちび》け。そして余人を近づけるな」

「御意《ぎょい》」

クカシヒコはモロコイを王宮西にある広い空間に案内した。庭、と言っても臨時の祭礼に用いる、白砂《しらすな》をまいただけの、いわゆる白洲《しらす》である。

モロコイはただ一人、そこに座《すわ》ってオトウトカシに拝謁《はいえつ》した。顔面に海族特有の鯨面《げいめん》（入れ墨《ずみ》）を幾重《いくえ》にも施《ほどこ》した、古風な男だ。

「昨夜、チクシジマ（九州地方）より早船が入りました」

長々とした挨拶《あいさつ》の言葉もなく、すぐに用件を伝えた。

「黒潮《あつきしお》に乗り、チュミの津《つ》へ至った船であります」

太平洋沿岸を流れる黒潮海路は、瀬戸内《うちのうみ》よりも数倍危険な航路だったが、これを用いれば、内海を行く半分の日数で目的地に到達《とうたつ》する。

「して、伝令は何と」

「五日ほど前、不弥国《ふみこく》の副使《ヒナモリ》がホナミの地で蜂起《ほうき》し、クナの暴徒どもを討《う》ち、き奴《やつ》らに奪《うば》われた人々を無事奪《うば》い返した由《よし》」

「不弥国は機能を回復したのだな」

「めでたきこと」

白砂に膝《ひざ》をついたまま、モロコイは頭上で両手を振《ふ》り、上半身だけで踊《おど》る仕草をした。

これはふざけているのではない。チュミ族が貴人にめでたい話を披露《ひろう》する時の作法だ。

「ヒナモリは生きていたか。しかし、なぜ今ごろになって急に、クナ人たちへ反撃《はんげき》を始めたのか」

「それは東のイヤ国内で」

クナ人の侵略者《しんりゃくしゃ》たちが敗れた、という噂《うわさ》が諸国《しょこく》に伝わり、不弥国の人々が勇気づけられたから、という。

「クナ人たちが敗れた、と」

「ご存知ないのですか」

今度はモロコイが驚《おどろ》く番だった。

「イヤのハミ村で、クナの派遣軍《はけんぐん》が完膚《かんぷ》なきまでにたたきのめされたそうにございますぞ」

（ああ、何ということか）

オトウトカシは、自分の頬《ほお》を平手打ちした。肉をたたく鈍《にぶ》い音が庭にこだました。

（かような大事な話を遠方の者に教えられるとは）

毎年、夏至《げし》を挟《はさ》んだ数日間、姉の卑弥呼《ひみこ》は床《とこ》につくことが多い。太陽の力が衰《おとろ》え始める季節、その化身《けしん》たる彼女《かのじょ》の精神感応力《せいしんかんのうりょく》も極端《きょくたん》に低下し、宮殿《きゅうでん》は火が消えたような静けさに包まれる。殯《もがり》にも似たこの期間中は、当然ながら外界《げかい》の情報は入ってこない。

「モロコイよ。急ぎチュミの津《つ》に戻《もど》れ」

オトウトカシは命じた。

「汝《なれ》の配下にある一族の他、声をかけられるすべての海族に召集《しょうしゅう》をかけるのだ」

「我ら一族を集めて何となさる」

モロコイはオトウトカシの命令が理解できず、ぼんやりと答えた。が、彼《かれ》の顔面に刻み込《こ》まれた入れ墨《ずみ》のおかげで、その愚鈍《ぐどん》な表情はうまい具合に覆《おお》い隠《かく》されている。

「知れたこと、クナとの戦《いくさ》に備えるのだ」

オトウトカシは、王家に忠実だが少し鈍《にぶ》いこの族長に、我慢《がまん》強く説明した。

「各地の蜂起《ほうき》と自軍の敗北は、ヒミココの自尊心を大いに傷つけることになろう。あ奴《やつ》は、より高みに自分を導くために、大きな仕返しを企《たくら》むはずだ」

「しかし、クナのアタン（復讐《ふくしゅう》）が、なぜチュミに向けられると」

「此度《こたび》、クナ国に対する各地の蜂起が、偶然《ぐうぜん》重なったとヒミココは思うまい。このナカツクニが後ろで糸をひいていると考えるはずだ。き奴は、以前から我らを目の仇《かたき》にし、隠密《おんみつ》裏《り》に我らの交易船《こうえきせん》を沈《しず》めては悦《えつ》に入《い》っていた。しかし、これからは堂々と海上から我らを襲《おそ》ってくる。現在、ナカツクニの物資を一番多く運搬《うんぱん》しているのは、どの部族だ」

「それは、我らチュミ族でございます」

「お前たちは、真っ先にクナ軍の目標となる」

「えっ」

「悪いことにチュミの集落は、広々としたチヌの海に面している。ろくな砦《とりで》もなく、無防備と言って良い。戦《いくさ》は、まず相手の柔《やわ》らかい下腹部《かふくぶ》をたたくのが常道だ」

「緒戦《しょせん》の目標として、我ら一族は申し分ないというわけでございますな」

モロコイは迷惑《めいわく》そうな、それでいて戦いを、喜んで受けてたつ口調で答えた。

「良きかな。クナ王ヒミココが相手とは不足なし」

オトウトカシは、両手を広げた。

「我らがヒミココを迎《むか》え撃《う》つにも、またクナの拠点《きょてん》を攻《せ》めるにしても、それなりの準備が必要だ。されば、急ぎチュミの戦士と船を集め置けと申した」

「おお、わかりました。御意《ぎょい》のままに」

「我らナカツクニも、他の同盟国に使者をたて、陸兵を掻《か》き集める。クナ討《う》つべし」

「討ちてし止《や》まん」

モロコイは大急ぎで退出した。

白洲《しらす》に一人残ったオトウトカシは、姉卑弥呼が籠《こ》もる神殿《しんでん》の寝所《しんじょ》を見あげた。

「様子をうかがってみるか」

濡《ぬ》れた白砂を払《はら》って立ちあがった。階《きざはし》を上がり、帷《とばり》を掻《か》き分けると、巫女頭《みこがしら》のイキメが控《ひか》えていた。

「姉上はいかに」

と尋《たず》ねると、イキメは幾分《いくぶん》げんなりとした表情となって、自分の手首を見せた。引っ掻《か》き傷がついている。

「お食事をお運びしたところ、熟睡《うまい》の邪魔《じゃま》をされたと急にお怒《いか》りになり、わたしの腕《うで》に爪《つめ》をお立てになって……」

「それは大変であったな」

「毎年のことで、もう慣れましたが」

イキメは苦笑した。オトウトカシもつられて笑った。が、すぐ真顔に戻《もど》り、

「ご面会かなわずということか。この様子では、当分姉上には会えぬなあ」

イキメの手をとって痛々しい傷を指でなぞった。

「この季節は、些細《ささい》な擦《す》り傷でも膿《う》む。後で薬を届けさせよう」

やさしく言って帷の外に出た。八重垣《やえがき》の枝折戸《しおりど》を開き、自分の執務室《しつむしつ》に戻ろうとすると、
クカシヒコが走ってきてかしこまった。

「ただ今、東の国境《くにざかい》より使いと申す者、着到《ちゃくとう》」

「イヤ国からか。して誰《だれ》だ」

クカシヒコはオトウトカシの問いに答えず、無言で布の包みを捧《ささ》げた。

（木簡だな）

包みの上に、密使の印を示す白い石斧《せきふ》が乗っていた。

「ワカヒコが、戻《もど》ったか」

「いえ、彼《か》の者の使いでありますそうな。言葉もおぼつかぬ森の民《たみ》でございます」

「会おう」

オトウトカシは、「使い」の待つ宮殿《きゅうでん》の門前に出た。薄汚《うすよご》れた貫頭衣《かんとうい》をまとった髭《ひげ》もじゃの小男が、衛兵たちの前で膝《ひざ》をついている。

「ココネ川の上流、ハミ村のアベイと申す者」

イヤの言葉がわかるのだろう。衛兵の一人が、小男の言葉を通訳した。オトウトカシは、その男を前に、持参した木簡へひととおり目を通した。

「そうか、クナの軍をハミで打ち破ったのは、ワカヒコとその仲間であったか」

モロコイが伝えた噂《うわさ》に、ここでようやく裏づけがとれた。

「して、ワカヒコたちは息災《そくさい》か」

衛兵は耳ざわりな言葉で小男に尋《たず》ね、オトウトカシに伝えた。

「クナ軍の再来襲《らいしゅう》に備え、村の防備を固めているそうです」

オトウトカシは、周囲の者に命じた。

「この者を手あつく労《ねぎら》ってつかわせ。後で返事を持たせる」

衛兵たちに囲まれて使いのアベイが去ると、オトウトカシは、クカシヒコを手招きした。

「周辺国々の長《おさ》を召集《しょうしゅう》せよ。その前に吾《あ》は、公達《こうたつ》師のもとを訪ねる。供をせよ」

矢継《やつ》ぎ早《ばや》に言った。クカシヒコは、あわてた。

「しばしお待ちを。手輿《たごし》の用意をいたします」

「さような暇《ひま》はない」

言い捨ててオトウトカシは、足早に門の外へ歩み出た。

三輪《みわ》の御山《みやま》と、大和川《やまとがわ》をつなぐ水路にかかった新しい船橋を渡《わた》った。渡来人劉容公達《とらいじんりゅうようこうたつ》の住まいに着くと、柴《しば》の折り戸前に女たちが集まっていた。籐編《とうあ》みの寝台《しんだい》が庭に運び出され、病み衰《やおとろ》えた公達の姿が、その中にあった。

「師よ、いかがなされた」

「王よ、久しぶりに今日は調子が良いのです。適度な湿《しめ》り気《け》が胸の痛みを軽くしております」

「さようでありましたか。しかし、またひと雨参ります。しばし、お休みの後は、すみやかにお部屋へお戻《もど》りくださりますように」

「ふむ」

公達は女たちに手を振《ふ》って人払《ひとばら》いした。

「王自ら、御足《みあし》をお運びとは。重大なことが御出来《ごしゅったい》のご様子」

「はい」

「当ててみましょう」

公達は、その細い指先を立てた。

「クナ王と熱き戦《いくさ》が始まる……と」

「ご明察《めいさつ》。なぜわかりましたか」

オトウトカシが尋《たず》ねると、公達は東の空を指した。

「昨夜、雨雲の切れ目より赤気《せっき》が見えました」

赤気は赤色雲気《うんき》だ。別名を「蚩尤気《しゆうき》」とも言い、彗星《すいせい》の放つ光と考えられている。古代中国では戦いの印とされ、あまり良い卦《け》ではない。

「師よ、そのお身体《からだ》で、夜中、外へ出られたのですか」

「王よ、武威《ぶい》（現・中国甘粛省《かんしゅくしょう》）の人文和《ぶんわ》は戦の始まりを悟《さと》る達人でありましたが、これすべて夜間の雲気を読んで曹操《そうそう》に進言したからです。また文和は、戦気《せんき》は重大事にして、知るに身を惜《お》しむなかれ、とも申しております」

公達は寝台《しんだい》の上で半身を起こした。

「赤気はクナ王の活発な動きを示しているのです。ところが不思議なことには、その気の中に、白色の気がふたつ見え隠《かく》れしております。赤気盛《さか》んなるも、いずれはこの白気がこれを押《お》し包むと見えました。そこで今朝、筮竹《ぜいちく》（竹の棒《ぼう》による占い）いたしましたところ、白気は我《わ》が弟子《でし》ワカヒコなり、と出ました。白気がふたつあり、一方が女子であることが少々解《げ》せぬところですが、彼《か》の者がクナ王打倒《だとう》のきっかけを作りつつあるようです」

オトウトカシは二度手をたたき、言祝《ことほ》いだ。

「クナ、討《う》ちてし止《や》まん」

「王よ」

公達は、軽く咳《せ》き込《こ》んだ。傍《かたわ》らに立つ女たち――それは彭《ちょう》の妻たちだ――は、あわてて彼《かれ》の背を撫《な》でさすった。

「此度《こたび》は、私も戦《いくさ》に出ようと思います」

オトウトカシは、突然《とつぜん》の言葉に我《わ》が耳を疑った。

「今、何と申されました」

「幾度《いくたび》でも申しましょう。この公達もナカツクニの兵団に従軍し、我が知恵をわずかなりとも役立たせたく存じます」

公達は、口元に滲《にじ》んだ血を袖口《そでぐち》でぬぐった。

「ありがたきかな。その志《こころざし》のみ、今はお受けいたします」

この大賢者《だいけんじゃ》は病のため正気を保っていないのだ、とオトウトカシは思った。その彼の心を読み取ったのか、公達は一段と強い口調になった。

「クナ王をあなどってはなりませんぞ。今、ナカツクニの戦人《いくさびと》が何千人集まろうと、あの者には勝てぬでしょう。あの王が、いかなる情熱あって、かように戦を好むか、またナカツクニを恨《うら》み続けるのかわかりませぬ。しかし、現在の倭国《わこく》で集めうるかぎりの知識と技術を用いて西遷《せいせん》（西に力を移す）しようと企《たくら》んでいることは、我《わ》が卦《け》にも明らか」

公達は、寝台《しんだい》の背もたれに置いた手へ力をかけ、上半身を反《そ》らした。

「時期も悪い。卑弥呼様はただいま夏至《げし》の障《さわ》りで、御正気《ごしょうき》ならず。クナ王はこれも読んで、攻勢《こうせい》に出るのでしょう。今こそ、私めの出番」

興奮したのか公達は、激しく咳《せ》き込《こ》んだ。それが収まると、オトウトカシに深々と頭を下げた。

「ワカヒコと彭、すでに二人の愛弟子《まなでし》もこの戦に巻き込まれております。彭の行方《ゆくえ》は定《さだ》かならねど、ワカヒコは雲気が示すとおり存命。師としては、これを救わねばなりませぬ」

オトウトカシは、しばしだまり込んだ。

（もとは、といえば東への探索《たんさく》にワカヒコを選んだのは、姉上とこの私だ）

東の蓬莱《ほうらい》に住むという、狂暴《きょうぼう》な巨人《きょじん》の物語を吹《ふ》き込んで、少年の冒険心を刺激した。

（巨人の噂《うわさ》など、私とて信じていなかった）

東方の不穏《ふおん》な動きが朧《おぼろ》げながらわかれば、それで充分《じゅうぶん》だったのだ。ワカヒコを適当なところで戻《もど》し、さらに手練《てだ》れの偵察《うかみ》を投入する。その手はずが、どこでどう狂《くる》ってしまったのか。

「師よ、従軍を許します」

「謝々《シエシエ》」

公達は、右の拳《こぶし》を左の掌《てのひら》で包む仕草をした。

オトウトカシは言った。

「クナ王に打ち当たる軍は、私が指揮します。あなたには、軍師として諸々《もろもろ》の献策《けんさく》をお願いしたい」

「望むところ」

二人の顔にポツポツと水滴《すいてき》が当たり始めた。女たちが寝台《しんだい》の両端《りょうたん》を持って、公達ごと家の中に運び込《こ》んだ。しばらくすると、激しい雨が地をたたきだした。

ナカツクニに使いしたアベイがハミ村に戻《もど》ったのは、三日後のことだった。

三日というのは当時としても驚異的《きょういてき》な速度で、健脚《けんきゃく》のアベイだからこそ出来た芸当だった。

村に帰った彼《かれ》は我《わ》が目を疑った。

ハミ村の空地に新しい草葺《くさぶ》きの小屋が立ち並んでいる。見たこともない男たちが騒《さわ》がしく食事をとり、村人と語り合っていた。

「ありゃあ、祭りか市《いち》か」

クナ王の軍勢が、またいつ襲《おそ》ってくるかわからぬこの時期に、祭りなどありえない。

アベイは人ごみを掻《か》き分けて、ワカヒコをさがした。彼は首長のアノや異様な戦闘《せんとう》衣装の男たちに囲まれて、何やら話し込《こ》んでいた。

「勇者様よう。我《う》は使いの役目を果たしたずらよう」

アベイは、木簡の包みをワカヒコに捧《ささ》げた。

「ごくろうさま。あちらの様子は」

ワカヒコは木簡の綴《つづ》りを広げながら尋《たず》ねた。

「いやもう、驚《おどろ》くばっかしだ。大きな建物があって、きれいな着《き》りもん着た男や女が行ったり来たりしてた。勇者様は、あんな夢みてえなところでお育ちになっただか」

アベイは、両手を振《ふ》りまわして、ナカツクニで見たことを熱っぽく語った。

「どうやら、お前さんは、ナカツクニの弟王《おとおう》さまに、直接お会いできたようだね」

ワカヒコは、木簡に目を通しながら言った。

「へい、いかく（えらく）立派な飾《かざ》り玉を着けた、背の高い人に会いましただ。その御人《おひと》は勇者様をご心配なさっているご様子でしただ」

「ああ、おやさしき弟王さま」

木簡を巻き戻《もど》して懐《ふところ》に収めたワカヒコは、そこに屯《たむろ》する人々に告げた。

「皆《みな》、喜べ。ナカツクニは我らを助けにきてくれるぞ」

そこにいた男たちが、武器を振《ふ》りあげて、応々《おうおう》と叫《さけ》んだ。

アベイは、傍《かたわ》らにハミ村の男がいるのを見つけて言った。

「ナカツクニの人たちは、みんな妙《みょう》な魔術《まじゅつ》を使うだな。あの変な木の束を開けたり閉じたりするだけで、考えが伝えられるみてえだ」

「アベイ、だからおめえは馬鹿《ばか》だというのだ。あの木の束に『文字』というものが描《か》かれてるだよ。それを見れば、遠く離《はな》れている人に考えが伝わるだに」

「へえ、便利な技だなあ」

「おめえ、自分が文字の束を運んでいながらそれを知らなかっただな。やっぱり馬鹿だ」

「そう馬鹿、馬鹿言うな。ところで、この市《いち》か祭りみてえな賑《にぎわ》いは、どういうこったい」

「助《すけ》っ人《と》さぁ」

ハミ村の男は、肩をすくめた。

「こっちから呼んでもいないのに、あちこちの村からやって来やがった。みんな村の聖樹を伐《き》り倒《たお》されて、クナ王に恨《うら》み骨髄《こつずい》の連中ずらよ」

村の外れの、焼畑の休耕地にも仮設の掘《ほ》っ立て小屋が出来ているという。

「村長が言うには、もう五百人を超《こ》えているそうだに」

「五百人！」

郵便はがき

金受取人払郵便

麹町局承認

72

差出有効期間
2020年11月
0日まで

（切手をはらずに
ご投函ください）

102-8790

206

（受取人）
東京都千代田区九段北
一―十五―十五
瑞鳥ビル五階

静山社 行

住所	〒　都道府県			
フリガナ		年齢	歳	
氏名				
		性別	男　女	
TEL	（　　　）			
E-Mail				

山社ウェブサイト　www.sayzansha.com

「どうだ、すげえだろう」

村の男は、自分が大将にでもなったかのように胸を張った。

山岳部《さんがく》に暮らす人々の数は少なく、そこから五百人の戦士を絞《しぼ》り出すのは至難の技と言って良い。現代の考古学者は、西日本を中心とする倭国の人口を、わずか五十万人と推《すい》定《てい》しているから、当時の人々にとってこの数字は驚《おどろ》くべきものだった。

「そ、そんな人数。ハミ村の食いもんが、たちまち食い尽《つ》くされちまうずら」

アベイの言葉に、村の男は肩《かた》をすくめ、

「だから、よ。勇者様は、海辺へ進んでクナ王側の村を襲《おそ》おうと企《たくら》んでるだに」

大勢の味方を養い続けるには、敵地の食糧《しょくりょう》を奪《うば》っていくしかない。

「じゃあ、みんなはすぐに東へ向かうだな」

「その手はずになってるだが……」

男は言葉尻《じり》を濁《にご》した。

意外にも、早急な敵地進撃《しんげき》を止めていたのはワカヒコ、その人だったのである。

各村からの代表を集めた軍議を終えると、彼《かれ》はサナメのもとに向かった。

サナメも忙《いそが》しかった。寄せ集めの「助《すけ》っ人《と》」たちは、ろくな武器を持っていない。彼らに自分の作った新型大弓の作り方や、号令による集団行動を教えるのも彼女の役割だった。

休耕地の斜面《しゃめん》にサナメはいた。ハミ村の少年たちを駆《く》使《し》して、大弓の操作法を他村の者に教育していた。

「調子は、どう」

ワカヒコは尋《たず》ねた。

「ああ、我が夫《わせ》よ」

サナメは、少し疲《つか》れた様子で応じた。

「あれから大弓が五台、新たに出来上がったわ」

「それはいい。こっちは、ナカツクニから支援《しえん》の伝えが入った」

「いよいよ、あたしたちもトウシに向かうのね」

「すぐにそうしたいんだけど」

ワカヒコは首を振《ふ》った。

「敵地の様子がわからないのに、急いで押《お》し出せば、大敗するのは目に見えている。こちらは数こそ多いが寄せ集めだし、相手は歴戦のクナ兵だ」

敵情を視察したい、と彼《かれ》は静かに言った。

「偵察《うかみ》には誰《だれ》を送ればいいかしら。村に適当な人は」

と考え込《こ》むサナメにワカヒコは、再びささやいた。

「俺《おれ》が、行く」

「だめよ、あなたには五百人の指揮をとってもらわなくては」

「指揮者だからこそ、この目で敵を知っておきたいんだ」

サナメは、夫と決めた年下の男の、左腕《うで》を握《にぎ》った。

「あなたは行かせない。あたしが行く」

弓の腕も、山中を走る脚力《きゃくりょく》も自分の方が上だ、とサナメは言った。が、ワカヒコは親が子供へ教えるように我慢《がまん》強く、丁寧《ていねい》に説明した。

「ナカツクニの軍がやって来る。漢土の兵士と同じ訓練を受けた人々だ。敵地を調べて、彼《かれ》らと同じ言葉で、それも専門の言葉で伝えなければならないんだ。今、それができるのは、俺《おれ》だけなんだ」

自分の腕をつかんだサナメの手を右手で握り返した。

「五日だけ、五百人隊の指揮をサナメにまかせる。俺が消えたことは内緒《ないしょ》にしておいてくれ。その間、サナメは南の海辺に全軍を出撃《しゅつげき》させるんだ。ナカツクニの援軍《えんぐん》は必ず船団でやって来る。どうしても、俺が戻《もど》らない時は、そのナカツクニ軍の指揮官に従ってくれ」

サナメはだまり込《こ》み、そっと立ちあがった。腰《こし》に巻いた手織りの飾《かざ》り紐《ひも》を解き、ワカヒコの腰に巻いた。

「前に一度、こうしてあげたことがあったけど、も一度、巻くわ」

女性が腰の垂紐《たれひも》を、好きな男の腰に結ぶことを、後世の人々は恋結びと言った。が、弥《や》生《よい》時代末期のころ、すでにその行為《こうい》は行われている。旅や戦《いくさ》に出る男の災《わざわ》いを払《はら》い、再びめぐり会えるように、紐《ひも》へ願いを込《こ》めるのだ。

「我《わ》が紐の緒《お》の解《と》けぬ間《ま》に、固結《かたむす》びせん、また逢《あ》わん日まで」

呪文《じゅもん》を唱えたサナメは、ワカヒコの腰《こし》をぽんとたたいた。

「必ず五日で戻《もど》ってきて」

ワカヒコは身のまわりの物を布包みにして肩《かた》からかけると、無雑作にその場を去った。


トウシ島の対岸、アミノ浦《うら》に立ったクナ王ヒミココは、浜から望む紺碧《こんぺき》の空と海に向かって手を広げた。

部下たちは、その背後にうずくまって、続く言葉を待ったが、それはなかなか発せられず、長い沈黙《ちんもく》が続いた。

海鳥の絶え間ない鳴き声と、潮風《しおかぜ》だけがあたりを支配していた。ヒミココの配下は風の向きが変わるたび、わずかに顔をしかめた。風の中に強い腐臭《ふしゅう》がまじっていたからだ。彼《かれ》らのまわりには、鳥たちに啄《ついば》まれ、肉のこそげ落ちた首の列があった。腐肉《ふにく》の間に頭蓋《ずがい》骨《こつ》がのぞいている古いかたまりは、あのハミとの戦いに敗れて逃《に》げ戻った者。変色していてもかろうじて表情のわかる首は、数日前、軍神《いくさがみ》に捧《ささ》げられたばかりの生《い》け贄《にえ》たちのそれであった。

小船が、アミノ浦に近づいてきた。ヒミココの部下たちは顔色を変えたが、すぐに表情を戻《もど》した。そこにいる誰《だれ》もが、船の漕《こ》ぎ手を知っていたからだ。

「王よ、王よ」

漕ぎ手が枯《か》れた声で呼びかけた。

ヒミココが、その人物をウミタカと知った時は、早や老人は汀《みぎわ》に小船を押《お》しあげていた。

「よう来た。汝《なれ》も此度《こたび》の戦いに参加したいとてか。その歳《とし》で奇特《きとく》」

褒《ほ》めるヒミココの前に、ウミタカは身体《からだ》を折り曲げて拝跪《はいき》した。

「偉大《いだい》なる王よ、お人払《ひとばら》いを」

ヒミココは目を丸くしたが、老人の言うとおりに、配下の者を二十歩《ぶ》ほど遠ざけた。

「今日は、王をお諌《いさ》め申しあげるため、参上いたしました」

老臣の思わぬ言葉に、ヒミココは片眉《かたまゆ》をあげた。

「これ以上の戦立《いくさだ》ては、ようよう築きあげてきた新クナ国を危くするもと。無理は禁物でございますぞ」

ウミタカは平伏《へいふく》したまま言った。彼《か》の王は無表情にその言葉を聞いている。

「ここにきて、各地の聖樹を伐《き》り倒《たお》した報《むく》いがめぐって参りました。ニエの海をふくむイヤ国、シマ国の民が次々に蜂起《ほうき》しております。我らが偵察《うかみ》の報告では、ナカツクニの軍勢も、き奴《やつ》らに味方するため出撃《しゅつげき》とのこと」

「それこそ、吾《あ》の望んでいたものだ」

ヒミココは、大きくうなずいた。

「此度《こたび》の出撃《しゅつげき》は、ハミやクシロの小村を討《う》つにあらず。あ奴《やつ》らを裏で操《あやつ》るナカツクニから制海権を奪《うば》うにある。我らの船団が西に進めば、ナカツクニの船団は、必ず反乱する村々を救わんと押《お》し出してくる。これを討つのが、主眼なのだ」

「後《うし》ろ巻《ま》きの攻《せ》め……ですな」

ウミタカの言う後ろ巻きとは、漢土の戦法に言う「後詰《ごづ》め決戦」である。小敵を突《つ》くと見せて、その背後にある大敵を誘《おび》き出し、全力でこれをたたくやり方だ。

「ナカツクニの水軍をつぶし、西への制海権を確保すれば、我らは海の彼方《かなた》と自由に交易ができる。卑弥呼をその地位から追い落とし、吾《あ》が倭国の正統な大王と名乗ることも夢ではない」

ヒミココは力強く言った。

「ここよりさらに東の地、毛人《もうじん》の広大な土地で新クナの植民地も持てよう。楽浪《らくろう》や帯方《たいほう》から鉄《くろがね》を買って、耕地を広げるのだ。男たちには漢土の兵士と同じ鉄のヨロイをまとわせ、鉄の矛《ほこ》を持たせる……」

ウミタカは顔をあげた。目尻《めじり》に涙《なみだ》をためていた。

「我はその昔、まだククチヒコと名乗られておったころの王を覚えております」

ウミタカは、昔を懐《なつか》しむように語りだした。

「チクシのククチに王国を築いた初代クナ王アメノフユギヌは、身も心も病《や》んだ魔王《まおう》でござった。当時、摂政《せっしょう》であらせられたあなたさまも、海将であったやつがれも、その野望に振《ふ》りまわされた。王は巨船《きょせん》を建造すると称《しょう》して木を伐《き》り、民《たみ》を使役《しえき》して、怨嗟《えんさ》の声は国内に満ち満ちた。その王を殺し、新たなクナ王に推戴《すいたい》されたのが、ククチヒコ改め二代目ヒミココのあなたさまじゃった」

老人は感極《かんきわ》まったのか、涙声《なみだごえ》になった。

「民のために決起なされたあなたさまが、あの初代クナ王と同じ轍《てつ》を踏《ふ》むとは、何とした天の配剤《はいざい》でありましょうや」

「もうよい、だまれ」

ヒミココは命じたが、ウミタカは止《や》めなかった。

「だまりませぬ。王の野望に火をつけたのは、ククチにあった旧クナの者どもか、この東海の地で悪計《あっけい》を企《たくら》む者どもか」

「だまれと申すに」

ヒミココは、声を高めた。

「ある時、吾《あ》は悟《さと》ったのだ。この倭国は、ひと握《にぎ》りの巫女《みこ》や呪術者《じゅじゅつしゃ》によって動かされる野蛮《やばん》な国だと」

彼《かれ》は水平線を指差した。

「海の向こうにある国々を見よ。旧弊《きゅうへい》な鬼道《きどう》を廃《はい》し、知と金属《カナモノ》の技で規律を作っている。愚かな民《たみ》を秩序《ちつじょ》によって縛《しば》り、政事《まつりごと》を行っている」

「知、とはきうす翁《おう》のような異国人の知恵でございますか」

ウミタカは問うたが、否《いな》、と言葉をひるがえした。

「もしや、王にかような考えを吹き込《こ》んだのは、あのホウライ国から参ったという白い木《もく》面《めん》の姫《ひめ》ではござらぬか」

「ウミタカよ。お前は、我《わ》がもとより去《い》ね」

ヒミココは、不気味なまでに低い掠《かす》れ声で命じた。

「このままいけば、吾《あ》は汝《なれ》を首にせねばならぬ」

浜辺の杭《くい》にかけられた、生首の列をヒミココは振《ふ》り返った。

「数十年の付き合いがある汝を、殺すのは吾とても嫌《いや》だ。吾がまだ正気を保っているうちに」

汀《みぎわ》に置かれた小船に視線を移した。

「あの船に乗って、どこぞかへ去ね」

ウミタカは、肩《かた》を落としてゆっくり腰《こし》をあげた。

「さらばでございます」

老人は波打ち際《ぎわ》まで歩いて小船を押《お》し出すと、のろのろと漕《こ》ぎ出した。

ヒミココは、海上に浮《う》かぶ小船が黒い点となり、視界から消え去るまで、見送り続けた。

ワカヒコは、イヤ国の国境《くにざかい》に近い谷間に潜《ひそ》んだ。

現在の地名で言えば、三重県志摩市《しまし》の赤松ヶ谷《あかまつたに》。古代シマ国の西南部にあたる。

ここには古い交易路がいくつも通っていた。南のアゴ（現・阿児町神明《あごちょうしんめい》）で陸揚《りくあ》げされた物資の運搬《うんぱん》経路にあたり、クナ王から徴発《ちょうはつ》を受けた人々が日に何組も行き来していた。

ワカヒコは斜面《しゃめん》に穴を掘《ほ》って身を隠《かく》し、その徴発された人々の中に、あわ良くば打ちまじって、トウシに潜入《せんにゅう》しようと企《たくら》んでいる。

待つ間も、彼《かれ》は時間を有効に活用していた。交易路を歩く人の数、物資の種類も木片《もくへん》に記録している。

（この一日で三百人を超《こ》えた）

それ以前にも徴発された人々はいただろうし、北のキナ国にあるクナの同盟者たちも兵士を送っているはずだ。これに、もともとあったトウシ国の軍勢を合わせれば、その数は推定《すいてい》で二、三千といったところか。

（ナカツクニが送ってくるだろう兵団と、ほぼ同数だな）

人数は同じでも、クナには巨船《きょせん》があり、得体の知れぬ新兵器もある。彼は焦《あせ》りを感じた。

その日の夕刻。谷の外れで野宿を始める群れを見つけた。近づいてみると、聞き覚えのある言葉が飛び交《か》っていた。

ワカヒコは耳を傾《かたむ》けるうち、

(ああ、クキノサキにあったあの村の者か)

と納得《なっとく》した。言葉に、朱崖《しゅがい》より南の訛《なま》りが感じられる。ワカヒコたちの乗った船が謎《なぞ》の巨船に襲《おそ》われた後、しばらく滞在《たいざい》していたあの海辺の村だ。

(やはり、あそこはクナ国側の村だったんだな)

夜目のきくワカヒコは、夕闇《ゆうやみ》の淡《あわ》い光に透《す》かして、野営の人々を観察した。見覚えのある顔が並んでいた。

村一番の物持ち、カモトソがいる。ナカツクニの密使と自称《じしょう》する村長《むらおさ》も焚《た》き火の前に座《すわ》っていた。

このまま距離《きょり》を保って彼《かれ》らを見過ごすか。いや、それよりは、知り合いであることを利用し、彼らの中に入って、トウシ国にあるというクナ王の本営近くまで潜入《せんにゅう》する、という手はどうだろう。……だが、思い出せ。

(俺《おれ》は奴《やつ》らの船を、壊《こわ》したり盗《ぬす》んだりした罪人《つみびと》の一人だぞ)

最悪殺されるかもしれない。ワカヒコは、ためらった。が、それよりも彼の足は、早くも闇の中に一歩踏《ふ》み出していた。

クナ国への上納品を積みあげた荷物置場の前に、見張りの者がいる。

「やあ」

とワカヒコが声をかけると、見張りは驚《おどろ》いて、細身の石槍《いしやり》を突《つ》き出した。

「お、おめえは、船盗《ぬす》っ人《と》のガキじゃねえか」

相手がワカヒコと知って、驚《おどろ》いたようだった。

「忘れもしねえ、村にあれだけ迷惑《めいわく》かけときながら、どの面《つら》さげて出て来やぁがっただ。ぶっ殺してやる」

「待って」

ワカヒコは彼《かれ》を制した。

「あれにはいろいろ理由《わけ》があったんだ。事情を話すから、村長《むらおさ》のところに連れてってくれ」

「うるせえや」

見張りは槍を振《ふ》りあげた。

「どうしたんだ」

騒《さわ》ぎを聞きつけて人々が集まってきた。その中には村長の顔も見える。

「村長、大事な話だ」

ワカヒコが真剣《しんけん》な口調で言うと、村長は自分の顎《あご》を掻《か》きながら、じっと彼を睨《にら》みつけた。

ワカヒコは、村長の胸に下がった赤い石斧《せきふ》の飾《かざ》りを指差した。

「それについての話だ」

村長の表情が、途端《とたん》に変わった。

「皆《みな》、少し下がれ。この者と、俺《おれ》だけで話すことがある」

敵意を剝《む》き出しにした男たちは、村長《むらおさ》の命令で不承不承《ふしょうぶしょう》後ろに引いた。

「驚《おどろ》いたぞ。お前がハミ村でクナの軍を打ち破ったと聞いた時は」

村長は押《お》し殺した声で言った。

「あれは、俺じゃないよ。俺にそんな才能も力もない。見ればわかるだろう」

ワカヒコは落ち着いて答えた。

「それに、ハミ村の戦《いくさ》指導者が俺ならば、今時分、こんなところにのこのこ一人で出てくるわけがないじゃないか」

「ふむ」

「ハミ村のワカヒコは、もっと力の強い髭《ひげ》もじゃの大男さ。俺は、その男に、ナカツクニの印である石斧《せきふ》も奪《うば》われた」

「そうか。同じ名の別人か」

村長は考え込《こ》んだ。ワカヒコはたたみかけるように言った。

「あんたの村を逃《に》げたことも、あれはサナメとかいう女に威《おど》されて、仕方なく従っただけなんだ」

「そのサナメは、今どうしてる」

「あの荒《あら》っぽい娘《むすめ》なら、俺《おれ》と同じ名のワカヒコと夫婦《めおと》になって、ハミ村で反乱軍の副頭目《ふくとうもく》に納まっている」

サナメを悪く言うことに少し心が痛んだが、ワカヒコは言った。村長《むらおさ》は鼻先で嘲笑《あざわら》った。

「散々《さんざん》使いっ走りさせられたあげく、捨てられたのか。ナカツクニの偵察《うかみ》と言っても、やっぱりお前はただの小僧《こぞう》っ子だな」

村長は、少し表情を和《やわ》らげた。

「まあ、いい。お前だって何かの役にはたちそうだ。村の者には、私がうまいように言い訳してやる。焚《た》き火の前に来い」

ワカヒコは、ほっとした。村長が存外単純な男で良かった、と安心した。

トウシ島の王宮にハミ村派遣軍全滅《はけんぐんぜんめつ》の知らせが入ったのは、三日ほど経ってからのことだった。

敗残兵狩《が》りをからくも逃《のが》れたアツ族の兵士たちは、血まみれ、泥《どろ》まみれになってオバマに戻《もど》ってきた。彼《かれ》らの口から、その信じられないほどの惨敗《ざんぱい》ぶりが伝えられたのである。

クナ王ヒミココは、不気味なまでに沈黙《ちんもく》を守った。まるでハミ村攻略《こうりゃく》の軍勢が最初から存在しなかったかのように、だんまりをきめ込《こ》んだ。

が、近臣カマチヒコの死が伝えられた時だけ片眉《かたまゆ》をあげて、地に唾《つば》を吐《は》いた。

それはカマチヒコを罵《ののし》ったわけではなかった。寵臣《ちょうしん》の無惨《むざん》な最後を悼《いた》み、彼《かれ》を殺害したハミ村の「山賊《さんぞく》ども」に対する呪《のろ》いを示したものだった。

それが証拠《しょうこ》にヒミココは、カマチヒコのため、オバマの村々へ二日の殯《もがり》を命じている。殯は喪《も》あがりとも言い、古代人が死者を追悼《ついとう》する儀式《ぎしき》だ。

その殯が済《す》むとヒミココは、逃《に》げ帰ったアツ族の兵士たちに言った。

「無能な汝《なれ》らは、黄泉《よみ》（死者の国）に行ってカマチヒコに仕えよ」

敗残兵の多くは、従容《しょうよう》として（落ち着いて）死に就《つ》いたが、彼らの妻子は、父や夫が、助かった命を失うことに多少の抵抗《ていこう》を示した。

ヒミココは、ここで初めて怒《いか》りを表し、自らの手で反対する者の首を斬《き》った。

その首はトウシ島ばかりではなく対岸の浜辺《はまべ》にも晒《さら》され、死臭《ししゅう》はまたしてもあたりに充満《じゅうまん》した。

「ひどいものです」

彭はルキウスに語った。

「腐臭《ふしゅう》が皮膚《ひふ》に染《し》みつくようです」

「クナ人は、南方の習俗を色濃《こ》く残している。首狩《が》りを異常に好むところもそっくりだ。何か事があると、すぐに首を公共の場所に飾《かざ》りたがる」

ルキウスはつぶやくように言った。

「アツ族の死にのぞんで帰《き》するがごとき態度は、称賛《しょうさん》すべし。しかし、遺族の悲しみは大きい。いや、その悲しみはいずれ、王に対する反感となって、跳《は》ね返ってくるだろう。彭君や」

「はい」

「お前さんにとって、これは好ましい状態と言えるのではないかね」

ルキウスの言葉に、彭は驚《おどろ》いてのけぞった。

「な、何を言うのです」

「私は観察していたんだよ、舫《ほう》の小部屋から。カタペルテスの指揮をとる君の姿を」

ルキウスは、彭の動揺《どうよう》を楽しむように言った。

「君は、カタペルテスの操作をする生口たちと、密《ひそ》かな意思の疎通《そつう》があるように見える。王たちに石投げの御披露目《おひろめ》を終えて戻《もど》ってくる君の表情に、何とも言えぬ充足感《じゅうそくかん》と、不用な責任を持たされた者のみが持つ、落ち書きのなさがまざり合っていた。そこでその原因は何だろうと、わしは考えた」

ルキウスは、白い髭《ひげ》をしごいて、にやりとした。

「あの生口《せいこう》のうち何人かは、君の乗っていた船がシマの海で打ち沈《しず》められた時、同乗していた者たちではないのかね」

違《ちが》う、ともそのとおりとも答えられず、彭は口ごもった。ルキウスはたたみかけるように続けた。

「ともに船を沈《しず》められた仲間同士。恨《うら》みを溜《た》め、時至《ときいた》れば船内で反乱でも起こす計画ではないのか」

図星をさされ、彭は思わずうなずいてしまった。

「おもしろい。君の中にもモエシ人と同質の血が流れているのだ」

ルキウスは、手をたたいてはしゃいだ。

「モエシ人には三つの美徳あり。ひとつは勤勉さ、ふたつには友を思う心、みっつめは恨《うら》みに必ず報《むく》いる心。おまえさんには、勤勉さがないが、他のふたつは備わっていたということだな」

「モエシ人？」

「そうだ。以前に話したろう。わしがローマの鍛冶奴隷《かじどれい》だったころ、同じ屋敷《やしき》にモエシ人の女奴隷がいたことを」

モエシ人は、心が一本気で人にやさしく、反面激《げき》しやすく、受けた恨みは決して忘れない……。

「お前さんに、そういう昔話をしたことがあったはずじゃ」

「思い出しました」

ルキウスの若き日、そのモエシ人の女性に淡《あわ》い恋心を抱《いだ》いた話を……。

「私は漢人ですよ」

「モエシ人は、ローマの北東部に住むトラキア族の一派じゃ。遠い昔、秦《チン》に押《お》されて西に逃《のが》れた東方遊牧民の末裔《まつえい》という」

ルキウスは彭の顔を見据《みす》えた。

「わしは、お前さんの行動に関知しない。この国でわしは、ただの異邦人《いほうじん》の技術者に過ぎぬからな」

白い髭《ひげ》を掻《か》きあげて言った。

「君らの企《たくら》みは誰《だれ》にももらさない。しかし、今だけは、騒動《そうどう》を起こすことをつつしんでくれぬか」

彭はだまってうなずいた。

実のところ、彼《かれ》がこういう仕儀《しぎ》に相成ったのは、ちょっとした偶然《ぐうぜん》からだ。

ルキウスの助手として新型石投げ機の組み立てに出向いた時は、余計な仕事を押しつけられた、と彼は内心不平たらたらだった。

現場に着くと、石運びの生口《せいこう》十五人の長《おさ》――むろん臨時職だが――にも任じられてしまった。

「ちえっ、同じ生口なら薄物《うすもの》をまとった女奴隷《どれい》十五人の長になりたかったぜ。何が悲しくて、こんな薄汚《うすぎたな》い男奴隷の指揮をせにゃあならんのだ」

石投げ機の組み立ては縄《なわ》と木の楔《くさび》だけで、金属の類《たぐい》は一切用いない。不器用そうな男た

ちを使役《しえき》して、その難しい作業を行っていると、一人の生口《せいこう》がそっと彼《かれ》に近づき、

「うまくやったな、異国の客人。これが、あんたの言っていた良い機会ってやつだな」

耳打ちした。彭は迂闊《うかつ》にも、その言葉を聞いて、ようやく彼らのことを思い出した。

（クキノサキで一緒《いっしょ》に捕虜《ほりょ》となった船乗りたちだ）

あの折、むやみに逃《に》げようとする彼らを制し、機会が来るまで逃亡は我慢《がまん》しろ、と諭《さと》したのは彭だった。その生口は言う。

「俺《おれ》たちは、あんたを親玉にして従うと決めて以来、今日までアツ族の笞《むち》にだまって耐《た》えてきたんだ。さあ、命じてくれ」

彭は彼を押《お》さえるように答えた。

「クナ王は、この兵器を用いて、近々大きな戦《いくさ》を始めるそうな」

戦のどさくさにまぎれて反乱逃亡《とうぼう》するのが上策《じょうさく》、と彭は説明した。本当は、なるべく行動を先のばししたいために出た言葉だったが、

「我慢《がまん》しろというのか。うん、そうだな」

しかし、と生口は彭の袖口《そでぐち》を握《にぎ》った。

「頼《たの》みがある。俺たち五人の他に、ここにいる十人も仲間に入れてくれないか」

彼は見たこともない連中に視線を向けた。

「こいつらも、何の罪もないのにクナ王に船を沈《しず》められ、友を失い、生口身分にされたか

わいそうな連中なんだ」

「良かろう」

彭は、その複雑な状況《じょうきょう》から早く逃《のが》れたい一心で安請《やすう》け合いした。

「五人が十五人になってもかまわないさ」

しかし、戦《いくさ》が始まれば、反乱も逃亡《とうぼう》もさらに難しくなるだろう、と彼《かれ》は思った。


「彭君や、聞いとるかね」

ルキウスが呼びかけ、彭はあわてて脳裏にあるものを打ち消した。

「は、はい。何でしょう」

「やはり、うわの空だったか。まあよい」

「老人」は、二人の前にある炉《ろ》に薪《たきぎ》をくべると、手元の酒器を引き寄せた。

彭は、はっとした。気まぐれなルキウスが、唐突《とうとつ》に、また貴重な思い出話をしようとしている、と気づいた。

彼はこういう時のために、未使用の木簡を炉端《ろばた》に隠《かく》している。

（ええっと……筆は、墨《すみ》は乾《かわ》いていないかな）

手さぐりで彭は、筆記用具の入った竹筒《たけづつ》を取り、墨壺《すみつぼ》に酒をひと滴《しずく》、垂らし込《こ》んだ。用意はそれだけで済《す》んだ。

「モエシ人は」

ルキウスは、万感胸《ばんかん》にせまる思い、といった口調で何度もその民族の名を呼んだ。

「星を語る民族という。天を崇拝《すうはい》し、星の些細《ささい》な変化を読んで兵を動かした。かように優《すぐ》れた予知能力を持った人々が、不遜《ふそん》なだけが取り得のローマ人に敗れ、多くが奴隷《どれい》とされたのは、不思議と言わざるを得ん……」

ルキウスは、ほう、とため息をついた。


クナ王ヒミココが所有する二隻《せき》目の「舫《ほう》」が船台《せんだい》から離《はな》れたのは、未明のことだった。

その日、ヒミココはトウシ島に設けられた新しい祈禱所《きとうしょ》にいた。三方を切り立った岩場に囲まれたそこからは、遠くイラコの岬《みさき》が霞《かす》んで見えた。

祭壇《さいだん》の前では、ホウライ国の姫巫女《ひめみこ》が、鰭《ひれ》（長い袖口《そでぐち》）を振《ふ》り、意味不明な歌をうたっている。

頭《こうべ》をたれたヒミココは、姫巫女の歌声がやむのをひたすら待った。不気味な木面《もくめん》をつけた彼女《かのじょ》は、小刻みに身を震《ふる》わせて歌い納めると、

「やよ、ククチヒコ」

凛《りん》として言った。ヒミココはめずらしく元の名で呼ばれたことを不審に思いつつ、頭をあげた。

「汝《なれ》の傲慢《ごうまん》さが危機を生むぞ。ククチヒコ」

ヒミココは首をかしげた。彼《かれ》の表情には幾分疲《いくぶんつか》れが見える。ここ数日、戦仕立《いくさじた》てや同盟国の諸将謁見《えっけん》に忙殺《ぼうさつ》され、満足な睡眠《すいみん》をとっていない。

「吾《あ》が傲慢《ごうまん》とはいかような」

「神獣《しんじゅう》も心が驕《おご》れば、自ら危うい谷間に入り、岩場に落ちると申す」

巫女《みこ》は神託《しんたく》を続けた。

「汝は長年労苦をともにした忠臣を、追放したそうな」

「さように」

「愚《おろ》かなことを。その者は老いたりといえども勇者にして汝の良き理解者であった。良き者を追い払《はら》えば、汝に末々凶事《すえずえまがごと》が訪れよう」

ヒミココは答えた。

「たとえ忠臣であろうとも、此度《こたび》の戦《いくさ》に反対する者は敵に等しい。吾はしかし、彼《か》の者の長き功を思い、殺さずに追放としたのです」

「汝は、この戦仕立てに無理を重ねている」

巫女はヒミココの前に片膝《かたひざ》をついて尋《たず》ねた。

「なぜだ。ナカツクニとの戦《いくさ》がそれほど大事か」

彼女《かのじょ》は急に言葉を改めた。

「これは巫女《みこ》ではなく、一個の人として尋《たず》ねるのです。なぜそこまで卑弥呼との戦《いくさ》に固《こ》執《しゅう》するのです?」

ヒミココも言葉を改めて応じた。

「この倭国に二人の指導者はいらぬ」

彼《かれ》は膝《ひざ》をくずし、胡座《あぐら》を組んだ。

「倭国の女王は、我《わ》がもとにある汝《なれ》一人で充分《じゅうぶん》なのだ。よいかホウライの女王よ」

彼は巫女の手をとった。

「汝が己《おのれ》を一個の人と申すゆえ、吾《あ》も汝をホウライの女としてかく申す」

ヒミココは言葉を重ねた。

「吾は汝を心の底より好いておる。初めて吾が汝の国を訪れた時のことを覚えておるか」

「覚えております」

「あの折、汝の国は東の毛人《もうじん》たちに攻《せ》められ、陥落《かんらく》寸前であった」

巫女はうなずく。

「王宮の侍女《じじょ》たちは、敵の手にかかるよりは、と多くが聖樹に自らを縊《くび》り(首吊《つ》りして)、妾《わらわ》も死に仕度《じたく》をしておりました」

「吾の船団は、東の地がいかなるものか知りたし、とひたすらホウライの山を目当てに進んでいた。火がかけられた汝の王宮を見たのは、その時だ。毛人らは、我らの船団が汝の救援《きゅうえん》に来航したものと思い、戦《いくさ》を挑《いど》んできた。クナの兵は、たちまち毛人らを打ち破り……」

「間一髪《かんいっぱつ》ホウライ国は危機を脱《だっ》して、それより同盟国に」

巫女《みこ》はまたうなずいた。

「吾《あ》は、その折、近々と汝《なれ》を見た。これほどの美しき姫《ひめ》を見たのは初めてであった。吾は、汝こそ女王たるべき者、と思った」

ヒミココは力強く語りだした。

「我《わ》が内なる祖霊《アグイ》が、その時、出現したのだ」

アグイとは、一族の代表「王」に憑《つ》く祖先の守護霊《しゅごれい》だ。ヒミココが育った北部九州《キタチクシ》のククチ地方には、大地を母と見る地母神《じぼしん》と穀霊《こくれい》（穀物《こくもつ》の神）を合体させた祖先信仰《しんこう》があり、その神は蛇体《じゃたい》であるとされている。

「母なる蛇体神は申された。倭国の中心はナカツクニにあらず。汝、卑弥呼を討《う》ち、新しき国家と女王を立てよ、と。その新女王は汝の目前にありと」

ヒミココは姫巫女の手を、さらに固く握《にぎ》りしめて言った。

「折も折、吾のもとに、異国の知識人きうすが転がり込《こ》んで参った。これほどに、国盗《くにと》りの条件が重なるのも、祖霊《それい》の思し召《おぼめ》しならん」

明日だ、とヒミココは言った。

「我らの船団は動く。まず、卑弥呼に忠実なチュミ族を討《う》ちほろぼし、しかる後に西よりナカツクニに乱入する」

姫巫女《ひめみこ》は、自分の手に重ねられたヒミココの手に視線を落とし、露骨《ろこつ》に眉《まゆ》をひそめた。

オトウトカシの出陣《しゅつじん》

ナカツクニの盆地《ぼんち》一帯では、祭りでもないのに深夜、灯《ひ》がともされていた。

宮殿《きゅうでん》の楼閣《ろうかく》から見ると、星くずを砕《くだ》いてばらまいたかのように、村々は輝《かがや》いていた。

オトウトカシは高欄《こうらん》（手すり）に手をついて、その灯を眺《なが》めた。

（あの灯のもとで、父なる者、夫なる者、息子なる者が、家族と別れの宴《うたげ》を張っているのだな）

その内、何人かは、生きて再びこの地を踏《ふ》むことがないだろう。オトウトカシは、頭上に目を移した。

（星は出ておらぬか）

オトウトカシは、ゆっくり室内に戻《もど》った。女王卑弥呼《ひみこ》が、南向きに座《すわ》っている。彼《かれ》が円《えん》座《ざ》に腰《こし》を下ろすと、若い巫女《みこ》たちが、重そうな木箱を運んできた。蓋《ふた》を取ると中から漢《から》風の鎧《よろい》が現れた。その昔、遼東郡大守《りょうとうぐんたいしゅ》の公孫度《こうそんど》が卑弥呼に献上《けんじょう》した神器のひとつだ。

「これをお前が着るのは、何年ぶりでしょう」

卑弥呼は、箱に手を置いて言った。その鎧の肩当《かたあ》てには、うっすらと緑青《ろくしょう》が浮《う》いていた。

オトウトカシは答えた。

「キビの国（現在の山陽地方・岡山《おかやま》の周辺）に山夷《さんい》（山の民《たみ》）を討《う》って以来ですから、三《み》年《とせ》も前のことになりましょうか」

「長い戦いでしたね」

ヤマと呼ばれる山夷の高地性《こうちせい》集落を、ひとつひとつ陥落《おと》していく苦しい戦《いくさ》だった。

「此度《こたび》は、船戦《ふないくさ》です。勝敗は一瞬《いっしゅん》にしてつくでしょう」

オトウトカシは、巫女《みこ》らに手伝わせて、ゆっくりと鎧をまとった。その間、卑弥呼はイキメと二人して、祭壇《さいだん》に土器《かわらけ》を並べた。

宮殿外郭《きゅうでんがいかく》の高楼《こうろう》から、滔々《とうとう》と太鼓《たいこ》の音《ね》が聞こえてくる。兵士の集合を命じる合図だ。

オトウトカシは戦の印である金の髪飾《かみかざ》りを付けた。卑弥呼は、自らの腰に巻いた倭錦《やまとにしき》の帯を外し、鎧の胴《どう》に巻きつける。それから三枚の土器を取り、八塩折《やしおり》の酒をそれぞれに注いだ。

「勲《いさお》し（手柄《てがら》）を」

彼女《かのじょ》が言うと、弟の王は次々に土器の酒を飲み干して、答えた。

「必ずや」

祭壇《さいだん》の直刀《ちょくとう》を取ったオトウトカシは、その緒《お》をたぐり寄せた。階《きざはし》に出ると、松明《たいまつ》を立てた男たちが待っている。いずれも鉄《くろがね》の矛《ほこ》を手にしていたが、その姿は、木製の鎧、籐編《とうあ》みの鎧《よろい》、漢土から仕入れたとおぼしき古ぼけた小札《こざね》をつづり合わせた銅の鎧など、まったく統一を欠いていた。

「長《おさ》ども、そろうたか」

オトウトカシは、それらをぐるりと見まわした後、一人の男に声をかけた。

「お前も戦《いくさ》に加わるか、ススヒコ」

「息子の危《あやう》きに、出向かぬ父が、どこにおりましょう」

オトウトカシは、右手をあげた。瞬間《しゅんかん》、宮殿《きゅうでん》とその周辺の灯《ひ》が、一斉《いっせい》に消えた。

あたりは漆黒《しっこく》の闇《やみ》となった。

これを清暗《じょうあん》と言う。一切の汚《けが》れを覆《おお》い隠《かく》す闇は、神の領域なのだ。

宮殿の高楼《こうろう》から、凜々《りんりん》と御触《おふ》れの声が響《ひび》き始めた。

「村々の者ども、よっく承《うけたまわ》れ。貴《とうと》き日御子《ひのみこ》さまの御弟君《おんおとうとぎみ》、宰相《さいしょう》タケハヤのスサノオさま、兵を束ねてのご出陣《しゅつじん》である。家々は固く戸を閉ざし、御《おん》行列をのぞくべからず。床《ゆか》に伏《ふ》して、ご武運を祈《いの》るべし」

これが三度繰《く》り返されると、宮殿の大門《おおもん》が軋《きし》みながら開いた。

大勢の歩み出る気配があったが、それを先導するのは、先駆《さきが》けの者がかかげる松明《たいまつ》が、わずかに一本。

一同は、そのかぼそい灯《ひ》に導かれて、運河桟橋《さんばし》に到着《とうちゃく》した。

ミノセ（初瀬川《はつせがわ》）につながる運河には、河船が並んでいた。櫓《ろ》を漕《こ》いでいるのは、鵜飼《うか》いを生業《なりわい》とする河族だ。彼らは暗闇《くらやみ》の中、兵士や荷物を手際《てぎわ》よく船に載《の》せていった。

兵士たちは、ここから大倭《だいわ》の津《つ》（大和川《やまとがわ》の川港）まで進み、カワチのウミ（河内湖《かわちこ》）からやって来たチュミ族の大型船に乗り換《か》えるのだ。

（さて、カワチに着くまで、如何《いか》ほどの人数になるか）

河船の中で、オトウトカシは腹づもりした。

ナカツクニの動員法は奇妙《きみょう》なものだ。戦争が決定されると、指導者は、さしたる用意もなく、単独で出陣《しゅつじん》する。土地土地の有力者は、自分たちの村に指導者が近づくと、道の辻《つじ》に兵を集めて、参加を請《こ》う。道々、そうした少人数の群《む》れが加わることによって隊列は雪ダルマ式に膨《ふく》れ、戦場予定地に達するころ、ようやく部隊の形が整うのである。

むろん、どう呼びかけても人々が集まらぬこともある。そうした場合、指導者は行軍の速度をゆるめて参加者を待つ。また、戦争の利益を多く分ける約束をしたり、武力で威《おど》して強制的に兵士を集めたりして人数をそろえるということもする。

（無理に人数を集めた部隊は、兵士に勢いがない。命令も聞かず、必ず敗れる）

オトウトカシは、河船の舳先《へさき》に祭壇《さいだん》を作って、動員の成功を祈った。

水路の向こうも真の闇《やみ》だ。しかも悪いことには、顔にポツリポツリと雨粒《あめつぶ》が当たり始めた。

ワカヒコが、クキノサキの村人とともに、シマ国の領内へ足を踏《ふ》み入れたのは同じころ。起伏《きふく》に富んだ山中を幾《いく》つも越《こ》えて、彼《かれ》らはひたすら北東に歩いた。

ワカヒコの背には、食料や薪《たきぎ》の束がある。村人は一応、彼を許した形になっていたが、わずかな憎《にく》しみは残っているらしく、通常の倍近い荷を彼の背に乗せた。

山の頂上近くで、一行はひと休みした。足元に海が見えるはずだが、前方は白い霧《きり》に覆《おお》われていた。

「このあたりの海をマトと言うのだ」

村長が教えてくれた。

「アカマユは、父親がマトの海族出身だそうだ」

「ああ、あの眉毛《まゆげ》のつながった酔《よ》っぱらい」

ワカヒコは、わざと興味なさそうに答えた。

「アカマユには毛人《もうじん》の血が混ざっているからな。木訥《ぼくとつ》に見えて、妙《みょう》に小ずるいところがある。だから、今度の戦《いくさ》には連れてこなかった。連れてきたって何の役にも立たぬ奴《やつ》さ」

二人が話し込《こ》むうち、霧が晴れ、複雑に入り組んだ入り江《え》が見えてきた。現在は牡蠣《かき》の養殖《ようしょく》で名高い的矢湾《まとやわん》の、南の奥《おく》にあたる入り江《え》だ。

湾内には、大小数十隻《せき》の船が、麦粒《むぎつぶ》をばら撒《ま》いたように漂《ただよ》っていた。

ワカヒコは、入り江に突《つ》き出た小さな岬《みさき》に注目した。そこに岩礁《がんしょう》のようなものがある。上に草や木が茂《しげ》っているが、それは、いかにも不自然な生え方に思えた。

しかも、じっと注視していると、岩礁はゆっくりと動いているではないか。

(巨船《きょせん》だ！)

サナメが「とてつもなく大きな船」と呼び、アカマユが「妙《みょう》ちくりんなあれ」とか「大きな奴《やつ》」と呼んでいたクナの巨大船だろう。

(こんな山の上からでも、すぐに見つかるぐらい大きいんだな)

もっと近くで見たい、とワカヒコは思ったが、村長《むらおさ》に悟《さと》られぬよう、右手の鼻(岬の先に突き出た尖《とが》り)を指してごまかした。

「こっちが大海《ひろきうみ》(太平洋)だね。霧《きり》が晴れるにつれて、どんどん青くなっていく」

「あの青い海が、やがて敵の血で赤く染《そ》まるぞ」

村長は大きく笑った。

午後、ワカヒコたちは、入り江のひとつに降りた。そこはクナ国が指定した兵員集結地のひとつだった。浜辺に沿って兵士の暮らす仮屋《かりや》が隙間《すきま》なく建てられていた。

兵士として徴集《ちょうしゅう》された人々が、物資の不足分を補《おぎな》いあうために臨時の市《いち》をたて、その賑《にぎわ》いは、ナカツクニの大倭《だいわ》のようだった。

ワカヒコが、物《もの》めずらしそうに交易品を観察していると、浜辺《はまべ》で触《ふ》れが出た。

「手のあいた者は、みんな来《こ》う。クナのツワモノが石を打つぞう。その威力《いりょく》を見て、孫《まご》子《こ》の代まで語り継《つ》げよう」

叫《さけ》んでいるのは、顔に派手な渦巻《うずま》き紋様《もんよう》を描《えが》いたアツ族の男だ。

人々は浜辺の先端《せんたん》に腰《こし》を下ろした。ワカヒコも、その中にそっと交じった。

待つまでもなく、クナ水軍の舫《ほう》が、沖合《おきあい》に姿を現した。

その巨大《きょだい》さに、見物の衆は大声で騒《さわ》ぎだした。

「まだまだ」

あれくらいで驚《おどろ》くな、と触れの者は怒鳴《どな》った。

「船の上の、棒《ぼう》みてえなものがどういう働きをするか、そのドングリみてえな目ン玉おっ広げて、よっく見とくだぞ」

人々がだまって注目するうち、「棒みてえなもの」が大きく上下に振《ふ》られた。笞《むち》が鳴るような音がして、岬《みさき》の向こうに波の柱が立った。

見物人は、ぼんやりと眺《なが》めていた。が、一人の男が悲鳴に近い声をあげた。

「こ、こんな大きな石が、あそこまで飛んだぞ」

男は大石を抱《かか》える動作をした。そして、その石が落ちたばかりの、波間に広がる白い泡《あぶく》の輪を指差した。

「クナ王様は、神か鬼《おに》か」

「驚《おどろ》いたか」

アズ族の触《ふ》れ方《かた》は、我《わ》がことのように威張《いば》った。

「お前らの中には、未《いま》だにナカツクニを恐《おそ》れて、こっち側についたことを悔《く》やんでるやつもいるだろう。しかし、今のツワモノの威力《いりょく》を見れば、一目瞭然《いちもくりょうぜん》だ。この戦いは、クナ王さまの勝ちよ。わかっただか」

見物人の中から声があがった。

「わかっただよ」

「ナカツクニ、討《う》つべし」

触れ方は、満足そうに腕《うで》を組んだ。

「わかったならいい。あとでクナ王様から、お前らに酒が振《ふ》る舞《ま》われるだ。勝ち戦《いくさ》の前祝いだ」

「ありがてえ」

「クナ王さまはええ人じゃ」

浜辺《はまべ》の男どもは熱狂《ねっきょう》して踊《おど》り始めた。この騒《さわ》ぎに驚いた海鳥たちが、一斉《いっせい》に飛び立っていく。

その羽音に紛《まぎ》れて、ワカヒコはその場を離《はな》れた。

（あれこそが、オトウトカシ様が申されていた『空から降る巨大《きょだい》な岩』、『遠方から岩を投げる巨人《きょじん》』の正体だ。どうにかして、その仕組みを知りたい）

こんなことなら、サナメも連れてくるべきだったか。大弓を考えだす彼女《かのじょ》なら、石投げ機のカラクリも即座《そくざ》に見抜《みぬ》いただろうに……。

夜になったら、巨船《きょせん》が停泊《ていはく》するであろう岬《みさき》に忍《しの》び込《こ》んでみよう、とワカヒコは思った。

日が落ちて、岸辺に吹きつける風が強まった。仮屋の屋根が次々に飛び、夕餉《ゆうげ》の仕度《したく》をしていた人々は、大あわてで炉《ろ》の火を消してまわった。こんな時、一番恐《おそ》ろしいのが火事であることは、誰《だれ》もが知っていた。

ワカヒコは、その混乱に乗じて、岬《みさき》の船着場に向かった。

岩場には牡蠣《かき》の殻《から》が、みっしりとへばりついている。ワカヒコの足は傷つき、たちまち血まみれになった。

「くしろつく……」

ワカヒコは痛みをこらえて、つぶやいた。

釧《くしろ》つく　欺馬《しま》のたふしの浜磯《はまいそ》の

蠣貝《かきがい》に　足ふますな　田板《たいた》はきて行け

蠣殻《かきがら》で足を切らぬよう、田板（田下駄《たげた》）を履《は》いて行きなさい、と教えてくれたのは、あのアカマユだ。

（今を予言したような歌だ。アカマユは不思議な人だったな）

夜目にすかして岩場の上を見れば、矛《ほこ》を立てた見張りの姿があった。しかし、ワカヒコの隠《かく》れている位置に注意を払《はら》っている様子は見えない。

念のため波打ち際《ぎわ》を泳ぐように進んでいくと突如《とつじょ》、大きな板壁《いたかべ》が現れた。

（これは）

それが浜《はま》に押《お》しあげられた巨船《きょせん》の舳先《へさき》部分だと、すぐにわかった。舷側《げんそく》らしいところには、無数の縄《なわ》がぶら下がっている。

見あげれば、太い木組みと、磨《みが》きあげられた木の柱が宙に突《つ》き出していた。

（あれが石を投げる棒《ぼう》だ。もっと近くで見よう）

船の甲板《かんぱん》へ上るには、とあたりを見まわした。と、背後から声をかけられた。

「お前は本当にナカツクニの偵察《うかみ》だったたな」

ワカヒコは、背中にチクリと痛みを感じた。短剣《たんけん》を突きつけられているらしい。

「おっと、振《ふ》り返るな。お前は油断《ゆだん》ならぬ奴《やつ》だ。そのまま船板に手をついていろ」

「村長《むらおさ》か」

聞き間違《まちが》えるわけもない。闇《やみ》の中でねちねちと語る声は、まさしくクキノサキの村長の、それであった。

「あんた、やっぱりクナの手先か」

「お前が本当に偵察《うかみ》とわかるまで、泳がせていたんだ。お前みたいな小僧《こぞう》っ子がナカツクニの密偵《みってい》だなんて、石斧《せきふ》を見ても容易に信じられなかったぞ」

村長は、舷側《げんそく》に下がった縄《なわ》の一本を引き寄せると、ワカヒコの腕《うで》に巻きつけた。

「クナでは、偵察を一人捕《と》らえると、ずいぶんな褒美《ほうび》が出るんだ。ここで殺してもいいんだが、生かして突《つ》き出せば……」

と、口走った後、急に村長は無言になった。

（どうした）

暗がりに血の臭《にお》いが漂《ただよ》ってきた。どさり、と音を立てて、砂地に人の倒《たお》れる気配があった。

「危なかったな」

ワカヒコは、意を決して振《ふ》り返った。黒い人影《ひとかげ》が立っていた。足元に倒《たお》れているのは、村長らしい。

ぷーんと、饐《す》えた穀物酒《こくもつしゅ》の臭いがした。クキノサキの村で嗅《か》いだことのある臭いだ。

「アカマユ！」

「しっ、大声を出すんじゃねい。見張りが来ちまう」

アカマユは、血のついた銅剣《どうけん》の先を、村長《むらおさ》の衣服でぬぐった。

「どうしてここが」

「わかったか、というのかい。そりゃ、簡単だ。ヒコ（ワカヒコ）と村長の動きをずっと陰《かげ》から見張ってたんだから」

アカマユは、銅剣を腰《こし》の鞘《さや》に戻《もど》し、ワカヒコの腕《うで》の縄《なわ》をほどいた。

「お前さんだって、村長《こいつ》が敵だと半分わかっていただろうに」

「あと一歩、はっきりしなかった。味方の印の、石斧《せきふ》だって持っていたし」

ワカヒコが言い返すとアカマユは、村長の身体を探《さぐ》って首の紐《ひも》を引きちぎった。

「この石斧は偽物《にせもの》だ。形はそっくりだがな。キナ国の赤石で出来てる。本物はコシのヤサカニ（越《こし》の八坂《やさか》丹《に》・現在の新潟《にいがた》県糸《いと》魚川《いがわ》市小滝川《こたきがわ》近辺）でとれる白石で作った貴重品だ。つまり、こういう色をしていて……」

アカマユは、ごそごそと下帯《したおび》の間をまさぐると、何かを取り出した。闇《やみ》の中でもそれは、白々と輝《かがや》いて見えた。

「アカマユさん、あんたが三人目の密使だったのか」

「ギリギリまで伏《ふ》せておけ、とナカツクニでも命じられていたんでなあ」

アカマユは答えた。

「ヒコ一人ならすぐに正体を見せたんだが、あのサナメという動きの派手な娘《むすめ》がくっついていたんで、今まで我慢《がまん》したんだぜ」

「そうか」

「それよか、早くこの死骸《しがい》を隠《かく》しちまおう。俺《おれ》は船の上にある岩投げの新兵器を調べにゃならねえ」

「それなら、目的は一緒《いっしょ》だ」

二人は波打ち際《ぎわ》まで死骸を引きずっていって砂をかけると、縄《なわ》を伝って船によじ登った。甲板《かんぱん》はびっくりするほど広い。ハミ村の広場がスッポリ収まるような大きさだった。

「さすがに船の上には見張りがいないな」

ワカヒコは不用意に口走ったが、アカマユは、彼《かれ》の口を押《お》さえて上を向いた。二重になった甲板の上部に、人の歩きまわる気配があった。

だまってついてこい、アカマユは手招きし、階段に近づいた。

ワカヒコもそれに倣《なら》って、足を忍《しの》ばせる。

あちこちに縄の束が置かれていた。複雑に組まれた太い木組みを、十人ほどの男たちが磨《みが》いていた。

（生口《せいこう》だろうか）

皆《みな》、垢《あか》だらけの粗末《そまつ》な衣服をまとっている。中央にいる人物だけが幾分《いくぶん》ましな、長袖《ながそで》の服を着ていたが、それはワカヒコがよく知る漢土の衣装だった。

「彭兄《ちょうあに》ィ」

彼《かれ》が呼びかけると、その男は竹串《たけぐし》に弾《はじ》かれた豆みたいに身をのけぞらせた。

「ワカヒコか。その声はワカヒコだな」

二人は甲板《かんぱん》を走って、がっしと抱《だ》きあった。

「信じられん。こんなところで会えるとは」

「こっちだってそうさ。彭兄ィはクキノサキの沖《おき》で溺《おぼ》れ死んだとばかり」

「しっ」

再会を喜ぶ二人を、アカマユが急いで押《お》さえつけた。

「ここは敵船の上だぞ。はしゃぐのもたいがいにしろや。ところで」

アカマユは、疑い深そうな眼差《まなざ》しで、彭や生口《せいこう》たちを見まわした。

「おめえら、見たところクナ人でも、シマの海族でもなさそうだが、なぜカラクリに取りついてるだ」

「カラクリ……、ああ、これは漢土で言う『弩《ど》』だ。俺《おれ》たちは、理由《わけ》あってこいつの石運びをやらされてる。ところで」

お前さんこそ何者だ、と彭は身構えた。

「彭兄ィ。この人が秘密になっていた三人目の探索役さ」

ワカヒコは、複雑に入り組んだこれまでの体験を、順序だてて説明しようとした。だが、それには相当な時間がかかりそうな気がして、早々に諦《あきら》めた。

「時《とき》が急《せ》いている。彭兄ィ、この石投げの仕組みを教えてくれよ」

「あ？　……ああ」

彭はあわててうなずくと、ワカヒコたちを木組みの中に案内した。

河内《カワチ》の汽水域（真水と海水の入り混じった水域）を出たオトウトカシの船団は、干潟《ひがた》を渡《わた》り、チヌの海に入った。

チュミ族の諸手船《もろたぶね》が一行を出迎《でむか》えた。その船に導かれてチュミノエ（住之江《すみのえ》）に着くと、入り江は大小の船で埋《う》め尽《つ》くされている。

船体を派手な色で塗《ぬ》り分けた小型船。館のように高々とした舷側《げんそく》を見せる大型船。舳先《へさき》に弓の射手を置く櫓《やぐら》を備えた双胴船《そうどうせん》……。

「壮観《そうかん》（すばらしい眺《なが》め）ですね」

ススヒコが言った。

「ナカツクニの御威光《ごいこう》は、かくのごとし」

「我らの力ではない」

オトウトカシは、櫓台《ろだい》に手をつき、船ごとに掲《かか》げられた布旗を確かめていた。

「チュミの長《おさ》モロコイが、各地の海族に声をかけてくれたおかげだ。これだけの船団を、チュミの津《つ》に迎《むか》えるについては、モロコイも相当な物や知恵を使ったに違《ちが》いない」

「さほどにチュミ族も、クナの侵攻《しんこう》が脅威《きょうい》なのですね」

オトウトカシは、櫓台《やぐらだい》にかけた手に力をこめた。

「この海を失えば、漢土の人が邪馬台《やまたい》と呼ぶ我らナカツクニは消滅《しょうめつ》する。我らの妻子親子兄弟、わしもお前もヒミココの生口《せいこう》となろう」

「勝たねばなりませぬな。公達師も、必勝の心構えで戦《いくさ》に臨《のぞ》む、と申されておりました」

「その公達師よ。我らの出撃《しゅつげき》前、身体《からだ》のことを慮《おもんぱか》り、密《ひそ》かに先発したと聞くが」

王の言葉に、ススヒコは船の群れを見まわした。しばらく旗の波に目を凝《こ》らしていたが、

「いました。あの船でしょう」

倭人《わじん》の旗にまざって、黄色地に赤く「劉《りゅう》」と染《そ》め抜《ぬ》いた三角旗がはためいている。

公達は字《あざな》（通称）、劉容《りゅうよう》が実名《じつめい》だからこの文字を描《か》くのは当然としても、普通《ふつう》漢人は黄色の布を用いない。黄色は漢室《かんしつ》の皇帝《こうてい》を表す色だからだ。

「師も豪胆《ごうたん》な」

公達は、生きて再びナカツクニに戻《もど》らぬ決意を固めているのだろう。

「我《わ》が船を、あの旗の下につけよ」

オトウトカシは船長《ふなおさ》に命じた。

公達の船は、風よけの板囲いをつけた川船だった。輿《こし》を載《の》せられように、綱《つな》で上げ下げする渡《わた》り木が舳先《へさき》についていた。

「王よ、いよいよ始まりまする」

公達が板囲いの中から現れた。よろよろと杖《つえ》をつきながら、自力で歩いてくる姿に、オトウトカシもススヒコも驚《おどろ》いた。

「戦列に遅《おく》れるのは恥《はじ》、と数日早くこの地に参りましたが、海風が身体《からだ》に合ったのでしょう。王をお待ちする間……」

公達は、空を指差した。

「……卜筮《ぼくぜい》（うらない）をして暮らしましたが、すこぶる体調が良いようです」

はたしてそうだろうか、とススヒコは思った。公達の顔は蒼白《そうはく》で、表情にも覇気《はき》（力強さ）が感じられなかった。

公達は袖口《そでぐち》から一巻《ひとまき》の木簡《もっかん》を取り出した。

「私はここに船を停《と》めて以来、天の動き、気の流れも記録して参りました」

木簡の紐《ひも》を解《と》くと、文字の下に黒や白の丸印が並んでいた。傍《かたわ》らからのぞき込《こ》んだススヒコは、それが風向きや温度の差を表す印だとすぐにわかった。

「此度《こたび》の戦《いくさ》は、船戦《ふないくさ》です。天候を味方につけた者が勝利を得ます。このこと、お忘れなきように」

「今宵《こよい》、チュミの長《おさ》モロコイの館で軍議が開かれます。師よ、その席で海族の者どもと、よくご相談くださいますよう」

オトウトカシは公達の、シワだらけの手を握《にぎ》りしめた。


ワカヒコは、アカマユの用意した小船でマトの海を脱出《だっしゅつ》した。入り江《え》から入り江を隠《かく》れながら追手を巻《ま》いた。途中《とちゅう》のナミキリノ鼻《はな》（現在の大王崎《だいおうさき》）で船が覆《くつがえ》りそうになったが、何とか持ちこたえてシマ国の西外れに船を着けた。

「おい、ヒコよ。大変だあ」

漕《こ》ぎ疲《つか》れ、船の中でうとうとしているワカヒコをアカマユが揺《ゆ》り起こした。

「対岸のハマノシマ（現・浜島町）あたりに、人がいっぱいだ。追手に先まわりされたぞ」

「そんなはずは……」

眠《ねむ》い目をこすりながらワカヒコは対岸を眺《なが》めた。

「あれは……味方だよ」

「どうして、わかる」

「旗が立ってる。赤く横二本の線が描《か》かれているのは、サナメの率いるハミ村の印だ」

「げっ、あのアイノリの娘《むすめ》が大将か」

アカマユは、太い眉《まゆ》を上下させて驚《おどろ》きの表情をつくった。

彼《かれ》らが味方の五百人隊と合流できたのは、それから半刻《はんとき》（約一時間）も経《た》たぬうちだ。浜辺《はまべ》に出迎《でむか》えたサナメがまず行ったことは、「夫」の無事を海神に感謝して、ワカヒコの腰《こし》に巻いた垂紐《たれひも》を解くことだった。

「約束どおり、五日目に戻《もど》ってきたわね。おや、めずらしい人が一緒《いっしょ》だわ」

「アカマユさんは、クキノサキに潜入《せんにゅう》していたナカツクニの密使だったよ」

ワカヒコがそう言うと、アカマユは、恥《は》ずかしそうに髪《かみ》の毛を掻《か》きむしった。

「騙《だま》して悪かったない。けんど、お前さんも俺《おれ》ンとこから、弓矢や食べもんを盗《ぬす》んでいったから、おあいこだ」

声をあげて笑い合う三人を、ハミ村の人々は不思議そうに眺《なが》めた。

「ともかく、話すことが山のようにある。クナ王の巨船《きょせん》、その中の造り。岩を投げているのはやっぱり巨人《きょじん》じゃなくて、木を組んで作ったカラクリだった。彭も生きていたし、海で捕《つか》まったという海人《うみびと》も……」

「待って、待って」

見てきたことを一気に語ろうとするワカヒコの肩《かた》を、サナメは抱《だ》き寄せた。

「ずっと船を漕《こ》ぎっぱなしで、何も食べていないんでしょう。話は仮屋の中でゆっくり聞かせてもらうわ」

ハミ村の男たちが、ワカヒコとアカマユの身体《からだ》を持ちあげて肩ぐるました。そのままかけ声を合わせて浜辺《はまべ》を走り、一軒《けん》の大きな仮屋に二人を運び込《こ》んだ。

出発の日、クナ王ヒミココが最初に行った儀式《ぎしき》は、二隻《せき》の巨船《きょせん》に名前をつけることだった。奇妙《きみょう》なことに、それまで巨船は単に「舫《ほう》」とだけ呼ばれていたのである。

「元船《もとぶね》（前からあった舫）をヤチホコ、新船《にいぶね》をタマテと名づける。アグイよ、両船をお守りくださいますように」

ヤチホコは八千矛《やちほこ》（多くの矛）、タマテとは玉のように輝《かがや》く可愛《かわい》い手という意味だ。クナでは船に必ず持衰《じさい》を乗せる。ヒミココは呪術師《じゅじゅつし》として実績のあるカバラキをヤチホコの持衰に据《す》えた。そして新船タマテには、

「吾自《あみずか》らが船長《ふなおさ》として乗り、持衰を兼《か》ねる」

側近たちは、この常識外れの言葉に反対した。

「それはなりません。王が身をぬぐわず垢《あか》まみれで戦場に臨《のぞ》むなど、聞いたこともございません」

しかしヒミココは首を横に振《ふ》った。

「この国で最も祖霊《それい》に近い存在は、このヒミココであろう。此度《こたび》の海戦は数日で片《かた》がつく。酒も水浴びも、さほどの我慢《がまん》もせずに済《す》むぞ」

と、臣下の言葉をしりぞけた。

出撃《しゅつげき》を前に、兵士たちそれぞれの乗る船も決まり、彼らは一喜一憂《ゆう》した。誰《だれ》もが海戦では真っ先に敵に狙《ねら》われる小船を嫌《きら》い、絶対に沈《しず》まないとされた巨船《きょせん》に配属されることを望んだ。

ルキウスと彭も、アミノウラの住《すま》いを出て、トウシ島の本宮《ほんぐう》に入った。そこで見せられた船割《ふなわ》り（乗船表）には、彭とその投石機隊がヤチホコに、ルキウスは王の相談役として新造のタマテに乗るよう指示されていた。

「彭君や、君が居《お》らぬとたいそう不安じゃよ」

ルキウスは、めずらしく弱音《よわね》を吐《は》いた。

「こんなとき、ウミタカ翁《おう》が居《お》れば、どんなにか心強いものだったでしょう」

と言う彭に、ルキウスは答えた。

「ウミタカは、此度《こたび》の戦《いくさ》を泣いて王に諫止《かんし》（いさめること）したそうな。かの老人の言葉は、常に正しかった。わしが若いころに仕えた元老院議員ガレリウスも師のポンパニウスも、正しきがゆえに命を断った。言葉正しき者は、常に消えゆく」

「そんなものですか」

生返事を返しつつ彭は、別のことを考えている。それは、先夜、ワカヒコと語り合った「船内の反乱」計画だった。

（海戦が始まれば、我々は、弩《いしゆみ》を壊《こわ》し、船内でクナ兵を襲《おそ》い、海に飛び込《こ》む）

しかし、今はルキウスにこれを語るべきではない、と彭は考えていた。

（きうす大人《ターレン》は、心の底ではヒミココ王を、決して嫌《きら》ってはいないからな）

粗骨者《そこつもの》の彭にしては、めずらしく賢明《けんめい》な考えを抱《いだ》いている。

そんな複雑な彭の心の動きも知らず、ルキウスは彼《かれ》に微笑《ほほえ》みかけた。


「それぞれの船が外洋《そとうみ》に出れば……」


サナメは何やら胸さわぎがして、目覚めた。仮屋の外で人の動く気配がある。

傍《かたわ》らの炉《ろ》は、火が消えかかっていた。足元には、彼女《かのじょ》を慕《した》ってかたときも離《はな》れぬ大弓打ちの少女たちが、眠《ねむ》りこけている。

その娘《むすめ》たちを起こさぬように、忍《しの》び足で外に歩み出た。浜辺《はまべ》に見知らぬ船が近づいていた。ワカヒコやアカマユたちが、騒《さわ》ぎもせずに眺《なが》めているところを見ると、それは敵ではないのだろう。

船は細身の立ち漕《こ》ぎ船だった。

「あの人たちは誰《だれ》」

サナメは尋《たず》ねた。

「先触《さきぶ》れだよ」

ワカヒコが答える。

「ナカツクニの船団が、出発したことを、伝えにきたんだ」

船の舳先《へさき》には、榊《さかき》の木に麻《あさ》の束を結んだものを立てている。それが何の意味を持つものなのか、サナメにはわからない。

「あれが、卑弥呼様の配下である印なんだ」

顔面に三角の入れ墨《ずみ》を入れた男が降りてきて、ワカヒコにうやうやしく語りかけた。小さくうなずいたワカヒコは、堂々たる口調で答えたが、サナメにはその言葉もわからない。

「チュミ族の中でも、ちょっと特別な種族らしいな」

脇《わき》に立つアカマユが、ワカヒコに代わって説明した。

「『ナカツクニとチュミの連合軍は、早くもキの海（紀伊水道《きいすいどう》）に入った。その先鋒《せんぽう》は、夜に日を継《つ》いで漕《こ》ぎ進み、ミノハマ（現・三重県七里御浜《しちりみはま》）に達した。そこで、クナ側に味方する連中と、ひと合戦やって勝ったんだとさ」

海上ではすでに戦端《せんたん》が開かれているらしい。

「こ奴《やつ》らは、こうも言っている。『捕《と》らえたクナ側の生虜《せいりょ》が言うには、クナ王も数日前に、トウシを発《た》った』と。今日の夕方あたり、わしらの鼻先を通過していくことだろう、と」

「アカマユ、サナメ」

使者の口上《こうじょう》を聞き終えたワカヒコが、二人を呼んだ。

「五百人隊の主だった者をすぐに集めてくれ」

真剣《しんけん》な表情だった。その幾分余裕《いくぶんよゆう》のない口調に、二人は顔を見合わせた。

長《おさ》たちだけが入ることを許された大型の仮屋で、朝餉《あさげ》の魚を焼きながらの軍議が始まった。ワカヒコは、焼魚の串《くし》で、いつものように足元へ地図を描《か》いた。

「隊の一部を、鼻（岬《みさき》の先端《せんたん》）に進めようと思うんだ」

「そんなことをすれば」

アノが顔色を変えた。

「沖《おき》を通るクナの船団に喧嘩《けんか》を売るようなもんだ」

彼《かれ》は砂地に描かれた地図を指差した。

「それが狙《ねら》いさ」

ワカヒコは、平然と答えた。

「この地に敵を引き寄せて、疲《つか》れさせるんだ」

敵の大型船は、外洋の高い波を嫌《きら》い、岸辺近くを嘗《な》めるように進んでくるだろう。

「俺《おれ》の知るところ、この岬のつけ根から先は、浜辺《はまべ》がニエ（贄湾《にえわん》）のあたりまで続いている。敵はそのあたりで一気に速力を早めるだろう」

そうさせてはならない、と彼は地図を指した。アノは尋《たず》ねた。

「なぜ、そうさせてはいけないんです？」

「西から来るナカツクニの船団は、疲《つか》れているだろうから、さ」

難所であるキの海を一気に渡《わた》ってくるから、漕《こ》ぎ手も体力を使いきっている。おそらく、クキノサキ（九木崎《くきざき》）かミヤマ（尾鷲湾《おわせわん》）のあたりで大休止《だいきゅうし》する。この辺の海域を良く知るクナ王は、そこを狙《ねら》うだろう、とワカヒコは言う。

「だから、我々がここで奴《やつ》らに、戦いを始めさせる。足を引っ張っているうちに、後ろからナカツクニ軍が攻撃《こうげき》する。ヒミココを陸と海から挟《はさ》み討《う》ちにするんだ」

「理にかなってはいるだな」

アノの隣《となり》に座《すわ》った男が納得《なっとく》した。

「岬《みさき》のまわりは島があったり、浅瀬《あさせ》があったりで、噂《うわさ》に聞く巨船《きょせん》とかいうやつも、動きがとれめえ」

その男は、ニエの海に面した小さな村の長《おさ》だった。クナ兵に何度か村を焼かれ、家族を殺されている。

「よし、岬《みさき》には俺《おれ》らの村の者が立とう。せいぜい派手に動いて、敵を誘《おび》き寄《よ》せてやるだ」

「では、早く食事を終わらせて、岸に柵《さく》や堀《ほり》を作ろう」

サナメが仮屋を走り出た。

気の小さな彭は、船の中で再び後悔《こうかい》し始めた。

（自分は、偵察《うかみ》とか木簡に話を書き残すのが好きなだけの、ただの臆病者《おくびょうもの》だのに）

板戸の向こうからは、櫓《ろ》のきしむ音、生口《せいこう》たちの、おーおーというかけ声が絶えず聞こえてくる。それがますます、彭の胸を圧迫《あっぱく》した。

(商売のネタになるかもしれないと欲をかいて、オトウトカシ王の言葉に乗った私が愚《おろ》かだった。カソメよ、コメよ、トコメよ)

彭は、公達のもとに置いてきた若い倭人の嫁《よめ》たちの名を、心の中で呼んだ。

(もう、二度とお前たちを悪し様《あざま》には言わんぞ。生きて帰れたら、もっと大事にしてやるぞ)

「本当ですね」

その時、狭《せま》い船室の中に声が響《ひび》いた。

「え?」

彭はあたりを見まわした。

「本当にそう思うなら……」

女性の声だった。彭はますますうろたえた。

「……生きて帰って嫁たちを可愛《かわ》いがりたいのなら……」

女の声は、船室の天井《てんじょう》あたりから聞こえてくる。

「……己《おの》れのやるべきことを、恐《おそ》れずにおやりなさい。神は勇気を持つ者を救うのです」

それは卑弥呼の声だったが、彭は直接女王と口をきく身分ではないため、わからない。

(これは倭人の言う『船魂《ふなだま》』だ)

彼《かれ》は思った。船に女性の霊《れい》が憑《つ》く信仰《しんこう》は、倭国《わこく》ばかりか、漢土にもある。

（舫《ほう》の底板は聖樹で出来ているというからな。船魂だっているだろうさ）

彭は床《ゆか》に膝《ひざ》をつくと、両手を頭上に広げて、深々と漢土式の礼をした。

「へへい、定められた運命を受け入れます。生口たちと交《か》わした約束を、勇気をもって果たします」

「では、私の合図を待ちなさい」

女の声は、そこでふっつりと絶えた。

彭は、しばし茫然《ぼうぜん》と床に腰《こし》を落ち着けていたが、はっと我に返ると急いで船室を飛び出していった。


遠くナカツクニの宮殿《きゅうでん》で、卑弥呼は、ほうっとため息をついた。祭壇《さいだん》の榊《さかき》の下に、水を張った土器《かわらけ》が置かれている。

「あの漢人、まったく骨のおれること」

土器の水を、泔坏《ゆするつき》（口をすすいだ残り水を捨てる器《うつわ》）に空《あ》けた。それは「ミズカガチ」の術が終わった印だった。

夏至明《げしあ》けの体調がすぐれぬ時に、この術を用いるのは、卑弥呼としても億劫《おっくう》（面倒《めんどう》）だった。

「重大な戦《いくさ》の祈禱《きとう》があるというのに、こんなことで無駄《むだ》に力を傾《かたむ》けてしまった」

卑弥呼は、白木の床《ゆか》にごろりと寝転《ねころ》がった。いずれ巫女頭《みこがしら》のイキメが来て、自分を寝《しん》所《じょ》に運んでいってくれるだろう。

ナカツクニの女王陛下《へいか》は、そのまま、すうすうと軽い寝息《ねいき》をたて始めた。

巨船《きょせん》の反乱

サナメは、岬《みさき》の外れにいくつもの堀《ほり》を掘《ほ》った。地面は砂地で柔《やわ》らかく、人手もあるため、朝から始めた作業は、午後早くに終わった。

「大弓《おおゆみ》は草木をかぶせて隠《かく》せ。長弓《ちょうきゅう》の者たちは、自分らが身を隠《かく》す穴の深さを確かめておけ」

サナメは、きびきびと命令を下す。午後もかなり遅《おそ》くなって、ワカヒコが長《おさ》たちとともにやって来た。

「すごい出来具合だね」

「穴の掘り手が、百人以上もいるんだから。楽なものよ。それより、そちらの陣地《じんち》は」

「何とか出来上がった。言われたとおり、三重に掘ったよ」

「あとで、出来具合を見にいくわ」

サナメは堀《ほり》の中に引き込《こ》んだ大弓の木台を、愛《いと》しそうに撫《な》でた。それから波の打ち寄せる岬《みさき》の一番先端《せんたん》まで走った。ワカヒコはその後を追った。

「この、目の前の海が戦場《いくさば》になる」

はあっ、と息を吐《は》いてサナメは言った。

「昔、倭国《わこく》に毛人《もうじん》しか住んでいなかったころ、南から来た海族の神ワタツミが、この海におぼ鉤《ち》（肉を破る釣り針）を投げて、一匹の鮫《さめ》を釣りあげたの。鮫は命ごいをして、塩満《しおみつ》玉《たま》、塩乾玉《しおふるたま》、ふたつの玉《ぎょく》をワタツミに差しだしたのよ」

「ワタツミの神は、以来、潮《しお》の満ち引きを自在に出来るような力を持った……」

ワカヒコも、父ススヒコにその話を聞いて育った。

「でも、その話に続きがあるのを知ってる?」

サナメは、片頬《かたほほ》を曲げて笑った。

「ワタツミの神は、ある時、そのふたつの玉が入った箱を、この海に落としてしまったの。以来、ここは海霧《うみぎり》のよく出る場所になった。海の底で、塩満玉と塩乾玉、陰陽《いんよう》ふたつの玉が争っているから、と海族の古老は言うわ」

「海霧か」

このあたりの霧は名物だ。季節の変わり目に多く発生する霧は、水面や地面の熱気と、冷えた大気の結びつきによって起きる。

「明日の未明に、その名物の霧《きり》が出るだろうね」

ワカヒコは、小手《こて》をかざして水平線を見つめた。左の端《はし》、東から突《つ》き出したハマの鼻(御座岬《ござみさき》)のあたりが黒雲に覆《おお》われている。今晩《こんばん》、ひと雨くるだろう。そして、明け方には、大気が冷える。

(アジは、どうしているかな)

クシロ村の狼煙台《のろしだい》で、今も獣雲《けものぐも》の大きさを測りながら暮らしているのだろうか。

「猪《いのしし》みたいな形の雲がこっちに来ると、大雨になるだに」

アジの口真似《くちまね》をしてみた。横で聞いていたサナメが、

「なに、ワカヒコ。まるでクシロ村の子供みたいな訛《なま》りで」

「おかしいかに?」

「うん、おかしいだに」

二人は声をあげて笑った。

はたしてその晩、どっと雨が降った。それは浜辺《はまべ》の仮屋で、いくつかの屋根が抜《ぬ》けるような激しい雨足だった。

日が上る前、唐突《とうとつ》にその雨が止《や》んだ。大気が急速に冷え込《こ》み、予想どおり霧があたりを押《お》し包み始めた。

体力を蓄《たくわ》えるために、多くの人々が濡《ぬ》れた砂丘《さきゅう》で仮眠《かみん》をとった。

その眠《ねむ》りの刻《とき》も、ほんのわずかのことだった。海鳴りとも人声ともつかぬ音が、砂嘴《さし》（海に細長く突《つ》き出た砂地）の彼方《かなた》から聞こえてきた。

人々は、その不気味な音に目をさまし、身仕度《みじたく》を整えた。

ワカヒコが腰《こし》に短剣《たんけん》を吊《つ》って表に出ると、サナメとアカマユが波打ち際《ぎわ》で聞き耳を立てている。

「聞こえるか」

とアカマユが問うと、サナメが、

「東から聞こえる」

サナメが、耳の後ろに掌《てのひら》をあてて答えた。

（こんな光景、以前にも見たな）

クキノサキで巨船《きょせん》に襲《おそ》われる直前、こんなやりとりを聞いていた覚えがある。ワカヒコの胸の内に、その時の恐怖《きょうふ》がよみがえってきた。

「船団だね」

「そうよ」

あの時、サナメは一隻《せき》の大きな船だ、と答えた。ところが今朝は、答えが違《ちが》った。

「櫓《ろ》のきしむ音。太鼓《たいこ》を打つ音。男たちが、えい、えいとかけあう声が、砂嘴の向こういっぱいにひろがってる。間違《まちが》いないわ」

百隻近い船の群れが、霧《きり》の向こうにいる、と彼女《かのじょ》は言った。

「久しぶりだな。こんだけの櫓《ろ》の音を聞くのは。数年前、ナカツクニの軍船《いくさぶね》がキビ国を攻《せ》めた時以来だ」

アカマユは、小声でこうつけ足した。

「戦いの音だな。しかし、こう霧が濃《こ》くってはなぁ」

ワカヒコは、今こそ自分が的確《てきかく》な命令を出さねばならない、と思った。

「皆《みな》を穴に籠《こ》もらせよう。そして、呪《まじな》いの声をあげよう」

敵船団を、この岬《みさき》と砂嘴《さし》の間へ誘《おび》き寄せねばならない。

「我々がここにいることを、敵に教える。霧に向かって皆で叫《さけ》ぶんだ」

「砂浜《すなはま》に火も焚《た》きましょう」

サナメは配下の子供たちに命じて、仮屋の屋根に火をつけさせた。しかし、雨水を吸《す》った草葺《くさぶ》き屋根は、容易に発火しない。

「おおー、おおー」

浜辺に隠《かく》れた男たちは、喉《のど》も破れよとばかりに、大声で呪いの声をあげた。それは背後の切り立った崖《がけ》にこだまして、何倍もの騒音《そうおん》に変わった。

だが、敵の打ち出す太鼓《たいこ》の音は、調子を変えない。

「どうしたんだろう」

「こっちに来る気配がないぞ」

人々は沖《おき》に耳を傾《かたむ》け、そして叫《さけ》び続けた。

「俺《おれ》たちを無視して、行きやがる」

アカマユが、ぺっと唾《つば》を吐《は》いた。

「陸の小物《こもの》なんか気にもかけねえ。目標は、ナカツクニの船団のみ、というわけか」

「どうしましょう。計画が、作戦がだめになってしまう」

サナメが、拳《こぶし》を握《にぎ》りしめた。すると、アカマユが、彼女《かのじょ》の手にした長弓《ちょうきゅう》と矢の束を奪《うば》い取った。

「あの時、俺様から盗《と》った弓矢の代わりだ」

つながった眉《まゆ》の端《はし》を少し下げて、言った。

「ワカヒコ、小船を貸してくれ。奴《やつ》らを挑発《ちょうはつ》してくれべい」

「一人で船団を誘《おび》き寄せるつもりなの?」

「一人じゃ、船漕《こ》いで弓射《う》つなんて芸当は無理だ。腕《うで》っこきの漕ぎ手が欲《ほ》しいな。それと、布きれと、油も少し」

「急いで用意させよう」

ワカヒコは、アカマユの要求するがままに、品物をそろえてやった。

その間も、沖の船音と太鼓《たいこ》の音《ね》は絶えることがない。アカマユは、大急ぎで船を押《お》し出した。

「うまくいくと良いが」

「うまくいっても、この霧《きり》では、大弓の目標も定まらないわ」

サナメが口を尖《とが》らせる。

「霧《きり》の中に影《かげ》が見えたら、かまわず射《う》つしかないだろう。幸い、俺《おれ》たちは海水面の高さと岩場の位置を知っている。敵も、手さぐりで矢を放ってくるだろうけど、こちらがわずかに有利だ。俺たち、動かない地面に足をつけているんだからね」

ワカヒコが言い終えるのを待っていたかのように、霧の中で赤い火の筋が立った。

櫓《ろ》を漕《こ》ぐ音が一斉《いっせい》に止まった。それからも一筋、二筋と火矢が飛ぶところが見えた。かけ声の代わりに、罵声《ばせい》が聞こえ、太鼓《たいこ》の乱打される音が聞こえてきた。

が、それも急に止《や》んだ。海上には、しばしの静けさ。すると、見張りの一人が弓に矢を番《つが》えた。

「霧の中から何か来る」

「待て、放つな」

ワカヒコは止めた。

「アカマユが戻《もど》ってくる」

浜《はま》に船が戻ってきたが、あちこちに矢が刺《さ》さっていた。船を漕いでいるのはアカマユだった。

「漕《こ》ぎ手は射殺《いころ》された。しかし、こっちも大きい船に幾筋《いくすじ》か火矢を放ってやった。奴《やつ》ら、霧《きり》の中で同士討《どうしう》ちをおっ始《ぱじ》めてる」

「相当に腹を立てているだろうね」

ワカヒコは、アカマユの腕《うで》に刺《さ》さった弱矢《よわや》を引き抜《ぬ》くと、海水を手ですくって傷口に注いだ。

それから大声で、あたりに叫《さけ》んだ。

「敵が来るぞ。用意しろ」

味方の太鼓《たいこ》が打ち鳴らされた。男たちは四方に散り、サナメは大弓の隠《かく》し場所に向かった。

ヒミココ王は、第二の舫《ほう》の船室で、ルキウスと語り合っていた。

いや、会話という形ではない。ルキウスときたら、ひたすら無言で酒杯《しゅはい》を傾《かたむ》け、ヒミココが己《おの》れの作った戦略《せんりゃく》を一方的に語り続けていた。

と、櫓《ろ》の止まる気配に、ヒミココは気づいた。

「なぜ船を止める。舳先《へさき》を西に向けよ」

「王よ、外を御覧《ごらん》ください」

配下の者が、舫の窓にかかった板戸を開けた。白い霧の中に点々と赤いものが見える。

「敵です。岸辺から奇襲《きしゅう》されました」

「このあたりに集《つど》う叛徒《はんと》どもだな」

ヒミココは、存外に冷静だ。

「無視しろ。我らの真の敵は、ナカツクニ軍だ。岸に近づくな、と、皆《みな》に合図せよ」

「ですが、船に放火されたアツ族の一部は、言うことを聞きません。一部の者は、すでに浜《はま》に漕《こ》ぎ寄せていきます」

「もう、良い」

ヒミココは船室から甲板《かんぱん》に駆《か》けあがった。そこにいた兵士や生口たちは、皆押《みなお》し黙《だま》ったまま、燃えあがる味方の船を眺《なが》めていた。

「沈《しず》んだ船の者どもを、急ぎ助けねばなりません」

兵士の長《おさ》が、彼《かれ》にささやいた。

「見捨てて行けば、士気も下がります」

士気にかかわる、と聞いては冷酷《れいこく》なヒミココも聞き捨てにはできない。

「海に落ちた者どもを救え。船火事は、まわりの船が消すのだ」

ヒミココは、新たな怒《いか》りが、身の内に沸《わ》きあがるのを感じた。

「この醜態《しゅうたい》を招いた者を屠《ほふ》るのだ。戦鼓《せんこ》を打て」

しまった、とヒミココは命じた直後に臍《ほぞ》をかんだ、が遅《おそ》い。彼《かれ》が綿密《めんみつ》に立てた作戦に重大な手違《てちが》いが生じたのだ。しかし、もはや、成り行きにまかせるよりなかった。

「上陸して曲者《くせもの》どもの首をすべて切り落とせ。ナカツクニ水軍を討滅《とうめつ》する前祝いの贄《にえ》とせよ」

ヒミココは言った。

岬《みさき》の先端陣地《せんたんじんち》では、枯《か》れ草の覆《おお》いが外されて、サナメ自慢《じまん》の大弓が姿を現した。

木組みの上に馬乗りになった彼女《かのじょ》は、操作する者たちに射台の向きを調整させた。目標は霧《きり》の中に黒々と浮《う》かぶ、中型の軍船だ。方向転換《てんかん》を終えたサナメは、弓の弦《つる》を引くよう命じた。ワカヒコが開発した木鉤《きかぎ》がかけられると、弦を引く紐《ひも》がピンと張られた。

「大弓の餌食《えじき》が来るぞ」

木の溝《みぞ》に小槍《こやり》が置かれた。サナメが手にした手斧《ておの》を振《ふ》り下ろした。

青銅の斧が紐を切断し、木鉤が後方に飛んだ。弦の張力が復元し、人の頬《ほお》を平手で打つような音がした。

槍《やり》が勢いつけて発射され、霧の中で鈍《にぶ》い音がした。

うああ、という悲鳴が聞こえてきた。

「当たったようだ。間を置かずに放て」

槍が再び溝に入れられ、射出された。またしても、敵の悲鳴だ。

四の槍まで放ったあたりで、サナメは射出しを中止させた。敵の動きが止まったのだ。

しかし悲鳴と怒号《どごう》は、絶え間なく聞こえてくる。

「クナ人め、良い声で泣いているな」

サナメは、前方を注視《ちゅうし》した。霧《きり》は依然《いぜん》としてその濃《こ》さを保っている。

「汀《みぎわ》（なぎさ）に槍《やり》投げの達人がいるようだ」

「しかも、この霧の中で正確に当ててくる。化け物みてえな目をしてるだぞ」

船体に大穴を開けられたクナの海族どもは、船長《ふなおさ》の袖《そで》を引いた。

「長《おさ》よ、ここはいったん引こう」

「馬鹿野郎《ばかやろう》、それでもお前らは、アツ族の大人《おとな》か」

長は、なおも船を進めようと漕《こ》ぎ手を振《ふ》り返った。胴《どう》の間《ま》（船の中央部）は目を覆《おお》いたくなるような惨状《さんじょう》だ。

「底にヒビが入って、海水が噴《ふ》き出してきます。この船はもうだめだ」

部下が泣き声をあげた。

（これが……ハミ村から逃《に》げ帰った者たちが語る、大弓の威力《いりょく》というやつだな）

船長は、岸辺へ不用意に近づいた己《おの》れの不覚《ふかく》さを呪《のろ》った。

「生き残った者は、海に飛び込《こ》め。他の船に救ってもらえ」

幸いなことに、クナ軍は大船団だ。まわりには、助け船がひしめき合っている。

ワカヒコは、砂丘《さきゅう》に掘《ほ》られた大穴の中にいた。耳の良い者に沖《おき》の気配を探《さぐ》らせると、

「どうも敵は岬《みさき》を離《はな》れて、こちらに向かってくるようですだ」

伝令役が報告する。サナメが射《う》ち出す「槍《やり》」の恐《おそ》ろしさに、敵は正面からの攻撃《こうげき》をあきらめたようだ。側面の浜から上陸し、背後から岬を押《お》さえようと、こちらにやってくる……。

「目論見《もくろみ》が当たったたな」

矢疵《やきず》の手当てを受けながら、アカマユがうれしそうに言った。

「日が高く昇《のぼ》れば、霧《きり》は消える。それまで、少しでも多くの敵を打ち沈《しず》めないと、な」

「浜辺《はまべ》の人々は、うまく身を隠《かく》しているかな」

ワカヒコが背《せ》のびして、波打ち際《ぎわ》を窺《うかが》うが、そこも白く霞《かす》んで、はっきりと見えない。

「大丈夫《だいじょうぶ》だ。さっき、気のきく奴《やつ》を見まわりに出した。少しでも穴から頭を出す奴は、容赦《ようしゃ》なく、ぶったたくよう命じておいた」

「乱暴だね」

「命がかかってるからな」

沖合《おきあい》から太鼓《たいこ》の音《ね》が近づいてきた。

ワカヒコは、傍《かたわ》らの空き地を見返した。そこに味方の太鼓打ちが、彼《かれ》の合図を待っている。

太鼓の音に交ざって、櫓《ろ》を漕《こ》ぐキーキーという音、楯《たて》を打ち合わせる音も聞こえてくる。

そのうち、ザザッという砂をこする音があちこちで響《ひび》いた。船が岸辺に乗りあげた音だ。

「皆《みな》に合図を」

味方の太鼓《たいこ》打ちが、大きくうなずいた。

汀《みぎわ》へ最初に乗りあげたのは、船底と波切り板の先端《せんたん》が大きく割れた、不気味な形の中型船だ。

顔に赤色の戦闘化粧《かおかざり》を塗《ぬ》りたくったアツ族の若い長《おさ》が、矛《ほこ》を構えて浜《はま》に飛び降りた。

部下たちも次々に波打ち際《ぎわ》へ降り立ち、楯《たて》を並べた。

(気味の悪い太鼓が聞こえてくる)

彼《かれ》は磯《いそ》の奥《おく》に注意を注いだ。しかし、動くものの姿はなく、五十歩《ぶ》ほど先で、建物らしいものが燃えている気配があるばかりだ。

「偵察《うかみ》の報告では、この浜いっぱいに山夷《さんい》が槍《やり》を立てているという話だが、野郎《やろう》ども、逃《に》げやがったな」

一番乗りしてみればこの様《ざま》だ。無駄足《むだあし》だったか、と舌打ちして若い長は浜を歩きだした。

しかし、数歩行ったところで、足首に衝撃《しょうげき》がきた。彼《かれ》と並んで歩く部下たちも、次々に引っくり返った。

「な、何だぁ」

砂に埋《う》められた縄《なわ》が、彼《かれ》らの足をすくったのだ。ぴんと張られた一方の端《はし》は、近くの穴に続いている。そこから貫頭衣《かんとうい》をまとった小男が走り出た。

「一人いたぞ。そいつを捕《つか》まえろ」

だが、またしても縄が引かれ、追跡《ついせき》しようとした部下たちが再び転倒《てんとう》した。

「足元に注意しろ」

遠くで打たれる太鼓《たいこ》の音《ね》が早急なものに変わった。

若い長《おさ》は、悪い予感がして矛《ほこ》を掲《かか》げた。

「船に戻《もど》れ。皆《みな》、船に……」

が、その命令は最後の部分が途切《とぎ》れた。

ザザッという音がした。

頭上から無数の矢が降り注ぐ。上陸した者どもは楯《たて》を掲げる暇《ひま》もない。

矢は波打ち際《ぎわ》に舫《もや》われた船をハリネズミのようにした。驚《おどろ》くべき数の矢だった。

高台で打たれていた太鼓の音が止んだ。

霧《きり》の中から走り出た人々が、死にきれずにうめき声をあげるクナ兵たちに駆《か》け寄り、息の根を止めた。

「敵の兵器《つわもの》を奪《うば》え。矢は残らず拾うだぞ」

低く命じる声が聞こえた。この時代、矢は大変な貴重品なのだ。

分捕《ぶんど》り品を回収し終えた人々は、再び浜辺《はまべ》の穴に潜《もぐ》り込《こ》んだ。

沖合《おきあい》に止まって様子を窺《うかが》うクナの本隊は、先遣《せんけん》隊からの合図を、今か今かと待ち続けた。

しかし、上陸成功を伝える者もなく、敵が打つ太鼓《たいこ》の音《ね》も、いつの間にか絶えた。

上陸した先遣隊に異変が起きたのは、確かだった。

先遣隊の連絡役《つなぎ》として、汀《みぎわ》より二百歩《ぶ》ばかり沖に停《と》まっていた小船が、ヒミココ王の乗船する「タマテ」に漕《こ》ぎ寄せ、報告する。

「上陸した者どもは、恐《おそ》らく……」

彼《かれ》らは、陸から流れてきた敵の矢を王に捧《ささ》げた。骨鏃《こつぞく》をつけた太い矢だった。

「奴《やつ》らをあなどっていたか」

船内の王座で酒を傾《かたむ》けていたヒミココは、苦笑いすると、

「では、少し我らも気を入れていこう」

漕《こ》ぎ手の指揮官を呼んだ。

「本船を入り江《え》に入れよ」

「その儀《ぎ》ばかりは」

アツ族の指揮官は、首を横に振《ふ》った。

「入り江の口は、あまりにも狭《せま》く、一度入ると抜《ぬ》け出すに苦労いたします」

「かまわぬ、押《お》し入れよ」

ヒミココは酒杯《しゅはい》を手にしたまま命じた。

「大岩を放って、賊徒《ぞくと》どもの度胆《どぎも》を抜《ぬ》いてやるのだ」

指揮官はしばらく考えて、

「では、本船を自力で押《お》し進めるのは止《や》めましょう。櫓《ろ》での航行は、小まわりがききませ
ん」

「汝《なれ》の良きように進めよ」

ヒミココの許可を得た指揮官は、伝令を呼んだ。

「舫《ほう》を小船に牽《ひ》かせるぞ」

「タマテ」のまわりに集まってきた小船の群れへ、幾筋《いくすじ》もの麻綱《あさづな》が投げ渡《わた》された。二十隻《せき》近くの船が、巨船《きょせん》の舳先《へさき》に並んだ。法螺貝《かい》の音《ね》に合わせて、それらが砂嘴《さし》に向かって動き出す。

戦鼓《せんこ》に代わる法螺貝の音に気づいたアノが、ワカヒコのいる砂丘《さきゅう》の指揮所に駆《か》けあがってきた。

「霧《きり》の中に、島のようなもんが動いています。とにかくでっかい奴《やつ》です」

「距離《きょり》は」

「よくわかりませんが、沖合《おきあい》四百歩《ぶ》ほどでしょうか。ゆっくりこちらに近づいてきます」

ワカヒコは、ちっと舌打ちした。日ごろは上品な彼《かれ》の、そんな動きを初めて目にしたア

ノは、びっくりする。

「奴《やつ》ら、石を投げてくる」

ワカヒコは、砂地に描《か》かれた配置図を指差した。

「一番波打ち際《ぎわ》に近いところにいる味方を、少し奥《おく》に下げよう」

「連中、先ほど奪《うば》った品の山分けに忙《いそが》しいようです」

「荷物になるものは全部捨てて、第二陣《じん》の穴まで下がらせるんだ」

石に当たってからでは遅《おそ》い、と彼《かれ》は怒鳴《どな》った。

その間も、ヒミココ王の乗る「タマテ」はゆっくりと岸に近づき始めた。

舫《ほう》を牽《ひ》く小船の中央にある先導船から、絶えず重りのついた縄《なわ》が投げられていく。

「五尋《ひろ》、三尋半……五尋と二十」

目盛りのついた縄で、深度を計っては後の船に伝えていく。現在の一尋は約一・八メートルだが、この時代の漢尺度《かんしゃくど》でもさして変わりはない。先導役は、王の乗船が底を擦《す》らないよう細心の注意をはらっていた。

やがて法螺貝《かい》の音《ね》が変わった。小船も舫も停止した。それ以上は進めぬ深さに達したのだ。

「兵器《つわもの》を操作する者は、甲板《かんぱん》に出よ」

かたぺるてすの覆《おお》いが外され、射《う》ち出しの棒《ぼう》が立てられた。

「最初はひとつ弾《たま》だ。小手調《こてしら》べだぞう」

垢《あか》だらけの生口《せいこう》が、ふたりがかりで岩を運んできた。弾《はじ》き台にそれを乗せると、別の生口たちが引き縄《なわ》に飛びついた。戦鼓《せんこ》が鳴り始めた。

「いくぞ。ひい、ふう、み」

生口たちは縄を引いて甲板《かんぱん》の上を走り出す。棒《ぼう》がしなり、岩は白い霧《きり》の中に投げ出された。

太鼓が止《や》んだ。人々が耳を澄《す》ましていると、波打ち際《ぎわ》から大きな水音が聞こえた。

「まだ距離《きょり》が浅い」

引き縄の数と、引き手の生口が増やされた。

「次は百歩奥《ぶおく》を狙《ねら》うぞ」

再び戦鼓が打ち鳴らされ、岩が宙に飛んだ。

ズシン、と下腹《したばら》に響《ひび》くような震動《しんどう》が地面から伝わってくる。

穴に籠《こ》もっていた男たちが数人、驚《おどろ》いて逃《に》げ出した。

「アノ、皆《みな》を静めてきて。アベイは、サナメを呼んできて」

ワカヒコは、矢継《やつ》ぎ早《ばや》に命令を出す。

「敵は霧のおかげで、こちらの動きが読めずにいる。下手に騒《さわ》げば、正確に射《う》ち込《こ》まれる」

「わかりました。伝えますだ」

アノは水際《みずぎわ》を掃射《そうしゃ》する長弓《ちょうきゅう》の者を残し、槍《やり》や矛《ほこ》の者を後ろに退《ひ》かせた。その間も、岩は休むことなく降り続けた。

「ただの威《おど》しだ。穴から出るな。向こうは、当てずっぽうに投げてくるだけだ」

ワカヒコは、穴をまわる伝令にそう伝えさせた。

日があがり、霧《きり》が乳白色《にゅうはく》から淡《あわ》い灰色に変わり始めた。

「霧がはれたら、敵の本隊があがってくる。その代わり、投石は止《や》むだろう」

上陸する味方に石が当たってしまうからだ。

「後方に下げた隊を、もう一度波打ち際《ぎわ》に戻《もど》せば良《え》えずら」

アカマユが、疵《きず》の痛みに顔をしかめながら言う。

「サナメの大弓隊も、こっちに呼び戻そう」

「それはだめだ」

ワカヒコは強い口調で言った。

「彼女《かのじょ》は最後の切り札なんだ。まだ岬《みさき》の方に隠《かく》れていてもらわないと」

霧が徐々《じょじょ》に薄《うす》れ、浜辺《はまべ》の白砂と海が姿を見せ始めた。砂丘《さきゅう》の指揮所にいる人々は、入り江《え》を見下ろして愕然《がくぜん》とした。南側の砂嘴《さし》と東の岬《みさき》が囲む、さして広くもない入り江一面に敵の小船が密集していた。

「敵の舫《ほう》とかいう化け物船もいるぞ!」

それまで一度も舫を見たことのないアノが、喉《のど》にひりつくような声をあげた。

「たくさんの船に牽《ひ》かれて、こっちに来る」

砂嘴《さし》の前にある水路ぎりぎりの場所まで、舫《ほう》は侵入《しんにゅう》していた。

その船上で、法螺貝《かいふ》が吹き鳴らされた。無数の小船から、矛《ほこ》を構えた男たちが降りてくる。

「敵が足を濡《ぬ》らしているうちに、つぶすんだ。上陸されて隊伍《たいご》を整えられたら、俺《おれ》たちに勝ち目はない」

ワカヒコは、指揮所にあった長弓《ちょうきゅう》と、矢の束を手にした。

「あっ、勇者さま、どこへ」

走り出るワカヒコにアノが驚《おどろ》いて尋《たず》ねる。

「弓兵に目標を、正確に教える。射《う》ち方《かた》用意の戦鼓《せんこ》を打って」

アカマユが、傍《そば》に置かれた粗末《そまつ》な流木の太鼓を引き寄せた。痛みをこらえて枹《ばち》を取り、三度打ちを始めた。

ワカヒコは、砂丘《さきゅう》の一番高い場所にのぼった。足元を見ると、長弓を担当する者どもが、穴の中で弓を構えている。

（サナメの訓練どおりに動いているな）

ワカヒコは、弓に竹笛をつけた弱矢《よわや》を番《つが》えた。

大きな射角を作って、ひょうと放つ。

矢は大きくカーブを描《えが》いて、上陸しようとする敵兵の中央に落ちた。

クナ兵の一人が足元に落ちたそれを拾いあげ、後の者にかざして見せた。

「なんでえ、これは。子供だましずらぁ」

拍子抜《ひょうしぬ》けした兵士たちは、どっと笑った。

が、直後、彼は後悔《こうかい》することになった。

一瞬《いっしゅん》日がかげり、黒い針のかたまりが降ってきた。それに気づいた敵兵の一人が、

「楯《たて》を……」

掲《かか》げろ、と言う間もなかった。

ワカヒコの弱矢を目標に降る矢の雨は、ザクザクと敵の身体《からだ》を貫《つらぬ》いていく。彼《かれ》らは味方の先遣《せんけん》隊と同じように、波打ち際《ぎわ》を出る間もなく、足止めされた。

「亀《かめ》の形だ。亀になれ」

楯を持つ兵士が寄せ集まって、頭上と前面を押《お》し隠《かく》した。生き残った兵士は、その「甲《こう》羅《ら》」の中に駆《か》け入って、やっとひと心地ついた。

この様子を見ていた物見の小船が、「タマテ」に状況《じょうきょう》を報告する。

「第一派は、波打ち際を動けません。ただちに、引けの合図を」

ヒミココは、押《お》しだまっている。それが、彼の怒《いか》りを表していることを物見は知っていた。

「クナの兵に後退はないのだ。前進だけが、己《おの》れの命を救う手だてと知れ」

ヒミココは、そこでやっと酒杯《しゅはい》を置いた。

「吾《あ》が、直接せねばなるまい」

手をたたいて雑用係を呼び、漢鎧《からよろい》を用意させた。

「着せよ」

係の者が取りついて、銅札《どうざね》を綴《つづ》った異国の甲冑《かっちゅう》を王に着せかける。

（ここで手間取るとは）

ナカツクニ軍との決戦を前に、吾は何ということを始めてしまったのか、と彼《かれ》はまたしても後悔《こうかい》した。しかし、今はその言葉を死んでも口にすべきではなかった。

「きうす翁《おう》はいずれにある。きうすを、きうすを呼べ」

今や相談役として言葉を交《か》わせるのは、あの異国人のみだ。

（このような時にウミタカがおれば）

彼は忠臣を召《め》し放った己《おの》れの愚《おろ》かさを、今さらながらに呪《のろ》った。


ナカツクニの水軍は、泊《と》まりを重ねてミノハマに到着《とうちゃく》し、持参した最後の搗《つ》き米《ごめ》を炊手《かしぎ》（料理人）に炊《た》かせた。武具を手入れし、船の舳先《へさき》に立てる榊《さかき》の目印も新しいものに替《か》えた。

東に放っていた偵察船《うかみぶね》が次々に戻《もど》り、オトウトカシに報告する。

「東の方《かた》、これより半日の岬《みさき》近くで、戦《いくさ》が始まった模様《もよう》」

報告者は、諸手船《もろたぶね》の漕《こ》ぎ手だった。ナカツクニ軍の、危うさのない動きは、こうした快足船を絶えず四方に放って、情報を集める点にある。

「クカシヒコよ、あるか」

思慮深《しりょぶか》い弟王は、信頼《しんらい》する側近を呼んだ。

「クナ王は己《おの》が力を過信した。ワカヒコたちは、敵を手だまにとっているらしい」

クカシヒコは、台の上に鹿革《しかがわ》の沿岸地図を広げた。

「クナ王が入り江《え》へ注意を向けている間に、我らはその背後にまわり込《こ》みます」

「その後は」

「巨船《きょせん》に乗り移り、斬《き》り合いで船を捕《と》ります」

「それは無理だろう。奴《やつ》らには石投げ機がある」

近づく船を数百歩《ぶ》の距離《きょり》で打ち沈《しず》める、という恐《おそ》るべき兵器が舫《ほう》には備わっている。

「しかも、その巨船は二隻《せき》もあるというぞ」

オトウトカシは、指揮官の印である金の髪飾《かみかざ》りを少し傾《かたむ》けた。

「公達師のもとへ行く」

「はっ」

クカシヒコは、五尺鉄製太刀《くろがねごしゃくのたち》と呼ばれる指揮刀を捧《ささ》げて弟王の後に従った。

ミノハマの浜辺《はまべ》に麻布《あさぬの》の日避《ひよ》けが立てられている。軍師の公達は、籐編《とうあ》みの仮寝台《しんだい》で横になっていたが、二人が近づくと目を覚ました。

チュミの津《つ》を出発した時よりも、老人は衰弱《すいじゃく》が甚《はなは》だしかった。しかし、気丈《きじょう》にも半身を起こして、

「王よ。我《わ》が弟子《でし》たちは、鬼神《きじん》のごとき働きを見せておりますぞ」

「わかりますか」

「はい、東の空に蛟竜《こうりゅう》の雲が伸《の》びて行きます。戦いは今やたけなわ……」

オトウトカシは、公達の指差す空の一方を仰《あお》ぎ見た。たしかに東の空に黒い筋雲がかかっていた。

「戦掛《いくさが》かりはいかがいたしましょう」

「あの手しかありますまい」

公達は、肉の落ちて骨ばった指で、宙に火という文字を書いた。

「柴船《しばふね》は、用意しております」

「火船《かせん》さえあれば、図体《ずうたい》ばかり大きな舫《ほう》は、ひとたまりもない」

ただし、と老軍師は、そこでひどく咳《せ》き込《こ》んだ。

「……ただ、この策《さく》には風向きを読む力が無《の》うては成り立ちません。さすれば、この私が風向きを変える呪詛《じゅそ》を行いましょう」

オトウトカシとしては、ここで公達の体調を心配する余裕《よゆう》もない。

「師を、我が船にお移し申しあげよ」

と彼《かれ》はクカシヒコに命じた。

汀《みぎわ》の戦いは佳境《かきょう》に入りつつあった。

霧《きり》は完全に吹《ふ》き払《はら》われ、ワカヒコたちの陣地《じんち》も海から丸見えになった。

「みんな持ち場を捨てて、第三の防《ふせ》ぎ場《ば》に下がれ」

ワカヒコの命令で、男たちは、後も見ずに砂丘《さきゅう》を駆《か》けあがった。

「柵《さく》を立てろィ」

アカマユが胴間声《どうまごえ》を張りあげた。砂地へ掘《ほ》った穴に、あらかじめ組んであった材木を立てていく。浜辺《はまべ》にはたちまち迷路のようなジグザグの柵道《さくどう》が出来上がった。

「味方の被害《ひがい》は」

「わからねえが、浜辺の方に生きている奴《やつ》はいねえ」

ワカヒコの問いに、アカマユは敵の上陸地点を顎先《あごさき》で指した。

歩きまわっているのはクナ兵ばかりだった。派手な紋様《もんよう》の長楯《ながだて》が水際《みずぎわ》に並び、その内側では、死にきれずにいる味方の身体《からだ》へ跨《また》がって銅剣《どうけん》を振《ふ》りまわす男たちがいる。次々に首が獲《と》られ、小船に積み重ねられていた。

「あ奴《やつ》らアツ族は、首が狩《か》りたいために戦いをするんだ。まあ、俺《おれ》たちの、仲間の海族も同じだがな」

「味方に当たる心配がないなら、もっと矢を降らせれば良い」

「ワカヒコ様とも思えねえ軽率な言葉だぞ。全部射《う》ち尽《つ》くしたらそれこそ、あ奴《やつ》らを止める手だてがなくなっちまう」

アカマユはワカヒコの肩《かた》をたたいた。

「勇者さまよ、これは竹槍《たけやり》と矛《ほこ》隊の出番と見たぜ」

おどけた調子で言った。そうやって口調を変えなければ、彼《かれ》も目前の首狩《くびか》りに耐《た》えられなかったのだろう。

クナ兵はついに自分たちの楯列《たてれつ》を蹴《け》り倒《たお》して前進を始めた。法螺貝《ほらがい》に代わってアツ族特有の、トゲ貝を吹き鳴らす軽い音が聞こえてきた。

「山夷《さんい》の柵《さく》など引き倒せ」

アツ族の突撃兵《とつげきへい》は、木鉤《きかぎ》のついた投げ縄《なわ》を柵に向かって投げつける。引き倒そうとするところを、近くに潜《ひそ》んでいた竹槍隊が突《つ》きにかかった。

俄然《がぜん》、柵をはさんでの槍合戦が始まった。こうなると、柄《え》の長い陸側の人々が有利だ。柵を引き倒そうとした敵は、たまらず投げ縄を捨てて後退する。

「勝ったぞ」

アカマユは、立ち上がって手を打った。

「違《ちが》う」

ワカヒコは、手を伸《の》ばして彼《かれ》の腰紐《こしひも》を引いた。

バン、という弾《はじ》ける音とともに、浜辺《はまべ》の砂が飛び散った。

「巨船《きょせん》が近づいてくる」

舫《ほう》が入り江《え》の中央部まで侵入《しんにゅう》していた。その甲板《かんぱん》に据《す》えられた石投げ機が腕《アーム》を振《ふ》るたびに、唸《うな》りをあげて石が柵《さく》を打ち崩《くず》す。

「彭兄ィ《ちょうあに》から聞いたところでは、新型の石投げ機は、三百歩《ぶ》も射《う》ち出すそうだ」

「くそっ、このままじゃ、柵が全部崩されてしまう」

アカマユは毒づいた。

「勇者さまよ。その彭兄ィという奴《やつ》は、どうしてるんだ。裏切ってくれる手はずじゃなかったのか」

ワカヒコは言い返す言葉もなく、ただ歯がみするばかりだ。

片《かた》や臆病《おくびょう》な彭は、成《な》す術《すべ》もなく彼方《かなた》の戦いを眺《なが》めていた。彼の乗る第一の舫「ヤチホコ」は沖合《おきあい》に石碇《いしいかり》を下ろしたまま動かない。

（どうすれば良い。どうすれば良いんだろう）

彼はかたぺるてすのまわりを、落ち着きのない猫《ねこ》のように歩きまわった。

「そろそろ胆《きも》を固めたらどうだ、親方」

配下の生口《せいこう》が、彼《かれ》の袖《そで》を引いた。

「このまま放っとけば、陸の味方は全滅《ぜんめつ》だぞ」

「ああ、わかってる」

頭を振《ふ》り振り歩きまわっているうち、石投げ機の棒《ぼう》に顔を打ちつけてしまった。

「い、痛い。目から火が出た」

「火が出たかね。そうは見えんかったが」

生口の一人が、本気で尋《たず》ねた。

「ああ、出たぞ。目の裏が真っ白くなって……」

物の喩《たとえ》も解《かい》さぬ倭人《わじん》め、と腹が立った。怒鳴《どな》り返そうとした彭は、あっと叫《さけ》んだ。

「そうだ、火だ」

今、非力な彼に出来ることはひとつしかない。それは、

「放火」

だった。今、この大型船が最も恐《おそ》れるものといえば、船火事だろう。

「みんな。相談がある」

配下の十五人を、石投げ機のまわりに集めた。

「この船の一番の弱点は何だ。どこを壊《こわ》せば、敵は困ると思う?」

「そりゃあ、舵取《かじと》りの場所ずらよう」

目から火が出たか、と本気で尋《たず》ねた男が、さらりと答えた。

「進む方向が定まらなくなれば、その船はしまいだあな」

「反乱の時が来たぞ」

彭の声は震《ふる》えていた。

「腕《うで》っぷしに自信のある者、三人ばかりついて来てくれ。あとは、合図と同時に漕《こ》ぎ手の生口《せいこう》たちを、解《と》き放《はな》て」

手はずを打ち合わせた十五人は、ぞろぞろと甲板《かんぱん》を歩き出した。見張りの兵士が驚《おどろ》いて止めようとする。それを皆《みな》で寄ってたかって殴《なぐ》り倒《たお》した。もう後には引けない。

階段を降りた彭は船尾《せんび》に向かった。舵取《かじと》りの部屋に入ると、二人の水夫が灯《あか》り取りの窓にかじりついていた。戦いの行方《ゆくえ》が気がかりなのか、あれこれ語り合い、彭たちが近づいても気づく気配はない。

これも腕っぷしの強い生口たちが片《かた》づけた。彭はその間、操舵《そうだ》用の巨大《きょだい》な舵棒《かじぼう》を見てまわった。釘《くぎ》を一本も用いず、根元は縄《なわ》で固く結ばれている。太い横木を組んだ軸受《じくう》けがきしまぬように、べっとりと獣脂《じゅうし》も塗《ぬ》りつけられていた。

彭は灯り用の油皿を取って、そこに投げつけた。火は一瞬《いっしゅん》消えかかったが、すぐに炎《ほのお》を噴《ふ》きあげた。

「これでいい。念のため、あと二カ所ばかり、つけ火してやろう」

調子に乗った彼《かれ》は、生口《せいこう》たちに言った。

異変に気づいたのは、「タマテ」の個人船室に籠《こ》もるルキウスだった。

すでに、浜辺《はまべ》への投石に飽《あ》きた彼は、指揮の役を放棄《ほうき》し、そこで酒壺《さけつぼ》を抱《かか》えながら、石投げ棒《ぼう》の張力と、放物線の関係を計算していた。

灯《あか》り取りの窓を開けて、石の飛ぶ角度を眺《なが》めていた彼は、ふと、沖《おき》に停船している「ヤチホコ」に目を止めた。

「どうも船火事のようだな」

船尾《せんび》で白煙《はくえん》があがっている。そのうち、煙に交じって炎《ほのお》も見え始めた。甲板《かんぱん》から人々が、海に飛び込《こ》んでいく姿も見える。

「ははは、彭君め。とうとうやりおったな」

ルキウスは、愉快《ゆかい》そうに手を打った。

「杯《さかずき》の底に残ったわずかな勇気をふりしぼったと見える。それでこそ我《わ》が友」

さらに外を窺《うかが》おうと、窓に身を乗り出した時、人の入ってくる気配があった。

「ルキウス・ルグドネンシス。大秦《たいしん》の知恵者よ」

暗い船室にそこだけ明かりが差しているようだった。

「これは、ホウライの姫巫女《ひめみこ》。どうやってこちらに参られた」

孤独《こどく》を楽しむために、船室の扉《とびら》には掛《か》け金をかけているはずだった。

「妾《わらわ》は、何処《どこ》からでも出て参ります。たとえば、汝《なれ》の手元にある酒壺《さけつぼ》の中からでも」

「恐《おそ》ろしいことですな」

ルキウスは楽しそうに答えた。どんな奇術《きじゅつ》にもタネがある。これは科学と迷信の対決だな、と彼《かれ》は思った。

「対決などありませんよ」

ホウライの姫巫女《ひめみこ》は、ルキウスの心を早くも読んで言った。

「いや、敵対している。それが証拠《しょうこ》に、あなたは常に、私の前では偽《いつわ》りの顔を見せている」

ルキウスは、わざと姫巫女を怒《おこ》らせようとした。

「この木面のことですか」

姫巫女は、無雑作に耳元の紐《ひも》を外した。

「このようなもの。巫女としての昔からの仕来《しきた》り。有《あ》り体《てい》に言えば、日焼けせぬための心得に過ぎません」

白地に赤の隈《くま》取《ど》りをした面を取ると、少女の顔が現れた。切れ長の一重《ひとえ》瞼《まぶた》、真っ直ぐに通った鼻筋、小さな赤い唇《くちびる》。漢人系の美女だ。

「べっぴんさんだな」

ルキウスは、拍子《ひょうし》抜《ぬ》けしたように言った。

「東の果ての、巨木《きょぼく》に成《な》る女たちを束ねる姫《ひめ》とは、もっと猛々《たけだけ》しい形相かと思ったが」

「憎《にく》まれ口は、そのくらいにして。私たちは、やるべきことをしなくてはなりません」

「やるべきこと？」

「クナ王を助けることです」

ルキウスは、わざと鈍《にぶ》そうに尋《たず》ねたが、姫巫女《ひめみこ》は彼《かれ》を睨《にら》みつけた。

「あなたも、もうわかっているはず。ヒミココ王の作戦はつまずきました。軍の崩壊《ほうかい》は目前に迫《せま》っています」

「お嬢《じょう》さん。クナ王は今、有利に戦いを進めている」

ルキウスは言った。

「あと一歩で、陸の反乱軍は鎮圧《ちんあつ》される。ナカツクニの兵船がやって来ても、このあたりを占領《せんりょう》しておれば、陸戦に持ち込《こ》める。地に足をつけたクナ兵は強いぞ」

「あなたは、ご自分を誤魔化《ごまか》す術に長《た》けている。しかし、本当は敗将となったヒミココ王と、運命をともにしようと考えている。だから、酒に逃《に》げているのです」

「お嬢さんには、何もかもお見通しというわけか」

ルキウスは、ほう、とため息をついた。

「ここにいる水軍が全滅《ぜんめつ》しても、王が生き残れば、クナの軍は再建できるというわけかな」

「妾《わらわ》は、クナ王を、ホウライ国宰相《さいしょう》に招こうと思っています」

姫巫女《ひめみこ》は言った。

「そしてあなたを、相談役に」

「勝手な申しようだ」

なおも心に壁《かべ》を作ろうとするルキウスに苛立《いらだ》ったのか、姫巫女は急に手を伸《の》ばし、彼《かれ》の着ているトーガの胸元をつかんだ。

「あなたが倭国にやって来た本当の理由《わけ》を、妾《わらわ》は知っています」

彼の首にかかったふたつの革袋《かわぶくろ》へ、姫巫女は手をかけた。

「ひとつの袋には、解放奴隷《どれい》の証《あかし》。もうひとつの袋には、愛した人の墓土」

姫巫女は勝ち誇《ほこ》るように、袋の紐《ひも》を引いた。

「この墓土を、我《わ》が国の巨樹《きょじゅ》の下に撒《ま》く。それがあなたの、最後にして最大の望みのはず」

ルキウスは、首筋を引かれて顔をしかめたが、言葉を発さなかった。

「ルキウス・ルグドネンシス。私がダキアの墓土を撒くお手伝いをしてさしあげようと言うのですよ」

ルキウスは、倭人の誰《だれ》にも（あのヒミココ王にさえも）話してはいない愛する人の名を、姫巫女がさらりと口にしたことに、驚《おどろ》きの表情を見せた。

「お酒《さけ》の酔《よ》いが吹《ふ》き飛びましたね」

「あ、……ああ」

ルキウスは、うなずいた。

岬《みさき》の先端《せんたん》に掘《ほ》られた陣地《じんち》では、サナメがじっと身を伏《ふ》せていた。足元の岩場と、砂嘴《さし》の間にある狭《せま》い水路を、続々とクナの兵船が通過していく。彼《かれ》らの打つ戦鼓《せんこ》と法螺貝《ほらがい》の音《ね》が、そこに隠《かく》れた人々の不安感をいやがうえにもかきたてる。

我慢《がまん》しきれなくなった一人の少年が、草の覆《おお》いを外して穴から逃《に》げ出そうとした。

「行くな」

サナメは、その子の襟首《えりくび》をつかんで押《お》さえつけた。

「ここはまだ発見されていない。穴の中が安全なの」

「でも」

「あたしたちは、この入り江《え》の口を塞《ふさ》ぐ味方の切り札。合図が出るまで、何があっても隠《かく》れ続けるの。わかった？」

それだけ言うと、少年の首筋からようやく手を離《はな》した。不安なのは、彼女《かのじょ》とて同じだった。

(合図はいつ出る、ワカヒコ)

サナメは、草の間から、味方の指揮所がある砂丘《さきゅう》を見つめた。

最初の柵《さく》を突破《とっぱ》したクナ兵が、その砂丘に殺到《さっとう》していた。守る側も必死で槍《やり》を振《ふ》るっているが、クナ兵の群れは少しずつ斜面《しゃめん》を押しあがっていくように見えた。

（早く、早く合図を）

と、その時だ。逃《に》げようとした少年が、サナメの肘《ひじ》を引いた。

「女隊長、船火事だ」

「えっ」

「敵の巨船《きょせん》が、沖《おき》で火を噴《ふ》いてる」

「ヤチホコ」の船火事は、もはや消火がほどこせぬところまできていた。

クナ兵やアツ族の水夫は、我勝ちに海中へ飛び降りていく。

その舳先《へさき》で逃《に》げもせず祈《いの》り続けているのは、持衰《じさい》のカバラキだった。

「加葉礼木《かばらき》はや……」

煙《けむり》に咳《せ》き込《こ》みながら、垢《あか》だらけの男は声を張りあげていた。

「加葉礼木はや、加葉礼木はや、おのが命《を》を盗《と》み殺《し》せむと、うかかはく知らにしと、愚《おろ》かなりけしと、加葉礼木はや……」

カバラキよ、お前の命を奪《うば》ってやろうと様子をうかがう者がいると知らずにいた愚か者のカバラキよ……と、祈禱《きとう》に用いるタムシバの枝を頭上に振《ふ》りながら唄《うた》い続けた。それは祈りというより、この船の長《おさ》を考えもなしに引き受けてしまった、愚かな自分を呪《のろ》う言葉だった。

（死ぬか、逃《に》げるか）

船に災厄《さいやく》あれば、命を絶つのが持衰《じさい》役だが、潔《いさぎよ》く死ぬには、あまりにもこの世に未練がある。

彼《かれ》はこれまでクナ王の下で数度の犠牲《ぎせい》役をこなし、財を成してきた。トウシの島には巨《きょ》大《だい》な家を持ち、村一番の美女も得ている。

しかし、そこへ帰ったとしても、持衰役を果せなかった者として、なぶり殺しにされるだろう。

（ああ、若き嫁《よめ》よ。まだ、子も成さぬに。その手料理も食らわぬに）

泣き祈《いの》るカバラキの横を彭は駆《か》け抜《ぬ》け、投石機の横にたどりついた。

「櫓漕《ろこ》ぎの生口《せいこう》たちは助けたか」

「船底に下りた仲間が」

彼らの腰縄《こしなわ》を解き放っていると、石運びの者が言う。

「みんな逃《に》げるより先に、アツ族の見張りどもに襲《おそ》いかかってる」

今まで散々、笞《むち》を受けた報《むく》いを、一気に晴らしているという。

「そんな暇《ひま》があるなら、さっさと海に飛び込《こ》めと言え」

「おらたちも、逃げて岸辺まで泳ぐべや」

「待て、待て」

彭は少し考えて、投石機の土台に触《ふ》れた。

「俺《おれ》たちも、逃《に》げる前にやることがあるだろう」

足元に積みあげられた石を蹴《け》った。

「行きがけの駄賃《だちん》に、憎《にく》いクナ王の船へ、何発かぶち込《こ》んでやろうじゃないか」

配下の男たちは、親玉の言葉に呆《あき》れたが、すぐに肘《ひじ》をたたいた。同意の印だ。

「よし、いつものとおりにいくぞ。腕木《うでぎ》に縄《なわ》をかけろ」

麻縄《あさなわ》が、投石機の腕木にかけられた。

「目標は大きいぞ。『タマテ』のど真ン中だ」

彭の号令に合わせて、太い棒《ぼう》がキリキリと音を立てて下がった。

「行けえ」

引き手が走り出すと、棒の端《はし》が持ちあがった。石を包んだ網《あみ》の一部が外れた。石は入り江《え》の中に向かって飛ぶ。

初弾は見事に「タマテ」の甲板《かんぱん》中央へ落下した。


ヒミココ王の王座は、甲板の後尾《こうび》に移動していた。

陸の戦況《せんきょう》を眺《なが》めつつ再び酒杯《しゅはい》を傾《かたむ》けていた王は、弾《はじ》けるような衝撃《しょうげき》を受けて、膝《ひざ》に酒をこぼした。

「どうした」

「投石です。『ヤチホコ』から放ってきます」

見張りの兵が報告する。

「裏切り者が出たか」

ヒミココは、冷静だった。

「あの船火事では長く持つまいが、射《う》たれっぱなしも腹立たしい。あそこまでの距離《きょり》は」

「三百歩《ぶ》をわずかに超《こ》えます」

「縄《なわ》の引き手を五人ばかり増やせ」

「心得ました」

「王直属兵の心意気を見せよ」

とヒミココが命じた直後、第二の石が甲板《かんぱん》に落下した。

ヒミココは、わずかに顔をしかめた。先ほどと同じ位置へ正確に命中していたからだ。

(彭が……、あの漢人が裏切ったか)

「なぜだ」

ヒミココは声に出して言った。

「ウミタカと言い、彭と言い、なぜ昔からの知己《ちき》は、吾《あ》に背《そむ》こうとするのか!」

言葉の最後は、絶叫《ぜっきょう》に近い。

海戦の行方《ゆくえ》

「おい、舫《ほう》が同士討《う》ちを始めたぞ」

アカマユが入り江《え》の口を指差した。

「どういうことだ」

柵《さく》の接近戦は今や最高潮《さいこうちょう》だ。一度は撃退《げきたい》した敵は再び兵力を立て直し、攻勢《こうせい》に転じている。

柵木《さくぎ》には火もかけられ、味方は押《お》され気味だった。

「彭兄《ちょうあに》ィだ。沖《おき》から石を放ってるのは、兄ィだ」

ワカヒコは悟《さと》った。

「ワハハハ、馬鹿野郎《ばかやろう》め。ようやく腹を据《す》えやがったか」

アカマユは豪快《ごうかい》に笑った。そして味方の者を鼓舞《こぶ》した。

「見ろ。敵の大将船《ぶね》がやられている。俺《おれ》たちゃ、勝つぞ」

逃《に》げ腰《ごし》の味方は、一斉《いっせい》に歓声《かんせい》をあげた。その時だ。

「聞こえる」

ワカヒコが遠い目をした。

「ああ、味方は元気づいてるぜ」

「違《ちが》うんだ。あっちから太鼓《たいこ》の音《ね》が聞こえてくる」

ワカヒコは指揮所の穴から身を乗り出した。クナ兵の矢が一筋、彼《かれ》の頭上をかすめた。

「危ねえ。引っ込《こ》め」

アカマユがあわてて彼の頭を押《お》さえつけた。

「大将が敵に身をさらすもんじゃねえ」

「でも」

ワカヒコは、サナメが隠《かく》れている岬《みさき》の右手を指差した。

「戦鼓《せんこ》だ。それもクナの打ち方じゃない」

「おめえ、おかしくなっちまったか。俺にゃそんなもの……」

と言いかけたアカマユも口を閉ざした。

海鳴りに似た、しかし単調な音が、ゆっくり近づいてくる。

「敵の新手《あらて》か」

「違《ちが》うよ、西の方から聞こえる」

ワカヒコは答えた。

その音に、敵も味方も戦いの手を止めた。戦場は静まりかえった。誰《だれ》もが、その腹に響《ひび》く低い音に耳を澄《す》ませた。

柵《さく》の槍兵《そうへい》と交戦していたクナの一兵士が、カラリと矛《はこ》を捨てると、波打ち際《ぎわ》に向かって駆《か》けだした。

これを見た仲間たちも、意味不明な声をあげて逃《に》げ始めた。

「クナが逃げるぞ」

誰かが言った。何人かの男たちが柵を出て追い始めた。

「逃げるにまかせろ」

ワカヒコは怒鳴《どな》った。

「奴《やつ》らは入り江《え》から外に出られない。もう外海《そとうみ》には逃げられないんだ」

彼《かれ》の言うとおり。入り江の口では、巨船《きょせん》同士の投石合戦が続いている。

沖《おき》の「ヤチホコ」は、新造船の「タマテ」へ果敢《かかん》に石を当て続けているが、船火事というハンディを背負っての戦いだ。次第《しだい》に船の傾《かたむ》きもひどくなっていく。

「生口《せいこう》たちは皆《みな》、逃げおおせたか」

煤《すす》だらけになった彭が叫《さけ》んだ。

「残ってるのは俺《おれ》たちだけさ、親玉」

操作員の生口《せいこう》が答える。

「あの太鼓《たいこ》を聞け。ナカツクニの水軍だぞ」

「助かったな」

「水平線に石粒《いしつぶ》を撒《ま》いたみたいなもんが見える」

煙《けむり》でかすんでいるが、それは船の群れとわかる。

「ナカツクニの船団だな。ものすごい数だ」

「ようし、もう一発、クナ王に投げつけてやれ」

元気づいた彭は足元に転がる石の中で、一番ごつごつしたやつを選んだ。


「タマテ」船上にあるヒミココの耳にも、太鼓《たいこ》の音《ね》は届いている。

「ふん、来たか」

彼《かれ》は王座を離《はな》れて甲板《かんぱん》に出た。石が命中した穴をのぞき込《こ》みながら、投石機のところまで歩いていった。

王の姿を見た兵士たちはあわてて平伏《ひれふ》した。

「持ち場を離れるな」

ヒミココは叱《しか》りつけた。

「石を込《こ》めろ。吾《あ》が自ら、射《う》つ」

射手を押《お》しのけて、自分が縄《なわ》の止め場に立った。

「少し左に土台をまわせ」

射出方向を微《び》調《ちょう》整《せい》する係の者が、梃棒《てこぼう》を台に差し込《こ》んだ。

「左だ、少し行きすぎた。指二本分右へ」

投石機は、連続して投射すると振動《しんどう》で狙《ねら》いがずれることを、ヒミココは知っていた。

「一撃《いちげき》で奴《やつ》らの投石機をつぶす」

行け、とヒミココは命じた。

縄を引く兵士たちは、甲板《かんぱん》を駆《か》け始めた。その瞬間《しゅんかん》、「ヤチホコ」から放たれた石が引き手の列に落下した。石は数人の兵士をなぎ倒《たお》し、「タマテ」の甲板の中央部を再び破壊《はかい》したが、引き手の足は止まらなかった。

投げ棒が立ち上がった。先端《せんたん》から外れた石が、推進力を得て、ぐんぐん上昇《じょうしょう》していく。

そして放物線の頂点に達すると、音もなく「ヤチホコ」に落ち、木片《もくへん》を空中に撒《ま》き散らした。

だが、その正確な落下地点を、ヒミココは目視《もくし》できない。炎《ほのお》と煙《けむり》が目標を覆《おお》い尽《つ》くしていたからだ。

巨大《きょだい》な材木が彭の上にのっていた。彼《かれ》が身体《からだ》を動かそうと身をよじると、胸元に激痛が走った。口の中に生温《なまぬる》いものが溢《あふ》れて、ひどく咳《せ》き込《こ》んだ。吐《は》き出されたものは、真っ赤な血だった。

「親玉、今出してやるからな」

生口《せいこう》たちが、身体の上に乗った材木を取り除《のぞ》こうと、駆《か》け寄ってきた。

そこで彼は初めて、自分の胸を押《お》さえつけている太い梁《はり》のようなものが、壊《こわ》れた投石機の一部であることを知った。

「そっと、ゆっくりだ」

生口たちは、ささくれ立った甲板に彭を寝《ね》かせつけた。

「お、お前たち。早く逃《に》げろ。海水がもうそこまで」

彭は血を吐きながら命じた。

「俺《おれ》を置いて逃げろ」

「嫌《いや》だよ、親玉を置いて行けるもんか」

一番年かさの生口が首を横に振った。

「俺なんかにかまうな」

彭は泣き笑いの表情で言った。

「胸の骨が臓腑《ぞうふ》に刺《さ》さってる。ああ……向こうにも投石機の扱《あつか》いのうまい奴《やつ》がいたんだな。

ルキウス翁《おう》かな。いや、あれは……」

「無駄《むだ》な口をたたかねえ方がいいぜ」

生口《せいこう》は彭の上半身を起こした。

「ともかく、逃《に》げるだ。こんなに水がいっぱいあるところで焼け死ぬなんて、一等嫌《いや》な死に方だぁな」

生口たちが彭の身体《からだ》を抱《かか》えて水中に飛び込《こ》んだ直後、「ヤチホコ」の巨体《きょたい》がゆっくりと水中に没《ぼっ》し始めた。


「巨船が、一隻沈《せきしず》みました」

ナカツクニ水軍の旗艦《きかん》で声があがった。

「確かに沈んだか」

オトウトカシの問いに、見張りが答える。この男は、水軍の中で最も遠目がきくと評判の水夫だった。

「間違《まちが》いございません」

水夫は舳先《へさき》から下りて、弟王の前で拍手《かしわで》を打った。

「船火事の煙《けむり》が、急速に消えていきます」

船の板敷《いたじき》で横になる公達《こうたつ》に、オトウトカシは呼びかける。

「王よ、一気に入り江《え》を囲むべし」

公達は半身を起こして言った。

「巨船《きょせん》一隻《せき》を失った敵の衝撃《しょうげき》は大きいはず。この機に入り江《え》の外にいる小船をすべて打ち沈《しず》めましょう」

「全軍の船足を速めます」

オトウトカシは、この僥倖《ぎょうこう》（偶然《ぐうぜん》の幸運）に興奮している。公達はしかし、冷静に答えた。

「偵察《うかみ》の報告では、巨船は二隻。まだ一隻残っております。ここからは見えませんが、恐《おそ》らく入り江の中にいるのでしょう」

「では、急ぎ入り江の中に漕《こ》ぎ寄せ……」

「いや、この船足では間に合いません」

公達はオトウトカシをなだめた。

「我らの打つ戦鼓《せんこ》で、敵の舫《ほう》は我らの到着を知り、今ごろは入り江から逃《に》げる算段をしていることでしょう」

「しかし、あの舫《ほう》を大海《ひろきうみ》に出してはなりません。取り逃《に》がしては、大事《おおごと》です」

オトウトカシは、船の胴《どう》を拳《こぶし》でたたき、いらだちを表した。

「王よ、焦《あせ》るべからず。劉容《りゅうよう》公達は、そのようなとき、お役に立とうと朽葉《わくらば》（病身）を、この船中に横たえているのです」

公達は王の焦《あせ》りをしずめるべく、漢《から》の呪文《じゅもん》を唱え、

「ところで、火船の用意は」

と尋《たず》ねた。オトウトカシは、あれに、と船団の後方を指差す。

「御覧《ごらん》あれ。五隻《せき》ばかり用意しました」

古ぼけたチュミ族の小型船が、大型の諸手船《もろたぶね》に牽《ひ》かれていく。小型船の胴《どう》の間《ま》には、大量の柴《しば》や壺《つぼ》のようなものが積まれているのが見えた。

「チュミの津《つ》にあった魚油《ぎょゆ》はすべて持って参りました。魚油の他にもツバキやハゼの実の油も」

「最高の可燃物ですな。して、王よ」

公達は柔々《やわやわ》と問うた。彼のその声がオトウトカシの猛《たけ》り心《ごころ》を少しずつ溶《と》かしていく。

「海上における火術とはいかなるものかご存知か」

「まず船に火をつけます」

オトウトカシは、あたり前の事を言った。

「決死隊が火のついた船を漕《こ》ぎ進め、敵船に衝突《しょうとつ》させるのです。ぶつける寸前、漕ぎ手は海に飛び込《こ》みます」

「簡潔《かんけつ》なお答えです」

短く要領《ようりょう》を得たオトウトカシの答えに、公達はうなずき、しかし、と言った。

「此度《こたび》はその方法が通用しないでしょう」

「どういうことです」

「その戦法は、呉《ご》の河川《かせん》で考え出されたものです。風向きさえ良ければ、大きな戦果をあげることも夢ではありません。しかし」

漢土の河川と、倭の大海では状況が異なる。

「大海には波という邪魔者《じゃまもの》があり、人の力だけでは容易に船を進めることができません。特にあのような古い倭船《わせん》では」

公達はチュミ船に目を向けた。

「クナの投石機は、霧《きり》の中で音を目当てに岩を当てるほど精度が高い、と聞きます。ゆっくりと寄せてくる焼き打ち船など、すべて打ち沈《しず》めてしまうでしょう」

オトウトカシは、黙《だま》り込《こ》んだ。公達も無言になって、頭上を見あげた。先ほどまでの青空を少しずつ雲が隠《かく》し始めていた。チュミ族の打つ戦鼓《せんこ》は、相変わらず鳴り続けている。

「ここは『琅邪《ろうや》の漁網《ぎょもう》』しかありませんな」

公達は、舷側《げんそく》から手を伸《の》ばした。船と並行に飛ぶ数羽の海鳥が、その指先に嘴《くちばし》を寄せてくる。鳥たちは、しばらく公達のまわりを飛びまわり、そして去った。

「少し危うい策だが、今はこれが最善と思われます」

「ろ、う、や……とは」

「一度船団を止め、チュミの族長たちをここに招いてください。そこでご説明いたしましょう」

それ以上語るのが大儀《たいぎ》になったのか、公達は再び板敷《いたじき》へ横になった。


戦いには波がある。普通《ふつう》の人間は、戦場で長時間の緊張《きんちょう》と体力が保てないのだ。それが可能な人間を、人は「豪傑《ごうけつ》」と呼ぶのだろう。

波打ち際《ぎわ》まで後退したクナ兵の集団は、大楯《おおだて》を並べて休息をとった。

対するワカヒコの「反乱軍」も、彼《かれ》らを押《お》しつぶすことができず、穴と穴をつなげた塹《ざん》壕《ごう》の中で、息をひそめた。

この行き詰《づ》まった状況《じょうきょう》が長く続けば、陸側はあきらかに不利だ。よく訓練されたクナ兵は、体力が回復すれば攻撃《こうげき》機能も復活する。

一方、戦いに慣れていない寄せ集めの防御《ぼうぎょ》側は、休息時間が長びくと、集中力を欠き、投げやりな気分となる。

「クナ兵が、今また駆《か》けのぼってきたら」

アカマユは、負傷した腕《うで》に血止めの枯《か》れ葉を張りながら言う。

「穴に入っている奴《やつ》も、柵《さく》を守っている奴も、いちどきに逃《に》げ始めるぜ」

「気になるのは、入り江《え》に腰《こし》を据《す》えている巨船《きょせん》だよ。外海からナカツクニ軍が迫《せま》っているというのに、動く気配がない」

ワカヒコは首をひねった。アカマユはそれを聞いて、よいしょと立ちあがった。

「あっ、危ない」

身体《からだ》を敵に晒《さら》すアカマユに、波打ち際《ぎわ》から幾筋《いくすじ》か遠矢が飛んだ。

「なんだ、こんなへろへろの矢」

アカマユは小手をかざして巨船《きょせん》の動きを確認し、再び穴の中に座《すわ》った。

「巨船の甲板《かんぱん》で、船大工《ふなだくみ》みてえな奴《やつ》らが、大勢働いてる。投石で壊《こわ》れたところを修理してるんだな。あれが終われば動き出すだろうぜ」

「くやしいなあ」

ワカヒコが気にかかるのは、沖《おき》で沈《しず》んだもうひとつの巨船。そこで奮戦《ふんせん》した彭の安否《あんぴ》だった。

（兄ィのことだ。うまく逃《に》げたと思うけど）

「クナ王め、どちらに巨船を漕《こ》いで行くかな。こちらにやって来て上陸軍を支援《しえん》するか。それとも、入り江《え》を抜《ぬ》けて、外海でナカツクニ軍と一騎《いっき》討《う》ちを企《たくら》むか」

アカマユは、つながった眉毛《まゆげ》をぼりぼりと掻《か》きむしった。

「陽《ひ》の影《かげ》が犬の尾《お》一本分（約一時間後）も伸《の》びるころには、結果が出るだろう」

巨船の応急修理が終わる頃《ころ》合《あ》いを、アカマユは読んでいる口調だった。

ヒミココも考えている。当面の敵、沖《おき》の「ヤチホコ」は沈没《ちんぼつ》した。入り江《え》の、反乱軍との戦いは小康《しょうこう》状態を保っている。そして、西から迫《せま》るナカツクニの船団。

（入り江から急ぎ外海に出て、邪馬台《やまたい》の王を迎《むか》え討《う》つべきだろうか。それとも）

ヒミココは、席を立った。そこに船大工《ふなだくみ》の長《おさ》がやってきて平伏《ひれふ》した。

「甲板《かんぱん》の応急修理が終わりました」

ヒミココは、石碇《いしいかり》をあげるよう命じた。

「漕《こ》ぎ手を増やすのだ。手のあいた兵士も、炊事役《かしぎ》（食事係）も櫓《ろ》の端《はし》を握《にぎ》れ」

水夫たちは、外海での戦闘《せんとう》と聞いて、勇《いさ》みたった。

一方、ナカツクニ軍の旗艦《きかん》では、軍議が始まっていた。

公達が、鹿《しか》のなめし革に描《か》かれた海図を広げた。

「引き潮《しお》の刻《とき》が迫《せま》っている。敵が動くとすれば、今が頃合《ころあ》いでしょう」

潮位《ちょうい》が下がれば、敵の巨船《きょせん》は入り江の口で立ち往生する。その危険を回避《かいひ》するには、あと半刻ほどで行動を開始しなければならない。

「むろん、巨船ばかりではありません。付属の小型船も、これについて出てきます」

「そいつらはアツ族の船だ。俺《おれ》たちにまかせてもらいやしょう」

アズミ族の族長が言う。彼《かれ》らは同じ海族のアツを目のかたきにしていた。近親憎悪《きんしんぞうお》というやつだ。

「よろしく頼《たの》みます。火船の担当は」

「火船を牽《ひ》くのは、俺《おれ》たちだ」

チュミの中でも精鋭《せいえい》とされるモロコイが手をあげた。

「力のかぎり漕《こ》いで、漕ぎまくりますだ」

モロコイは、入れ墨《ずみ》をほどこした二の腕《うで》をたたいた。公達は目を伏《ふ》せて言った。

「敵にはあの弩《いしゆみ》（投石機）があることを忘れてはなりません。近づけば近づくほど、命中精度は高くなる。よほどのことがないかぎり、火船は敵船に触《ふ》れることすらなく、終わってしまうでしょう」

チュミの男たちは、その言葉に黙《だま》り込《こ》んだ。

「火船は五隻《せき》あるそうですね」

公達の問いに、オトウトカシはうなずいた。

「そのうち三隻を囮《おとり》に用います。本命は二隻。これに用いる引き縄《なわ》は百丈《じょう》を必要とします。揃《そろ》えられますか」

オトウトカシはこれにもうなずく。

「王もご存知の通り、琅邪《ろうや》とは漢土の青州（現・山東省）にある海沿いの地。そこの漁師は大きな網《あみ》を用いて漁をするのですが」

魚の群れを狙《ねら》って袋状《ふくろじょう》の網を海中に引くと、横方向への揚力《ようりょく》が働いて網は外側に逸《のが》れていく。そこで漁師は、魚の群れの手前で船の舳先《へさき》を大きくまわし、網《あみ》を目的の位置に流していく。

「言葉で申せば難しくなりますが、要は、紐《ひも》をつけた石を宙で振《ふ》りまわせば、外に飛び出そうとする。それが水中で行われるということです」

物体が円運動する時、その末端《まったん》は中心から遠ざかろうとする。

「その方法で、火船を曳航《えいこう》し、巨船《きょせん》に命中させるのです」

「そいつは……」

モロコイが、首をひねった。

「軍師様。話にすりゃあ簡単だが、実際には、いろいろ大変ですだ」

船の操作に慣れた海族の長《おさ》らしく、問題点を即座《そくざ》にあげた。

「火船は燃えてるから、敵からも良く見える。巨船だって馬鹿《ばか》じゃねえから、避《よ》けようとするだろう。また、火船を牽《ひ》く役の船は、巨船の鼻先で大きくひん曲がるように進んでいかなきゃあならねえ。まるで石や矢で、どうだ横から射《う》ってくださいって言っているようなもんだ。狙《ねら》い射ちされながら、曲芸みてえな操舵《そうだ》をする馬鹿な奴《やつ》は……」

「チュミ族なら出来ます」

公達は、はっきりと言った。

「チュミには高速の諸手船《もろたぶね》があるでしょう。あれなら何とか」

「たしかに船足は速《はえ》え。でもそれは、火船なんて重《おも》てえもんを引っぱっていねえからさ」

「一隻《せき》なら無理でしょう。二隻、三隻共同で火船の牽《ひ》き綱《づな》を引けばどうでしょう」

「うん、それなら……いや、まだ」

「問題が？」

「潮《しお》だ。軍師様」

モロコイは海面を睨《にら》んだ。

「潮の路《みち》がいろいろ変わる。巨船《きょせん》が逆潮《さかしお》の位置に進もうものなら、この策もうまくいかねえ」

公達は、目を閉じて神託《しんたく》を述《の》べるように答えた。

「モロコイ殿《どの》、大丈夫《だいじょうぶ》です。そこは心配なさらずに」

モロコイは疑い深げな眼差《まなざ》しで軍師を見つめ、それからおずおずと上座のオトウトカシを見返して答えた。

「ええでしょう。諸手船《もろたぶね》の、漕《こ》ぎ手の中でも飛びっきりの奴《やつ》を選びましょう」

軍議はそこで終わった。


この時代の縄《なわ》百丈《じょう》を、現代の長さに直せばどのくらいになるか、よくわからない。ただ、『後漢書《ごかんしょ》・東夷伝《とういでん》』の中に、袖《そで》の長さ三丈《じょう》の衣服を着る東方の怪女《かいじょ》がいるという記述があり、研究者はそれを「約七メートルの袖」としている。すなわち、一丈は約二・三メートル。

つまり百丈《じょう》は、二百三十メートル以上と推定される。

火船にこれを結び終えたころ。敵の巨船《きょせん》がゆっくり舳先《へさき》をまわし始めた、という報告が入った。

「いよいよですね」

オトウトカシは、漢鎧《からよろい》の胸元を締《し》め直し、公達は病《や》んだ身体《からだ》を再び船底に横たえた。

「クナ王が出てくるぞ、戦鼓《せんこ》を強く打て」

ナカツクニの水軍は、太鼓《たいこ》を打ち、楯《たて》を打ち鳴らした。

入り江《え》のクナ兵たちも、負けじと打ち物をたたいて歓声《かんせい》をあげる。

あたり一帯、騒音《そうおん》の巷《ちまた》と化した。


ワカヒコたちは、この時とばかり穴から立ちあがって、クナ兵たちに遠矢を浴びせかけた。槍《やり》を持つ男たちも柵《さく》の内から攻撃《こうげき》を再開する。

「火矢だ、火矢を射かけろ」

クナ兵の一部は、波打ち際《ぎわ》に停《と》めてあった小船に逃《に》げる。皆《みな》、出航するヒミココ王の舫《ほう》を追うつもりなのだ。

残されたクナ兵は高台から射かけられる火矢を防ごうと、大楯《おおだて》を頭上に掲《かか》げた。陸兵は、楯があがったのを好機と、長い竹槍《たけやり》を突《つ》き出す。

やがてクナ兵どもは、楯《たて》も矛《ほこ》も乗ろうとする小船も捨てて、海に飛び込《こ》んだ。味方の船に向けて泳ぎ出すが、運良くたどり着いたその船も、しがみつく味方の重みで横倒《よこだお》しとなった。救助を拒《こば》んだ水夫たちは、船端《ふなばた》に取りついた味方の兵士を、棒《ぼう》で打ち、矛で刺《さ》した。

入り江《え》の中は、阿鼻叫喚《あびきょうかん》。文字どおり、血の海となった。

その血の海地獄《じごく》――この時代には「地獄」という考えは存在しないが――の中を、ヒミココの指揮する舫《ほう》「タマテ」は、悠然《ゆうぜん》と動いていく。

「クナ王が逃《に》げる」

陸兵は矛を頭上に掲《かか》げた。歓声《かんせい》があがった。

「ヒミココは逃げているんじゃない。外海でナカツクニ軍に一戦挑《いど》むつもりなんだ」

ワカヒコは浮《う》かれ騒《さわ》ぐ人々を諫《いさ》めた。

「巨船《あいっ》の船足を止めなくっちゃ」

「無理だぜ。ここからじゃ、矢も届かねえ」

と言うアカマユから目をそらしたワカヒコは、頭上の太陽を仰《あお》いだ。

「敵から奪《うば》った大矛《おおほこ》をもってきて。なるべく幅《はば》の広い、よく磨《みが》かれた奴《やつ》を」

ワカヒコは集まった矛の中から身幅《みはば》の広い矛を選んで、浜辺《はまべ》に出た。砂の中にそれを立て、陽光を反射させる。その光は、岬《みさき》の先端《せんたん》に向かって輝《かがや》いた。

「女勇者さまぁ」

配下の少女がサナメを呼んだ。

「砂丘《さきゅう》の方から、強い光が」

その時、サナメは入り江《え》の口にかかろうとする敵の巨船《きょせん》に気を取られていたが、はっと我に返った。

「ワカヒコから合図ね。みんな、大弓の用意を」

大弓の上にかけられた擬装《ぎそう》用の草木を取り除《の》けた。

「一本射《う》ったら、すぐに台を捨てて穴に飛び込《こ》むのよ。わかったら、すぐに返事を」

応《おう》と皆《みな》は言った。

「それ、押《お》し出せ」

大弓の土台が穴の上に持ちあげられた。

目の前の水路を、巨船が通り過ぎて行く。甲板《かんぱん》には、戦いに備えて大勢の兵士たちが、走りまわっていた。その中の一人が、岬《みさき》の突端《とったん》に、奇妙《きみょう》な木の台が出現したのを見て、

「なんだ、ありゃあ」

のんびりと小手《こて》をかざした。まさか、こんな近いところに、敵が出てきたとは思いもしない。

「弦引《つるひ》けえ」

サナメは立ちあがった。弦の引き手たちが、張りつめた弦に木鉤《きかぎ》をかける。

「槍《やり》を置け、離《はな》れろ」

引き手の子供たちは、穴の中に隠《かく》れた。

サナメは腰《こし》の短剣《たんけん》を抜《ぬ》いて、引き縄《なわ》を切った。

大弓が音を立てて反発し、棒が一直線に巨船《きょせん》へ飛んだ。

岬《みさき》の先端《せんたん》から水路の中央までは、百歩《ぶ》（約百四十メートル）もない。

槍《やり》は、船体後部の操舵室《そうだしつ》近くに深々と突《つ》き刺《さ》さった。船体がわずかに震《ふる》えた。

「敵だ。あれを射《う》て、射て」

巨船の甲板《かんぱん》に立つ弓兵が、一斉にサナメを狙《ねら》って矢を放つ。

サナメは右肩《かた》に一矢《いっし》受けて、穴の中に転がり落ちた。

「この音は何ぞ」

指揮所のヒミココは尋《たず》ねた。伝令が報告する。

「岬《みさき》に敵の大弓射ちが隠《かく》れておりました。舵取《かじと》りが二人ばかり怪我《けが》をしましたが、幸い他に被害《ひがい》もなし」

「そうか」

「報復しますか」

「それにはおよばず」

ヒミココは、首を横に振った。

「つまらぬ者らにかまうな。当面の目的はナカツクニ軍の撃破《げきは》だ」

彼《かれ》は立ちあがると、船足をさらに速めるよう命じた。

「外海に出たら、舳先《へさき》をナカツクニ軍に向けて停船。小船をこの『タマテ』のまわりに並べ、敵の火船攻撃《こうげき》に備えさせよ」

「御意《ぎょい》」

ヒミココのまわりに立つ指揮官たちは、一斉《いっせい》に持ち場へ散った。

一方、浜辺《はまべ》から逃《に》げそこねたクナ兵は、多くが捕虜《ほりょ》となった。ワカヒコは味方の兵士がクナ兵の武装解除するのを見届けてから、岬《みさき》に走った。

彼が突端《とったん》の陣地《じんち》に到着《とうちゃく》すると、サナメの配下である少年少女たちが、次々に穴の中から這《は》い出てきた。

「勇者さまあ、怖《こわ》かったよう」

彼らを抱《だ》き寄せて、ワカヒコは尋《たず》ねた。

「サナメは」

「矢に当たったけど、傷は軽いよ。みんなで手当てしたんだ」

一人の少年が答える。ワカヒコは、矢のいっぱいに刺《さ》さった木台の下に座《すわ》るサナメに近づいた。

「やあ、ワカヒコ」

「やあ、サナメ」

二人は不自然なほどに他人行儀《ぎょうぎ》な挨拶《あいさつ》を交《か》わした。本当は抱《だ》き合って傷の具合を確かめたかったが、配下の少年少女が見守っている中では、それもできない。

「矢傷は、すぐに海水で洗った方がいい。あいつら、鏃《やじり》に汚いものを塗《ぬ》るからね」

「大丈夫《だいじょうぶ》、手当て済《ず》みよ。それより、巨船《きょせん》は」

「何事もなく、外海に出ていった」

「おかしいわね」

サナメは、腕《うで》の出血を睨《にら》みながら言った。

「あたしたちの放った槍《やり》は、確実にあの船の弱点に当たったはずよ」

「弱点というと、舵棒《かじぼう》に？」

彼女の意外な言葉に、ワカヒコは破顔《はがん》した。

「そいつは大手柄《おおてがら》だ、サナメ」

うれしさのあまり、ぺたぺたと彼女《かのじょ》の腕をたたいた。

「痛い、何するのよ」

サナメは、本気でワカヒコを殴《なぐ》ろうとした。

海上にあるナカツクニの軍は、動揺《どうよう》していた。チュミの男たちも、他の部族も、初めて見る舫《ほう》の巨大《きょだい》さに、驚《おどろ》きを隠《かく》しきれない。

総司令官オトウトカシも、わずかにたじろいたが、気をとり直して左右の者に言った。

「どうした。戦鼓《せんこ》の響《ひび》きが絶えているぞ。たたき続けろ。前衛の船団を、もっと前に」

敵味方の、太鼓の音《ね》が入り乱れて、船を操《あやつ》る者たちは、ますます混乱している。しかし、一人公達だけは落ち着いていた。

「まずは、小手調《こてしら》べといきましょう」

合図の法螺貝《ほらがい》を吹《ふ》かせた。船団の右翼《うよく》に隠《かく》れていた焼き打ち船が前面に進み出た。

「それ、行けィ」

火のついた薪《まき》を満載《まんさい》した一隻《せき》が、かけ声を合わせ、波を駆《か》り立てて走り出す。

が、しかし、目標まであと二百歩《ぶ》と迫《せま》った時、突然《とつぜん》船の前に波の柱が立った。そして、ふたつ目の水柱とともに、その船は真っぷたつになって沈《しず》んだ。

実にあっけない結末だった。ナカツクニ軍の太鼓が止《や》み、クナ軍の歓声《かんせい》が轟《とどろ》いた。

「投石か。石は見えなかったが」

「いや、たしかに飛んだ。小さい石がふたつ飛んだ」

見ていたナカツクニの水夫が、悲痛な声をあげる。

「一度に複数の弾《たま》を放つとは、やりますな」

公達は、袖口《そでぐち》を振《ふ》って感心した。

「まあ、これは想定の内です。次は、そううまくはいきません」

公達はオトウトカシに目くばせした。彼《かれ》が左手を振《ふ》ると、旗艦《きかん》の前でバラバラに進んでいたチュミ族の船団は、秩序《ちつじょ》のある動きで、クナの小型船に襲《おそ》いかかった。

チュミ族の船数は、クナ側の倍近くもあり、最初から優位を示した。

一隻《せき》のクナ船を、二隻、三隻のナカツクニ軍が取り囲んで攻撃《こうげき》する。

凄惨《せいさん》な殺し合いの場が、そこここに出現した。

個々のクナ兵は獰猛《どうもう》で精悍《せいかん》だが、チュミ族の見事な連携《れんけい》行動の前には成す術《すべ》もない。

しばし後、あちこちで船火事が起こった。ナカツクニ軍は、短い間に、クナ側の組織的な戦闘《せんとう》能力を削《そ》いでしまった。

「第二の火船を出しましょう」

公達は、再び袖《そで》を振った。

再び法螺貝《かい》の合図。今度は、二隻の火船が前面に漕《こ》ぎ出された。

ヒミココは、舫《ほう》の指揮所で小船同士の戦いを、冷静に眺《なが》めている。彼《かれ》には統率の妙《みょう》を発揮する船戦《ふないくさ》の心得にとぼしく、その意思もなかった。

ただ自ら乗る舫と、投石機の威力《いりょく》だけを信じ、その圧倒的《あっとうてき》な力によって敵の旗艦を沈《しず》めることのみ考えていた。

「小船ども、どけ、どけ」

舫《ほう》「タマテ」は、櫓先《ろさき》を揃《そろ》えて敵味方が交戦する中央部に進み出た。

「王よ、新たな焼き打ち船です」

見張りが報告する。

「今度は二隻《せき》です」

「どこだ」

ヒミココは、指揮官の座から身を乗り出した。小船同士の戦いで、あちこちに船火事が起きている。それらと焼き打ち船の区別がつきづらい。

「何隻来ようと同じことだ。石投げの者ども。連続して放て」

太鼓《たいこ》が乱打された。縄《なわ》と投げ棒《ぼう》が宙にしなった。

その最初の石が一隻の火船に命中した直後、チュミの諸手船《もろたぶね》が、舫の右手《めて》にひっそりと出現した。彼《かれ》らはひどく貧弱な荷船を牽《ひ》いていた。

荷物を覆《おお》う薦《こも》の中に、火種を入れた竹筒《たけづつ》を抱《かか》えた一人の男が隠《かく》れている。

ワカヒコの父、ススヒコだった。

息子が陸で命のやり取りをしているのを知った彼《かれ》は、この火船の火つけ役を自らかって出たのである。

(敵は火のついた船だけに注目しているはずだ)

「荷船」が巨船《きょせん》に激突《げきとつ》する寸前に、積み荷の油壺《あぶらつぼ》へ火をつけ、ススヒコは海中に飛び込《こ》むという計画だ。

荷船を牽《ひ》く諸手船《もろたぶね》は、かけ声を合わせながら、目標へ近づいていく。

旗艦《きかん》の舳先《へさき》でオトウトカシも、その成功を祈《いの》り続けていた。

「状況《じょうきょう》はいかがで」

公達は尋《たず》ねた。オトウトカシは、驚《おどろ》いて振《ふ》り返った。

「師よ、あれがご覧《らん》になれぬと」

「老いから来るものか、いや病が進んだせいでありましょうか。最前より、目に霞《かすみ》がかかっております」

オトウトカシは驚いたが、的確に説明した。

「一隻《せき》の諸手船は、今のところ順調に進んでおりますが、……あ、巨船《きょせん》の甲板《かんぱん》に敵の弓矢隊が。おそらく接近する船をすべて射《う》ち沈《しず》める策でしょう」

「そ奴《やつ》らの注意を引くためにも、第三の火船へ盛大《せいだい》に火を焚《た》いて放ちなさい」

公達は、見えぬ目を頭上に向けた。

「雨の気配。海中にありながら真水《まみず》の匂《にお》いあり。東北の方《かた》、黒龍《こくりゅう》が短き雨を呼び、日の色輝《かがや》くは風《ふう》なり」

「たしかに、敵の後方に一個の黒雲が湧《わ》き始めました。これは」

オトウトカシは、公達の耳元でささやいた。

「……師の術でしょうか」

「然《しか》り（そのとおり）。昨日、出撃《しゅつげき》前に『呼風符《こふうふ》』を書きました。ようやくその効果が現れたものと見えます」

呼風符は、風を呼ぶ符籙《ふろく》（古代中国のお札《ふだ》）だ。

「これへ雨を足すには、呪文《じゅもん》を唱え、禹歩《うほ》と叩歯《こうし》を行わねばなりません。王よ、おそれいりますが、御手《おて》を」

オトウトカシは、板敷《いたじき》の上に公達を立たせた。禹歩とは北斗七星《ほくとしちせい》の形に足を運ぶ結界《けっかい》歩きのこと、と道教の書『遁甲真経《とんこうしんけい》』にある。同時代の諸葛孔明《しょかつこうめい》も、この特殊《とくしゅ》なステップによって風を呼び、赤壁《せきへき》の戦いを勝利に導いた。

「……今、西方すでに定まり、兵甲《へいこう》すでに足《た》らば、当《まさ》に水軍を奨率《しょうそつ》し、東海を定むべし」

公達は板敷の上を歩き、呪文を唱えた。

「……庶《ねが》わくば駑鈍《どどん》をつかし、奸凶《かんきょう》をはらい除《のぞ》き、我《わ》が命に代えて邪馬台《やまたい》軍を勝利に導きたまわんことを……」

呪文を唱え終えると、公達は叩歯《こうし》をした。魔《ま》を払《はら》うためにかちかちと歯をかみ合わせる行為《こうい》だ。それがすべて終わる前に、

「王よ、雨です。敵の頭上に雨が」

報告が入った。その声と同時に公達はその場に倒《たお》れ込《こ》んだ。

オトウトカシは、気力を失った老人の身体《からだ》を抱《だ》き起こした。

「三の火船に石が命中」

続いて声があがった。

「この雨は何事か」

ヒミココは吐《は》き捨てるように言った。自然の猛威《もうい》というには、あまりにも不自然な豪雨《ごうう》だった。降っているのは舫《ほう》のまわりだけで、敵味方が交戦している海域は、嘘《うそ》のように晴れわたっている。

「今の時期、このあたりの海は奇妙《きみょう》なことが多いものですだ」

ヒミココの傍《かたわ》らに座《すわ》ったアツ族の長老が、ささやいた。

「我《われ》らも今まで、この不安定な天候を利用して舫を操《あやつ》り、この海で稼《かせ》いで参ったのではありませんか」

「ああ、そうだったな」

ヒミココは、足元に跳《は》ねあがる大粒《おおつぶ》の雨に目をやった。すると、そこへ、新たな報告が入った。

「弓手《ゆんで》より敵の諸手船《もろたぶね》。当船の前方を横切って行きます」

ふん、とヒミココは鼻を鳴らした。

「雨で進路をあやまった愚《おろ》か者の船だろう。火船でなければ、何の心配もない」

矢で射つぶせ、と命じた。

弓兵が甲板《かんぱん》に出て矢をつがえた。が、雨の勢いが激しく、うまく狙《ねら》うことができない。

諸手船《もろたぶね》は、楯《たて》をあげて堂々と巨船《きょせん》の鼻先を通過していった。

荷船に隠《かく》れたスヒコは、そっと船尾《せんび》の石碇《いしいかり》をひとつ下ろした。こうすると船の重心が下がり、遠心力が増す。

竹筒《たけづつ》の埋《うず》み火《び》をひと吹《ふ》きし、油に点火した。そして、後も見ずに海中へ飛び込《こ》んだ。

舫《ほう》の甲板に立つ弓兵の一人が、目ざとくその水音を聞き、炎《ほのお》を目にした。

「あっ、火のついた小船が」

「避《さ》けるのだ」

「舵棒《かじぼう》がききません」

水夫の悲鳴があがった。

火力を増した荷船は、舫の側面に立つ櫓《ろ》の列を突《つ》き折り、舫の舷側《げんそく》に衝突《しょうとつ》した。

「焼き打ち船が命中したぞ」

逃《に》げろ、離《はな》れろという声が飛び交《か》った。精強なアツ族も一度敗《ま》けと知ると、その諦《あきら》めぶりは異常に早い。

ヒミココは呆然《ぼうぜん》とその火を見つめていたが、ゆっくりとその場に腰《こし》を下ろした。

彼《かれ》は目を閉じ、そして笑った。

「ここまでか」

刀掛けから五尺《しゃく》の鉄刀を取って鞘《さや》を払《はら》った。

「我《わ》が祖霊神《アグイ》より、ナカツクニの銅鏡神《どうきょうしん》が強かったということだな」

クナの旧臣らが数人、部屋に駆《か》け込《こ》んできた。

「脱出用の小船を用意いたします。一刻も早く、お立ち退《の》きを」

「吾《あ》は逃《に》げぬ。このタマテは私の命だ」

「何と情けないことを申されます」

家臣の一人は、彼の袖《そで》にすがった。

「まだ投石機は動きます。我《われ》らが石を放つ間に、王はトウシ島へお戻《もど》りを」

「その儀《ぎ》にはおよばず」

家臣らは諦《あきら》めて、その場を去った。

室内に煙《けむり》が満ち始めた。硫黄《いおう》の臭《にお》いも混じっていた。敵の火船には、そのような恐《おそ》ろしい物質も積まれていたようだ。

と、その時、煙とともに入ってきた影《かげ》がある。早くも敵が乗り込んできたか、ヒミココは身構えた。が……。

「王よ、私ですじゃ」

ルキウスが立っていた。

「翁《おう》よ、今まで何処《いずこ》に」

「戦《いくさ》は苦手でな。今まで船底に隠《かく》れておりましたが、船の鼠《ねずみ》が逃《に》げ出すのを見て、これは危ないと出てみれば」

と、後ろを振《ふ》り返った。

「この姫巫女《ひめみこ》と会いましたのじゃ」

ルキウスの後ろへ隠れるようにして立つ小柄《こがら》な女性が、乾《かわ》いた声で言った。

「事は終わりました。あなたはこの巨船《きょせん》を失う」

ヒミココは答えず、ただ苦笑いした。

「あなたの祖霊神《アグイ》はあなたを捨てたが、ホウライ国の祖神《そしん》は、まだ見捨ててはいません」

姫巫女は、凛《りん》として言った。迂闊《うかつ》にも、その時初めてヒミココは、彼女《かのじょ》が白い木面を外していることに気づいた。

「お前さんは、そういう笑顔《えがお》も見せるのだな」

「ホウライ国に参られませ」

姫巫女の口調は強くなった。

「これなるルキウスも、我《わ》が国へ参る覚悟をきめたそうにございます。愛する者の墓土《ぼど》を蓬萊山《ほうらいさん》の巨木《きょぼく》に撒《ま》くためと」

「そうか、ホウライにも巨木《きょぼく》があったな」

ヒミココの表情がわずかに明るくなった。

「参られませ」

「……うむ」

ヒミココは、ゆらりと立ちあがった。と、同時に、船室のきしむ音が響《ひび》き渡《わた》った。

「火災で、胴《どう》の間《ま》の箍《たが》が外れ始めましたぞ」

ルキウスが冷静に判断する。それから三人は傾《かたむ》き始めた廊下《ろうか》に出た。

「ワカヒコ、巨船《きょせん》が沈《しず》むわ」

サナメが、立ちあがった。そのまま岬《みさき》の縁《ふち》まで駆《か》けだそうとしたが、ワカヒコに止められた。

「燃えている」

「クナ王の野望がくだけた」

ワカヒコは言った。その原因のひとつが、父の手でもたらされたものであることを、彼《かれ》は知らない。しかし、なぜか胸に迫《せま》るものがあって、ワカヒコは押《お》し黙《だま》った。サナメも、兄の仇《かたき》と憎《にく》み続けた巨船の、その終焉《しゅうえん》の姿を前にして喜びの表情はなかった。

二人はただ、船の甲板《かんぱん》から次々に波間へ飛び込《こ》む兵士や、綱《つな》を伝って小船に逃《に》げ移る水夫を飽《あ》かず眺《なが》め続けた。

船を離《はな》れる人々の中に、ヒミココ・姫巫女《ひめみこ》・ルキウスの三人も交じっていたが、むろんこれも二人にはわからない。

ただ、ルキウスには不思議にも、ワカヒコとサナメの姿が、はっきりと見てとれた。

「何と、あれにモエシ人が」

視力の衰《おとろ》えた彼《かれ》は、別の感覚で物を見ているようだった。

「モエシ人が。ダキアがあそこに」

船の中で立ちあがったルキウスは、アツ族の漕《こ》ぎ手に肩《かた》を押《お》さえられて、正気に戻《もど》った。

「ダキアは、死んでいる。ははは、時ならぬ幻《まぼろし》を見てしもうたか」

「どうしたのだ、きうす」

と尋《たず》ねるヒミココへ、ルキウスは恥《は》ずかしそうに答えた。

「カーペ・ディウム」

「かーぺでうむ?」

「『今を楽しめ』。即《すなわ》ち過去は捨てよ、という太秦人《ローマ》の諺《ことわざ》ですじゃ」

「きうすよ。汝《なんじ》の胸に下がった『過去』を……」

ヒミココは、ルキウスの胸元にある袋《ふくろ》を指差した。

「……ようやく捨てる場所に向かうのだな」

「王よ、そのとおり」

アツ族の船は、潮路《しおじ》を選んで東に進んでいく。ナカツクニの兵船が何隻《せき》か追跡《ついせき》を試みたが、一時《いっとき》もしないうちにその姿を見失った。


ナカツクニの船団は、入り江《え》に入ると勝利を宣言した。

浜辺《はまべ》には降伏《こうふく》したクナ兵が一列に並び、捕獲《ほかく》された矛《ほこ》や剣《つるぎ》が山を成した。

浜に打ちあがった敵味方の死骸《しがい》を運ぶ人々。墓穴を掘《ほ》り、焼却《しょうきゃく》のための木材を並べる捕虜《ほりょ》たちの行き来で、砂丘《さきゅう》一帯は喧騒《けんそう》を極《きわ》めた。

「ナカツクニの者よ、チュミの者よ。そして敵味方に別れた海族の船乗りどもよ」

オトウトカシの代理として一人の兵士が叫《さけ》んでまわった。

「お互《たが》い、良く戦った。矛《ほこ》を収めた後は恨《うら》みを捨てよ。クナ人を名乗る者よ、アツ族の勇士よ。汝《なれ》らは、狂王《きょうおう》ヒミココの詮《せん》ない野望の先兵《せんぺい》となり敗軍の憂《う》き目を見たが、それは汝らのせいではない。よって、命を助ける。国に戻《もど》りたい者は戻れ。生口《せいこう》として働く者には充分《じゅうぶん》な食事を与えるとの、ありがたい御言葉《おことば》ぞ」

クナ兵の捕虜たちは、安堵《あんど》の声をあげた。その中で一人、踊《おど》り狂《くる》っている者がいる。持衰《じさい》を務めたカバラキだった。

踊りは彼自身《かれじしん》のためのものだ。間一髪《かんいっぱつ》で助けられた彼は、まことに運の良い男だった。

彼《かれ》はもう二度と持衰《じさい》などという役目につくまい。トウシ島にも戻《もど》るまい、と心に決めていた。砂丘《さきゅう》に上がったオトウトカシは、炊事役《かしぎ》に食事の仕度《したく》を命じた。未明に西の泊地《はくち》を出て以来、何も口にしていないことを思い出したのだ。

刹那《せつな》、伝令が砂を蹴立《けた》てて走り寄り、彼に何事か告げた。

「そうか」

天を仰《あお》いだオトウトカシは、流れる涙をぬぐった。報告は、公達の死であった。病《や》み衰《おとろ》えた身体《からだ》で苛酷《かこく》な船旅を続け、最後の力をふり絞《しぼ》って呼風の呪術《じゅじゅつ》を行った老人の死は、戦《いくさ》の庭《にわ》で倒《たお》れた勇者のそれに優《まさ》るとも劣《おと》らないものだろう。

「食事は後にしよう。して、御遺骸《ごいがい》は？」

と尋《たず》ねる王に、伝令はうやうやしく浜《はま》の一角を指差した。

ワカヒコとサナメは、いち早く公達の遺体安置所に駆《か》けつけた。四方に柱を立てたあらき（仮祭りの場・殯《もがり》）に、二体分の棺《ひつぎ》が置かれていた。

一棺《かん》には公達の、そしてもう一棺には運ばれてきたばかりの彭の遺体が収められていた。

「この人は、よう戦ってくれましただ」

彭を運んできたクナの生口《せいこう》が、棺の中に槙《まき》の小枝を投げ入れながら言った。

「倭国の投石機で死んだ、初めての漢人ですだよ」

ワカヒコは悲しかったが、泣けなかった。ナカツクニの習慣では、血のつながらぬ者が涙《なみだ》を流してはならなかったからだ。

『魏志倭人伝《ぎしわじんでん》』の中にも、

「喪《も》を停《とど》むること十余日。喪主《もしゅ》は哭泣《こっきゅう》し、他人は就《つ》きて歌舞飲酒《かぶいんしゅ》す」

葬儀《そうぎ》の主《ぬし》一人だけが泣き、他の人々は歌をうたい酒を楽しむ、とある。

今、泣くことを許されているのはナカツクニ軍の代表者オトウトカシ（正確には、その代理で泣く泣人《なきうど》）、ただ一人だった。

「ワカヒコよ」

と、彼《かれ》の肩《かた》に手をかけた者がいる。懐《なつ》かしい匂《にお》いがした。

振《ふ》り返ると、父のススヒコが立っていた。

「よくやった。このたびの働き、卑弥呼《ひみこ》様も大いに喜んでおられよう」

それからサナメの方に向き直り、自分が彼の父であることを自己紹介《しょうかい》した。

「お前さんが、息子《むすこ》の嫁《よめ》になるというサナメさんかね」

サナメは、しおらしく頭を下げた。

「男の子は母に似た女子《おなご》と添《そ》うと言うが、なるほど、我《わ》が妻のツナテとどことなく似ている」

サナメは、赤面して、また頭を下げた。

そんなやり取りを背中で聞きながら、ワカヒコは、殯《もがり》の場に積みあげられていく槙《まき》の木を、だまって見つめた。

倭人の遺骸《いがい》はそのままの形で地に埋《い》けるが、漢人のそれは焼葬《しょうそう》にするのが習いだった。まず公達の棺《ひつぎ》、続いて彭の棺が炎に包《つつ》まれた。

ふたつの煙《けむり》は上空でひとつとなり、ニエの海に流れていった。ワカヒコもサナメもススヒコも、静かにそれを眺《なが》め続けた。


卑弥呼は水盤《すいばん》の中に映るその光景から目を上げた。感慨《かんがい》深《ぶか》げに黙《だま》り込《こ》んでいたが、すぐに水盤の水をかきまわした。

ミズカガチの術を終えた彼女《かのじょ》は、手をたたいて巫女頭《みこがしら》を呼んだ。

「イキメ、この水を捨てて。それから早漬《はやづ》けの梅をちょうだい」

「そう申されると思い、ご用意しておきましたよ」

イキメは、小さな壺《つぼ》を差し出した。卑弥呼は、その中に指を入れて一粒《つぶ》つまみ出した。

「クナ王を逃《のが》したのは残念でしたが、これでトウシ島のあたりまではナカツクニのものとなるでしょう。誰《だれ》もが安全な航海と交易が行えます」

「これも日御子《ひのみこ》様の御威光《ごいこう》」

イキメは、ほたほたと膝《ひざ》をたたいて言祝《ことほ》いだ。

「ねえ、イキメ。トウシのあたりには、赤ん坊《ぼう》の頭ほどもある梅の実が成るそうですよ」

卑弥呼はまだ青いその漬《つ》け梅を、かりりとかじった。イキメは目を剝《む》いて、言った。

「そんな大きな梅の実なんて、壺《つぼ》に入らないじゃありませんか。漬《つ》けられませんよ」

卑弥呼はころころと笑って答えた。

「大きな実が入る、大きな壺を作れば良いのでしょう」

卑弥呼は青梅をくわえたまま、高欄《こうらん》に手をついた。

村々の屋根から炊煙《すいえん》があがっている。雨期の終わったナカツクニの空に、それは幾筋《いくすじ》もの白い線を描《えが》いては消えていった。


（おわり）

ヒミココと蓬萊国《ほうらいこく》について——あとがきに代えて

東京から新幹線に乗って西へ。長い長い丹那《たんな》トンネルを抜《ぬ》けたあたりで、風景が一変します。

ここら辺が富士山《ふじさん》のお膝元《ひざもと》です。車窓からスマホで、雄大《ゆうだい》なその姿を映そうとする外国の観光客が目につきます。

その富士の麓《ふもと》、静岡県沼津《ぬまづ》市で、平成十七年、古代史の研究家たちが仰天《ぎょうてん》する発見がありました。

沼津市が都市計画の一環《いっかん》として市道を整備することになり、市内の東熊堂《ひがしくまんどう》にある小さな神社を調査《ちょうさ》したところ、地下に古墳《こふん》のあることがわかったのです。それだけなら良くある話なのですが、続く平成二十年・二十一年の本格的発掘《はっくつ》によって、「高尾山《たかおさん》古墳」と名づけられたそれは、全長六十二メートル。幅三十四メートル。周囲を濠《ほり》に囲まれた前方《ぜんぽう》後方墳《こうほうふん》としては東日本最大級。しかも、地質測定の結果、西暦《せいれき》二三〇年ごろに構築されたことがわかったのです。

現在（令和元年）の定説では、奈良《なら》県纏向《まきむく》の箸墓古墳《はしはかこふん》が大型古墳としては最古のもので、西暦二五〇年ごろの築造とされていますから、高尾山古墳はそれより二十年近くも古いということになります。

つまり従来の、大型古墳の発生年限が西暦二三〇年ごろまで遡《さかのぼ》らなければならなくなったのです。

箸墓は、西暦二四八年に死んだ邪馬台国《やまたいこく》女王卑弥呼《ひみこ》の墓とする説が有力ですが、ではその墓より古い高尾山古墳の主《ぬし》は、一体誰《だれ》なのか、という疑問が当然起こります。

それは古墳の後方部から出土した副葬品《ふくそうひん》からわずかに推定できました。

遺骸《いがい》など有機物は、幾度《いくど》か起きた富士山噴火《ふんか》のおかげで土壌《どじょう》が酸性化《さんせいか》し、溶けてしまったようですが、中国製銅鏡（上方作系浮彫式獣帯鏡《じょうほうさくけいふちょうしきじゅうたいきょう》）一面、勾玉《まがたま》一個、土器の他、槍鉋《やりがんな》一点、鉄槍《てつやり》の先が二本、鉄の鏃《やじり》三十二点が確認されました。副葬品《ふくそうひん》に武具が多いことは、墓の主が男の王であることをうかがわせます。

近畿《きんき》地方より早く大型古墳を作る力を持った東日本独立勢力の王……。

一部の考古学者たちは、これこそが『魏志倭人伝《ぎしわじんでん》』に描《えが》かれた卑弥呼のライバル、狗奴《くな》王卑弥弓呼《おうひみここ》の墓と考えました。

これまで狗奴国は「邪馬台国の南に在《あ》り」とされ、九州説が一般的でした。しかし、邪馬台国そのものが、現在では九州の東、奈良県と推定されるようになり、狗奴国もさらに東に位置すると考えられるようになってきたのです。

また、狗奴国静岡《しずおか》説の背景に、富士山周辺の「古代文明地域説」を説く研究家もいます。

これは少し複雑になりますが、手短に説明すると、話は紀元前二二一年まで遡《さかのぼ》ります。

そのころ、中国を統一した秦《しん》の始皇帝《しこうてい》は、東海の海中にあるという伝説の山蓬萊山《ほうらいさん》に行き、不老不死《ふろうふし》の妙薬《みょうやく》を持ち帰るよう、徐福《じょふく》という方士《ほうし》（魔術師《まじゅつし》）に命じました。

徐福は、大船八十五隻《せき》に三千人の若者を乗せて出航しますが、ついに戻《もど》りません。

その蓬萊こそ、倭国《わこく》の富士山とされているのです。さらに別の伝承では、徐福たちは東へ東へと進み、富士山を発見したものの、横暴な始皇帝《しこうてい》を嫌《きら》って国に戻らず、神聖な富士山麓《さんろく》に土着して、たずさえてきた先進技術を土地の倭人《わじん》たちに伝えたといいます。

弥生《やよい》時代中期の初め（紀元前二〇〇年ごろ）。それまで伊勢湾《いせわん》の東部で停滞《ていたい》していた稲《いな》作《さく》や金属器の使用が突如《とつじょ》、静岡から東の地域で活発化するのは、彼《かれ》ら秦《しん》の渡来人《とらいじん》たちの影《えい》響《きょう》ではないか、と考える研究家もいます。

残念ながらこの「富士古代文明」は、紀元後三〇〇年ごろから少しずつ縮小していったようです。それは高尾山古墳の西側に、近畿《きんき》型の前方後円墳《ぜんぽうこうえんふん》が次々に作られていったことでも証明されています。

富士の人々は、西から入ってくる倭人の文明に抗《こう》しきれなかったのでしょう。それでも、医学・農業・機織《はたお》りなどの先端《せんたん》技術は土地に細々と残りました。

西日本の人々は、富士山の周辺に自分たちより優《すぐ》れた文明が存在することを、常々不快に思っていたようです。

日本最古の歴史書『古事記《こじき》』『日本書紀《にほんしょき》』には、地方の風物が事細かに記されていますが、あれだけ巨大《きょだい》な富士山の描写《びょうしゃ》が一文字もなく、古くからその異常さについて指摘《してき》する人は多かったのです。ようやく『万葉集・巻の三』に「不盡《ふじ》」の文字が記されるのは、西暦七五七年のことでした。

西日本の政権は、奈良時代の後期に至るまで、狗奴王ヒミココと結びついた異形《いぎょう》の文明が恐《おそ》ろしかったのでしょうか。

皮肉なことに、彼《かれ》らの心配は彼らが無視し続けた富士山によって見事に解消します。細々と続く文明（それは小さな宗教都市だったのかもしれません）は、西暦八〇〇年代に起きた二度の大噴火《だいふんか》によって壊滅《かいめつ》し、永久にその姿を消し去ってしまったのです。

筆者は、邪馬台国に敗れて東に逃《のが》れたヒミココと蓬萊（富士王朝）の姫巫女《ひめみこ》が作った王国は、現在《いま》も富士北麓《ほくろく》の、溶岩流《ようがんりゅう》の下に埋《う》まっていると考えています。そして、新たな考古学的発見によって、その姿の一部が再び人々の前に現れると信じています。

筆者

東郷 隆（とうごう・りゅう）
1951年横浜市生まれ。国学院大学卒。同大博物館研究員、編集者を経て、作家に。詳細な時代考証に基づいた歴史小説を執筆し、その博学卓識ぶりはつとに有名。90年『人造記』等で直木賞候補となり、94年『大砲松』により吉川英治文学賞新人賞、２００４年『狙うて候 銃豪村田経芳の生涯』で新田次郎賞、２０１２年、『本朝甲冑奇談』で舟橋聖一賞を受賞。その他著書多数。

佐竹美保（さたけ・みほ）
挿絵画家。ＳＦ、ファンタジーなどの分野で多くの作品を手がける。挿絵を担当した主な作品に『魔法使いハウルと火の悪魔』、『アーサー王物語』『不思議を売る男』『ヨーレのクマー』など。

邪馬台戦記《やまたいせんき》Ⅲ 戦火《せんか》の海《うみ》
二〇二〇年一月二十二日 第一刷発行

著者 東郷 隆
画家 佐竹美保
発行者 松岡佑子
発行所 株式会社静山社
〒一〇二-〇〇七三 東京都千代田区九段北一-十五-十五
電話 〇三-五二一〇-七二二一
https://www.sayzansha.com
装丁 田中久子
印刷・製本 中央精版印刷株式会社
編集 荻原華林

ISBN 978-4-86389-544-7

邪《や》馬《ま》台《たい》戦《せん》記《き》I
闇《やみ》の牛王《ぎゅうおう》

東郷 隆 作　佐竹美保 絵

今こそ読みたい！　日本史上最大の謎に迫る、古代冒険小説！

三世紀初頭、弥生時代最後期。闇の王が治めるクナ国に幼馴染のツナテを奪われた少年ススヒコは、ツナテを救う冒険の旅に出た。一方、クナ王の横暴なふるまいに頭を痛めていた卑弥呼は――。

静山社